春雨经典·中外文学精品廊

Пестрые рассказы

契诃夫短篇小说精选

[俄] 契诃夫◎著

陆永昌 白 屹◎译

|青|少|年|彩|绘|版|

江苏人民出版社

图书在版编目（CIP）数据

契诃夫短篇小说精选 / （俄）契诃夫著；陆永昌，白屹译. — 南京：江苏人民出版社，2017.2
（中外文学精品廊：青少年彩绘版）
ISBN 978-7-214-20405-9

Ⅰ. ①契… Ⅱ. ①契… ②陆… ③白… Ⅲ. ①短篇小说-小说集-俄罗斯-近代 Ⅳ. ①I512.44

中国版本图书馆 CIP 数据核字(2017)第 026471 号

书　　　　名	中外文学精品廊　契诃夫短篇小说精选	
原　　　　著	［俄］契诃夫	
翻　　　　译	陆永昌　白　屹	
责 任 编 辑	许尔兵	
责 任 校 对	郭　璨	
封 面 绘 画	武　勋	
插 图 作 者	武　勋	
出 版 发 行	江苏人民出版社	
出版社地址	南京市湖南路 1 号 A 楼，邮编：210009	
出版社网址	http://www.jspph.com	
印　　　　刷	北京市蓝创印刷有限公司	
开　　　　本	710mm×1000mm　1/16	
印　　　　张	14	
字　　　　数	178 千字	
彩 色 插 图	12 幅	
版　　　　次	2017 年 4 月第 1 版　2017 年 8 月第 2 次印刷	
标 准 书 号	ISBN 978-7-214-20405-9	
定　　　　价	26.00 元	

（江苏人民出版社图书凡印装错误可向承印厂调换）

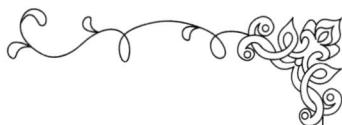

目 录

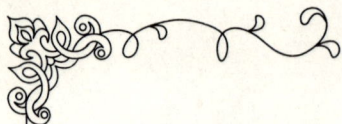

巨匠的文化大餐

—— 走进契诃夫短篇小说的艺术世界

众所周知，在短篇小说史上，俄国作家契诃夫、法国作家莫泊桑、美国作家欧·亨利并列为"世界三大短篇小说家"，他们对世界短篇小说的发展有着巨大的影响。

摆在你们面前的《契诃夫短篇小说精选》，是契诃夫最脍炙人口的短篇小说集。

安东·巴甫洛维奇·契诃夫（Антон Павлович Чехов），1860 年出生于距离莫斯科 1200 多公里的边远地区——罗斯托夫省。祖父和父亲曾经都是农奴，父辈们辛辛苦苦，凭借自己的勤劳和智慧，在契诃夫出生前，好不容易为全家赎了身。契诃夫的父亲也曾开过杂货铺，但不久后彻底破产，举家逃往莫斯科避债，契诃夫只身留在家乡，靠担任家庭教师维持生计和学习。1879 年，契诃夫完成高中学业，考入莫斯科大学医学系。1880 年，他在《蜻蜓》杂志上发表了第一部短篇小说《给博学的邻居的一封信》，文章讽刺了一个不学无术却又自命不凡的愚蠢的旧式地主。从

此,人们便知道了这个爱挖苦人的作家。1884 年毕业后,契诃夫在兹威尼哥罗德等地做医生,他边行医边创作。后来,成了一名职业作家。1904年 6 月,因肺炎病情恶化而逝世。他一生中创作了多部剧本,如《海鸥》《万尼亚舅舅》《樱桃园》等,这为他带来了巨大声誉。但还是他的短篇小说更为引人瞩目,他那七八百篇的短篇小说把世界短篇小说推向了巅峰,因此,他也被称为"世界短篇小说之王"。

这本小说集选择了《变色龙》《装在套子里的人》《一个官员的死》等二十篇小说,它们都是读者喜闻乐见的作品。在这里,我们可以欣赏到大师精湛的艺术特色。

作家笔下描绘的都是生活在社会底层的小人物。《一个官员的死》的主人公是一个惶惶不可终日的小官员,他唯唯诺诺,胆小怕事,在官场上随时都有杀身之祸;《万卡》的主人公是个做苦工的学徒小孩,他给爷爷写信,倾诉自己在鞋铺里的悲惨生活,哀求爷爷带他脱离苦海;《第六病室》的主人公是一位受尽生活煎熬的小职员,残酷的现实使他明白:他生活的社会,就是沙皇统治下的一座大监狱,俄国专制制度毁灭了一切,正常的人会被当作疯子关起来;《约内奇》的主人公是一个越来越胖、满身脂肪的医生,连呼吸都困难,再甜蜜的爱情也唤醒不了他麻痹的神经……作家通过描写这些小人物,再现了劳动人民的悲惨生活和小市民的庸俗猥琐。

作品反映的都是社会上极为平常的现象,但平静中隐藏着不平静,平凡中又蕴含着不平凡。作家善于小中见大,抓住典型的平凡琐事,反映出带有本质性的社会问题,这也是契诃夫短篇小说的独特之处。在《一个官员的死》中,主人公打一个喷嚏本是平常之事,道个歉就可以解决问题,可是五次道歉,五次增添麻烦,每次道歉都加剧了让他想要再次道歉的迫切感和恐惧感……结果,一个喷嚏葬送了这个可怜人的命运!在《变色龙》中,作者通过对寻找流浪狗主人这一事件的描写,再现了社会上的一批

"变色龙"，他们对权势谄媚拍马、阿谀奉承，而对普通人则凶狠得像恶狼一样。

高尔基对《变色龙》有过这样的评价："一个荒唐的时代，一个善变的警察，一条无辜的狗，一群无聊的人，给我们上演了一段可笑而又使人压抑的故事。"

在这里，我们可以领略到作家含蓄幽默的创作风格。

在俄罗斯文学史上，果戈理、谢德林等文学大师创造了幽默文学，契诃夫继承了他们的传统，并在此基础上创立了独具特色的讽刺幽默文学。《第六病室》中的主人公明明知道医院的一切都乱七八糟；知道自己在欺骗病人；知道这不是医院，而是一所监狱。但他总是想方设法自嘲：医院尽管差，可也总算有一个啊……世界上没有一样好东西在初生的时候不沾一点脏……《装在套子里的人》中的主人公，有一张黄鼠狼般的脸，什么都要用套子装着；一遇到什么新鲜的事儿，他总是说："这怎么得了？""这怎么行？"；碰见女友骑自行车，他表现出恐慌、忐忑不安……通过这一个个幽默、讽刺的情节，使主人公的性格跃然纸上。在《万卡》的结尾中，万卡把信投进邮筒，他乐滋滋的，夜间做了一个与爷爷相见的美梦。然而，这是一封没有地址的信，是不可能送到爷爷的手中的。作品的引申意思还在于：即使有地址，爷爷收到万卡的信，他也没有接孙子回家使其脱离苦海的能力，因为他也自身难保！

契诃夫从不轻易在小说中直接表达自己的感情和主观议论，他认为："人可以为自己的小说哭泣、呻吟，可以和自己的主人公一起痛苦，可是这应该做得让读者看不出才对。态度越客观，所产生的印象就越有力，如果我加入主观的成分，形象就会模糊，我写的时候，充分相信读者，认定小说里所缺的主观成分，读者自己会加进去。"

让作品说话，让读者联想，做到含而不露、意犹未尽，这也是契诃夫的

大智慧，是作家创作的重要艺术特色之一。

在这里，我们还可以饱览作家简洁、凝练的语言。

作家创作的短篇小说基本无冗长的景物与背景描写，情节简单，少有大起大落，人物关系简单，语言简洁、明快。比如，《变色龙》中没有一句景物描写，紧紧围绕狗咬人一事，总共有四个人物出场，通过五次"变色"，把人反复无常的本性刻画得入木三分……《一个官员的死》中，主人公兴趣盎然地在剧场看戏，无意中打了一个喷嚏，喷到了文职将军的头上，虽一次次道歉，结果却是在将军"滚出去"的吼声中丧命，把一个伴君如伴虎的可怜虫形象表现得淋漓尽致……

大家都会记得契诃夫的名言："简洁是才能的姊妹。""写作的艺术就是提炼的艺术。"他的创作也正体现出了这样的特色。

通过简单的情节，白描式地叙说，言简意赅，从而达到了精湛的艺术效果。正如高尔基所说，契诃夫"只需一个词，就能创造一个形象，只需一句话，就可以创造一个短篇故事，而且是绝妙的短篇故事"。托尔斯泰也说过，契诃夫"就像是印象派的画家，看似毫无意义的一笔，却出现了无法取代的艺术效果"。

契诃夫的作品无情地鞭挞了社会的丑恶现象，深刻揭露了沙皇统治下不合理的社会制度，深深同情着生活在社会底层的贫苦民众，我们在作品中感受到的是作家想要改造社会的强烈的责任心。无疑，本书是契诃夫留给我们的文化大餐，是一部社会百科全书，对青年学生来说，是一部不可缺少的教材。

不过，契诃夫生活的时代毕竟不同于今天的时代，随着环境的变迁，地域的不同，都会使人的认知产生一定的差异。

首先，青年学生在欣赏契诃夫的幽默艺术时，难免会忍不住笑出来。

但是契诃夫的笑不是一般的笑，他笔下的笑有着丰富的内涵，具有深

刻的历史文化背景,蕴涵着严肃的社会问题。《一个官员的死》的笑、《变色龙》的笑、《万卡》的笑,《第六病室》的笑……这些笑,都是含着泪水的笑。从《一个官员的死》的笑中,我们看到了等级制度的阴森恐惧;在《变色龙》结尾的"哈哈大笑"中,我们看到的是一个助纣为虐、趋炎附势、仗势欺人的恶劣社会;《万卡》中万卡爷爷风趣的笑,反映的是在旧社会劳动人民生活如此凄惨、艰辛的情况下的一种无奈地笑;《第六病室》中生活在沙皇社会这所"监狱"里,人们不仅仅面临生存危机,精神也面临崩溃,这是疯笑……这些"笑",当然不能一笑了之,笑过之后,应该引起青年学生强烈的思考。

再则,时过境迁,我们的青年学生很难有契诃夫所描写的那种社会概念。其实,我们的父辈们以前过的生活正如万卡的生活,他们所处的社会与"第六病室"中所反映的社会一样……近一个世纪以来,多少有识之士为改变吃人的社会制度抛头颅、洒热血,终于在1949年建立了人民政权,这条征途上洒满了前辈辛勤的汗水,凝聚着前辈的心血,今天的幸福生活实在是来之不易。因此,在欣赏契诃夫的作品时,通过新旧社会的对比,我们应该特别珍惜现在的生活。

同时,我们应该清醒地认识到,旧社会的残余渣孽会死灰复燃,社会的丑恶现象还会继续存在,它们还在不断地侵蚀着人们的思想。我们的学生应该像契诃夫一样,勇于担当,怀有强烈的社会责任感,做有理想、有道德、有抱负的青年。愿我们的学生深刻领悟到作家的思想与艺术精髓,源源不断地汲取促进社会进步的正能量!

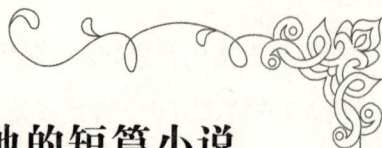

中外名家眼中的契诃夫和他的短篇小说

我诚心诚意地建议诸位尽可能经常地拿出契诃夫的书来读读，并按照作者的意图陷入遐想。

——[美]纳博科夫

俄罗斯的短篇小说是契诃夫同普希金、屠格涅夫一道创立的，他们都是"不可企及"的。

——[苏联]高尔基

契诃夫是一位无可比拟的艺术家，他创造了新的、在我看来对全世界都是全新的文学形式。

——[印度]托尔斯泰

我愿将莫泊桑的全部作品换取契诃夫的一个短篇小说。

——[新西兰]凯瑟琳·曼斯菲尔德

看了契诃夫的小说再读惠特林·曼托斯的作品，就像看了一幕精彩的演出又看到一位蹩脚的老太太故作天真地扮演少女一样难过。

——[美]海明威

他（契诃夫）的作品无限地丰富多彩，无不精彩绝妙，令人叹为观止。

——[法]左拉

他（契诃夫）是19世纪末法国文坛上最卓越的天才。

——[俄]屠格涅夫

在最好的评论家的心目中，没有一个人的小说占有比契诃夫更高的位置。

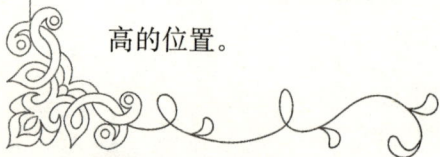

——[英]毛姆

变色龙

　　奥楚梅洛夫警督穿着一件崭新的大衣,手里提了个小包,正穿过集市广场,在他的后面跟着一个长着一头棕红色卷头发的警察,胸前端着一个水果筐,里面装满了没收来的醋栗,四周一片寂静,广场上没有一个人。小店铺和小酒馆敞开着的大门,就像是一张张饥肠辘辘的嘴巴,神情沮丧地打量着上帝创造的这个世界,商店店门附近连一个乞丐都没有。

　　"该死的家伙,你竟敢咬人!"奥楚梅洛夫忽然听到叫喊声。"伙计们,别放走它! 现如今可不允许咬人! 抓住它! 嗷嗷……嗷嗷!"

　　紧接着传来了一阵狗的尖叫声。奥楚梅洛夫往旁边一看,他发现一条狗从商人皮丘金的木材场里跑了出来,一蹦一跳的,用三条腿奔跑着,还不停地回头看。一个穿着件笔挺花布衬衫和敞口马夹的人在狗的后面追赶着。他对那条狗紧追不舍,接着,他身子朝前一倾,扑倒在地,抓住了那条狗的两只后腿。又听到了狗的一阵"吱吱"的尖叫声和人的叫喊声:"别放走它!"一张张睡眼惺忪的脸纷纷从小铺里探出来张望。一会儿,木

材场门口一下子聚集了一大群人，他们就像是从地壳里钻出来的一样。

"长官，那边好像出事情了！"警察说。

奥楚梅洛夫朝左90度一转身，向人群那边走去。在木材场门口，他看见前面所说的那个穿敞口马夹的人站在那儿，他高举着右手，给大家看一根血淋淋的手指头。在他那张半醉的脸上似乎写着："坏蛋，我要扒掉你的皮！"手指头本身就像一面胜利的旗帜。奥楚梅洛夫认出此人是首饰匠赫留金。在人群的中间，制造这场乱子的麻烦者——一条白毛小猎犬坐在地上，两只前腿劈开，全身不停地颤抖，它的嘴尖尖的，背上带有一块黄斑。在它含着泪水的眼睛里流露出痛苦和恐惧。

"这里发生了什么事？"奥楚梅洛夫挤到人群中问，"你怎么到这儿来的？你为什么要伸出手指头？是谁在叫嚷？"

"长官，我在走路，谁也没惹……"赫留金一边对着手咳嗽，一边开口说了起来，"我正在跟米特里·米特里奇谈木柴的事，突然，这个坏家伙莫名其妙地把我的手指头咬了一口……请您原谅我，我是个做事情的人……我的工作很精细。得赔我，因为，也许一个星期，我这根手指头都不能动了……长官，法律上也没有说要忍受畜生白咬……要是人人都被咬，那还不如别活在这个世上……"

"嗯！好呀………"奥楚梅洛夫一边干咳、舞动着眉毛，一边声色俱厉地说，"好呀……这条狗是谁家的？我不会放手不管这事。怎么能随便把狗放出来呀，我给你们看看！现在，该把注意力放到那些类似不想遵守法令的老爷们的身上了！这个混蛋，罚他的款，他才会明白把狗和其他的畜生放出来游荡是什么下场！我要教训他一顿……叶尔德林，"警督对警察说，"你去弄清楚这条狗是谁家的，做个报告材料！应该灭掉这条狗。不能拖延！这肯定是条疯狗………我问你们，这条狗是谁家的？"

"这条狗好像是日加洛夫将军家的！"人群中有人叫喊道。

"日加洛夫将军家的？嗯……你，叶尔德林，把我身上的大衣脱

下……天多热呀！应该看到，快要下雨了……只是有一点我弄不明白：狗怎么会咬上你的？"奥楚梅洛夫对赫留金说，"它碰得到你的手指头？它身子矮小，可你，要知道，你是个多么高大的彪形大汉！说不定，你这根手指头是被小钉子戳破了，然后，想出一个鬼点子——敲诈。你，要知道……是一个臭名昭著的人！魔鬼，我了解你们，无赖！"

"长官，他取乐搞笑，用雪茄烟戳它的脸，而它也不是个傻瓜，咬了他一口……长官，他是个好闹事的人！"

"独眼龙在胡说！你没有看到，是呀，是这样的，为什么瞎说？我们的长官是个聪明人，明白谁在胡说，知道谁在上帝面前说良心话……要是我胡说，就让治安法官审判我。治安法说得明白……现在，大家都平等……假如您想知道的话，我的哥哥在宪兵队里……"

"别啰嘴了！"

"不，这不是将军家里的狗……"警察深思熟虑地说，"将军家里没有这种狗。他家里的狗全是大猎狗……"

"你了解的准确？"

"长官，准确……"

"我自己也知道。将军家里的狗都是名贵的狗，都是纯种狗，而这条狗，鬼才知道是什么东西！既没有毛色，又没有模样……只是一条孬种狗……怎么可能会养这样的狗？你有没有脑瓜？要是在彼得堡或者莫斯科碰到这样的狗，你们知道会怎样？那儿用不着翻法律文本——顷刻间断了它的气！你，赫留金，遭了难，我不会放手不管这事……必须惩罚！是到该惩罚的时候了……"

"也有可能真是将军家的狗……"警察大声说出了自己的想法，"狗脸上又没写……前几天，我在他家院子里看到这样的狗。"

"不用说，是将军家的！"人群中有人说。

"嗯……叶尔德林兄弟，给我穿上大衣吧……怎么起风了……感到冷

了……你抱着这条狗去将军家,去那儿问问……你就说,这狗是我找到的,叫你送去……你说,以后不要把它放到街上了。这条狗说不定是名贵狗,要是每个猪猡都拿雪茄烟戳它的脸,这狗用不了多久,就给毁了。狗是一种娇嫩的宠物……你,蠢货,把手放下来吧!伸出自己那根蠢手指头,没有用!是你自己的过错!"

"将军家的厨师来了,我们问问他……喂,普罗霍尔!你过来,亲爱的,请你瞧瞧这狗……是你们将军家的吗?"

"异想天开!我们那儿从来没有这样的东西!"

"那么,就没有必要花时间去问了,"奥楚梅洛夫说,"这是条流浪狗!还啰唆啥,费什么时间……我既然已经说了是一条流浪狗,那就是一条流浪狗……弄死它,就全解决了。"

"这条狗不是我们家的,"普罗霍尔继续说,"可这是将军哥哥的狗,他前几天来了。我们不喜欢细腿好跑动的狗,可将军哥哥喜欢……"

"啊,他老人家的胞兄来了?弗拉基米尔·伊万内奇来了?"奥楚梅洛夫问,他脸上立刻洋溢着激动的笑容,"啊呀呀,主啊!我都不知道!他来做客的吗?"

"做客……"

"啊呀呀,主啊!他是想念宝贝弟弟了……是这样呀,我还不知道!这样说来,这是他家的狗?我很高兴……你把它带走……这条狗挺不错的……多么伶俐……它咬了一口这家伙的手指头!哈—哈—哈……喂,你为啥发抖?嗯嗯……嗯嗯……狗生气了,调皮鬼……多好的一条狗崽……"

普罗霍尔叫了狗的名字,接着,带着它离开了木柴场……人们对着赫留金哈哈大笑起来。

"我找到机会还要惩治你!"奥楚梅洛夫威胁赫留金说。然后,他裹紧了大衣,穿过市集广场,继续走自己的路去了。

装在套子里的人

    猎人们耽误了时间,留在了米罗诺西茨村边上,准备在村长普罗科菲的库房里过夜。只有两个猎人:一个是兽医伊凡·伊凡内奇,一个是中学教师布尔金。伊凡·伊凡内奇有个相当古怪的复姓——钦沙·吉马拉伊斯基,这个姓跟他很不配①,所以在全省,人们只是简单地直呼其名而不带姓氏。伊凡·伊凡内奇住在城郊的一个养马场里,现在出来打猎是想呼吸一下新鲜空气。每年夏天,中学教师布尔金都在伯爵家里做客,因此,在这一地带,大家早就把他看作自己人了。

    现在他们还没有睡。伊凡·伊凡内奇是个高而瘦的老头儿,嘴角上留着长长的小胡子,他正坐在门外抽着烟斗,皎洁的月光倾泻在他的身上,而布尔金则躺在仓库房里的干草上,里面黑乎乎的,看不到他。

---

    ①俄罗斯人的复姓产生于17—18世纪。起初,复姓是贵族阶层的特权,是权贵身份的一种象征,而伊凡·伊凡内奇只是一名兽医。

他们闲聊着各种话题,顺便谈到村长的老婆马夫拉。马夫拉这女人身体很棒,人挺聪明,不过,除了自己的村子,她这一辈子哪儿都没有去过。她从来没有见到过城市,也从来没有见到过铁路,近十来年,她总是成天守着炉灶,只有到夜里,才到外面的路上走走。

"这一点也没有什么奇怪的!"布尔金说,"有些人生性孤僻,就像寄居蟹或者蜗牛一样,总是一直躲在自己的壳里,在这个世界上,这种人不少。也许,这是一种返祖现象,即返回到还没有人类祖先的远古时代,那时还没有群居动物,动物们只是孤零零地独居在自己的洞穴里,这也许是人的性格的一种简单的变化——又有谁知道呢?我不是研究自然科学的,这类问题,不关我的事。我只是想说,像马夫拉这样的,并不罕见。是呀,瞧,不需要往远处说,两个月前,我们城里一个叫别利科夫的人死了,他曾经是个希腊语教员,是我的同事。您听说过他,肯定听说过。他与众不同的是:只要出门,即使天气特别的晴朗,他也总要穿上套鞋,带着雨伞,而且一定穿上件暖和的棉大衣。他的伞装在套子里,怀表装在灰色的鹿皮套子里,有时他掏出削铅笔的小折刀,小折刀也套在一个小套子里,就连他的脸,也似乎装在套子里,因为他成天把它藏在竖起的衣领里。他戴着墨镜,穿着毛绒衣,两只耳朵里塞着棉花,他一坐上出租马车,就叫车夫放下车篷。总而言之,在这个人的身上总是观察得到一种经常性的、难以克制的诉求——用包把自己包起来。这样说吧,给自己做一个套子,把自己套在里面,使自己远离世界,逃离外部世界的影响。现实的生活使他动怒,使他害怕,使他惶惶不可终日。说不定,是为了给自己的担惊受怕辩解,给自己厌恶现实辩解,他总是对过去,对不曾有过的东西赞不绝口。他所教的古代语言,对于他来说,实际上也和套鞋、雨伞那些东西一样,他把自己藏在语言里面,远离现实。

"'啊,古希腊语是多么动听,多么完美啊!'他带着乐滋滋的表情说

着,接着仿佛是为了证实自己的话,他眯起自己的双眼,竖起一个手指头,嘴里朗诵起了古希腊语:'Anthtopos!①'

"就连自己的思想,别利科夫也想方设法藏到套子里。对于他来说,只有官方那些禁止什么行为的告示和报纸、文章才明明白白、清清楚楚。既然告示中规定晚九点后禁止学生外出,或者某篇文章中提出禁止谈情说爱,那么对于他来说,这很清楚,很绝对,既然禁止了,那就完了。告示里发布批准什么事情,发布允许做什么事情,他总觉得其中隐藏着什么可疑的成分,隐藏着一些没有说透、模模糊糊的东西。城里批准成立戏剧小组,或者允许办阅览室,或者开茶馆,他总是摇着脑袋小声说:

"'这,固然也对,都很好,但可千万别惹出什么乱子来!'

"任何破坏常规、偏离常规、脱离常规的行为,都会使他情绪低下、闷闷不乐,尽管这些东西看上去不关他什么事!要是同事中有人做祷告迟到了,或者学生做了什么调皮捣蛋的事情,或者人们发现女教师很晚了还和军官在一起,传到他的耳朵里,他都会非常激动,嘴上总是唠唠叨叨:千万别惹出什么乱子来!而在教务会上,他那种谨小慎微、疑神疑鬼以及一套纯套子式的理论简直要把我们压得喘不过气来。他说,瞧,男子中学、女子中学的年轻人行为不端,很多教室里吵吵闹闹——啊呀呀,千万别传到领导那里,啊呀呀,千万别惹出什么乱子来!他说,要是把二年级的彼得罗夫、四年级的叶戈罗夫开除出校,那该多好。究竟怎么一回事呢?他的唉声叹气,他的唠唠叨叨,他小白脸上(您知道,那张小脸跟黄鼠狼的一样)架着的一副墨镜,使我们大家服了,我们让步了,我们压低了彼得罗夫和叶戈罗夫的品行分,给他们关了禁闭,最终,无论是彼得罗夫,还是叶戈罗夫,都被开除了。他有一个奇怪的习惯——到同事家串门。常常就是

①即"人"。

这种方式:他来到教员家,坐下后,一言不发地坐上个把小时就走了,好像是在查看什么。他把这称之为'和同事保持良好关系',显而易见,到同事家坐坐,对他来说非常沉重,他到同事家串门,只是因为他认为这是自己作为一个同事应尽的义务。我们这些教员,都怕他,甚至连校长也怕他。您看看,我们这些教员始终都是有头脑、特别规矩的人,受屠格涅夫①和谢德林②的熏陶。可是,此人任何时候都穿着套鞋、带着雨伞,他把持操控这个学校整整十五年!又何止一所中学呢!整个城市都在他的手里!星期六,我们的太太们不敢举行家庭演出晚会,生怕被他打听到。当他的面,神职人员斋期不好意思吃荤和玩牌。在别利科夫这类人的影响下,最近的十到十五年间,我们城的人变得什么都怕:怕大声说话,怕寄发信件,怕交友,怕读书,怕救济穷人,怕学文化……"

伊凡·伊凡内奇还想说点什么,他咳嗽了一下,先抽了抽烟斗,看了一眼月亮,然后特别强调地说:

"是呀!我们都是有头脑、特别规矩的人,我们读了屠格涅夫的书,又读了谢德林的书,还读了巴克尔③的各种著作,可是,瞧,我们却屈服,容忍……问题恰恰在这儿。"

"别利科夫和我同住一幢楼房,"布尔金接着说,"同住一个楼层,门对门,我们经常是:你看到我,我也看到你,所以我也了解他的家庭生活。在家里,他也是那些事:睡衣,睡帽,百叶窗板,门闩,有各种各样的清规戒律,还有:'啊呀呀,千万别惹出什么乱子来!'斋期吃素对健康有害,但又不能吃荤,定是怕人说别利科夫不守斋戒。于是,他就吃牛油炸鲈鱼——这不

①伊凡·谢尔盖耶维奇·屠格涅夫(1818—1883),是十九世纪俄国著名作家,著有《父与子》等长篇小说。
②萨尔蒂科夫·谢德林(1826~1889),是十九世纪俄国著名作家,著有《戈洛夫廖夫老爷们》等长篇小说。
③巴克尔(1821—1862),英国历史学家、实质论社会学家。

是素食,但也不能说是斋期禁止吃的荤菜。出于胆怯,他不敢用女仆,怕人背后对他胡思乱想。他雇了个厨子叫阿法纳西,一个六十岁上下的老头子,嗜酒,傻乎乎的。他曾经当过勤务兵,能烧点菜。这个阿法纳西通常站在房门口,双臂交叉,深深地叹口气,嘟嘟哝哝地总是重复那句话:

"'如今,他们这种人生得已经太多了!'

"别利科夫的卧室很小,就像一只箱子,床上挂着蚊帐。睡觉的时候,他一躺下,就用被子蒙着头,天气又闷又热,风扑打着紧闭的大门,炉子上"呜呜"作响,厨房里传来阵阵叹息声——阵阵不祥的叹息声……

"就是钻在被子里,他也感到恐惧。他生怕会惹出什么乱子来,生怕阿法纳西杀了他,生怕强盗溜进家来,随后,整整一夜都做着噩梦。而到了早晨,我和他一起去学校的时候,他提不起精神,脸色发白,也看得出来,现在他去的学校,里面人多繁杂,令他胆寒。他从头到脚都感到厌恶,现在他与我同行,这个生性孤僻的人也觉得难受沉重。

"'我们的多少教室里都吵得不得了,'他一边说,一边似乎在极力寻找自己心情沉重的理由,'不伦不类,什么都不是!'

"后来这个希腊语教员,就是这个装在套子中的人,您能想象吗,差一点结婚啦!"

伊凡·伊凡内奇迅速地打量了一下库房后说:

"您在开玩笑啦!"

"我没有开玩笑,无论这多么让人奇怪,他是差一点结婚了。我们学校派来了一位史地课的新教员,叫什么米哈伊尔·萨维奇·柯瓦连科,小俄罗斯人①。来的不是他一个人,他还带着他的姐姐瓦连卡。柯瓦连科年纪轻轻的,高挑的个儿,皮肤黑黝黝的,一双手非常大,脸相就看得出,

---

①乌克兰人的旧称。

他说话的声音低沉,的确,他的声音像从木桶里发出来似的:嗡,嗡,嗡……他姐姐年纪已经不小了,30岁左右,高个儿,身材匀称,乌黑的眉毛,红脸蛋——总而言之,她已经不是个处女姑娘。她活泼非凡,没有安静的时候,总是不停地唱着小俄罗斯的抒情曲,连声大笑。只要稍微有点什么,就会发出一连串狂笑声:哈——哈——哈!我们初次正经八百地结识科瓦连科姐弟俩的情景,我现在还历历在目,是在校长命名日的宴会上。一帮神情严肃、特别无趣味的教员,把参加校长命名日宴会只作为例行公事。在他们中间,我们忽然看到,在大海的浪花中,诞生了一位新的阿佛洛狄忒①:她双手叉着腰走来走去,哈哈大笑,又唱又舞……她动情地唱了一首《微风吹来》,随后又唱一支抒情曲,还唱了另一曲,于是我们大家都被迷住了——大家,甚至包括别利科夫在内。他紧挨在她身旁坐下,甜滋滋地眉开眼笑地说:

"'小俄罗斯语温情脉脉,娓娓动听,总使人联想到古希腊语。'

"这奉承话使她眉飞色舞,接着,她用动情而又令人信服的语气开始给他讲述了起来。说在加佳奇县,她在那有块田庄,现在她妈住在那里,那里有多好的梨,那里有多好的甜瓜,那里有多好的'小酒馆'②!小俄罗斯人把南瓜叫'小酒馆',而把'酒馆'叫'申诺克'。他们做的罗宋汤,西红柿加甜菜煮的,'味道美极了,味道美极了,简直——好吃得要命!'

"我们听着、听着,忽然,大家的头脑里有一个同样的想法浮现。

"'他们俩喜结良缘多好。'校长夫人悄悄地对我说。

"不知怎么的,我们大家都想起来了,我们的别利科夫还没有结婚,而我们此时都觉得奇怪,对他生活中如此重大的事,我们竟然至今没有在

①阿佛洛狄忒,希腊神话中爱与美的女神,相当于罗马神话中的维纳斯,她在大海的浪花中诞生。
②"кабак",俄语中意为"酒馆",乌克兰语中意为"南瓜"。

意,完完全全给忽略了。一般来说,他对女人持什么样的态度? 他怎么解决自己的这个重大问题呢? 以前,我们对此压根儿不感兴趣,我们甚至连想都不能想:这个无论什么样的天气都穿着套鞋、睡在挂着帐子的床上的人能产生爱?

"'他早过了 40 岁,而她也 30 岁了……'校长夫人解释自己的想法,'我觉得,她是会嫁给他的。'

"在我们省,出于无聊,多少不需要做的事,多少愚蠢的事,哪一件事没有干过! 这是因为需要做的事完全没人做。瞧,很难设想这个别利科夫会结婚,突然间要给他做媒,我们为什么去做呢? 校长夫人,督学夫人,所有教员的夫人全都兴趣盎然,她们甚至连模样都漂亮了许多,仿佛突然看到了生活的目标。校长太太订了一个剧院包厢,我们一看——瓦连卡坐在她的包厢里,她拿着一把小扇子,容光焕发,甜甜蜜蜜的,身旁挨坐着别利科夫——瘦小、弯着腰、像是被人用钳子钳来似的。我在家里举行晚会,太太们便要求我,无论是别利科夫,还是瓦连卡,都一定要邀请上。总而言之,机器发动起来了。原来瓦连卡不反对出嫁。她跟弟弟生活在一起也不大开心,大家只知道他们成天争吵、相互谩骂,我给您描述一段场景:柯瓦连科在大街上走着,他个头高大、身体壮实,穿着一件绣花衬衫,一小撮头发从帽子下沿露出,挂在额头上。他一手抱着一包书,一手拐着一根多疤多疖的粗手杖。他姐姐跟在后面走,她也拿着很多书。

"'你啊,米哈伊里克①,这本书你可没有读过!'她大声地辩说道,'我要对你说,我发誓,你压根儿没有读过这本书!'

"'可我要告诉你,我读过了!'柯瓦连科一边大声嚷着,一边用手杖敲着人行道,发出"嘚嘚"的响声。

---

①米哈伊尔的小名。

"'啊呀呀,明契克①,我的天! 你发什么火呀,你要知道,我们所谈的是原则性的问题。'"

"'可我要对你说:我读过!'他嚷得声音更响了。

"在家里,无论有没有外人,他们照样相互叫骂不断。这种生活一定让她厌倦了,她情不自禁地想有一个属于自己的小窝,再说,年龄也应该引起注意了。此时,没有时间挑挑拣拣了,随便嫁给谁都可以,哪怕嫁给希腊语教员也行。顺便说说,对于我们这里的大多数小姐来说,嫁了就嫁了,嫁给谁都行。不管怎样,瓦连卡开始对我们的别利科夫表露出明显的善意。

"那么别利科夫怎么样? 他去柯瓦连科家,就像到我们教师家拜访一样。他一去,坐下,沉默不语。他一言不发,而瓦连卡给他唱《微风吹来》,或者用自己那双乌黑的眼睛若有所思地打量着他,或者突然发出朗朗大笑声:

"'哈——哈——哈!'

"在恋爱问题上,尤其是在结婚上,劝说、暗示起着很大的作用。大家,包括所有的同事,也包括所有的太太们,都劝说别利科夫该结婚了。说他的生活中什么也不缺,就欠结婚了,我们大家都祝贺他,一本正经地说了各种各样的俗套话,比如说婚姻是人生重要的一步,等等,说更何况瓦连卡相貌不差,招人喜欢,是五品文官的女儿,有块田庄,而最主要的,她是第一个待他温情脉脉、真心实意的女人。他开始晕头转向了,于是,他拿定主意,他确确实实需要结婚了。"

"瞧,这下子可以甩掉他的套鞋和雨伞了。"伊凡·伊凡内奇脱口说了出来。

---

①米哈伊尔的小名。

"您想象一下,这原来是不可能的。他把瓦连卡的相片放在自己桌子上,不断来我家谈瓦连卡,谈家庭生活,谈婚姻是人生中重要的一步,他也常去柯瓦连科家做客,尽管如此,他的生活方式却一点没有改变。甚至相反,结婚不结婚,折磨得他像害了一场病:他消瘦了,脸色发白了,结果,比起先前,他把自己更深地藏进了套子里。

"'我喜欢瓦尔瓦拉①·萨维什娜,'他带着微微勉强的笑容对我说,'我也知道,每个人都必须结婚,但是……这一切,您是否知道,这一切来得似乎太突然……需要考虑一下。'

"'有什么考虑的呀?'我对他说,'结婚,不就得了。'

"'不,结婚——是重要的一步,应该掂量一下面临的义务和责任……免得今后会出什么乱子。这使我寝食不安,以至于现在整夜整夜睡不着。我老实说,我怕,怕他们姐弟俩的古怪思想方法,怕他们对事情,您知道吗,对事情的评判也有点古怪,怕她的性格太花。结婚,上帝保佑,会弄出什么麻烦。'

"就这样,他没有求婚,总是一直拖着,令校长夫人和我们所有的教员太太们大为遗憾的是,他总是在反复掂量面临的义务和责任。顺便说说,他几乎每天都跟瓦连卡溜达散步,他也许在想,处在他的位置,太需要这样做了,他常来我家谈论家庭生活。根据一切可能的判断,要不是后来突然发生了 Kolossalische Skandal②,他最终会去求婚,接着,会办成一门愚蠢婚姻,谁都不需要。在我们这里,出于闲得无聊,出于无事可做,人们在操办着成千上万个这类婚姻。需要说的是,从认识别利科夫的第一天起,瓦连卡的弟弟柯瓦连科就憎恨他,无法容忍他。

"'我弄不明白,'他耸耸肩膀对我们说,'我弄不明白你们怎么能容忍

---

① 瓦连卡的正式名字。
② 德语,荒唐的事。

这个爱打小报告的小人，容忍这张卑鄙龌龊的嘴脸。哎呀呀，先生们，你们怎么能够在这里过日子！你们这里的空气浑浊，令人窒息。难道你们是教育家？是老师？你们是一帮官吏，你们这里不是科学的殿堂，而是城市警察局，是散发着一股酸臭味的警察岗亭。不行，弟兄们，我在你们这儿与你们待的时间不会长，不久就会回到自己的田庄去。我将在那里捉捉虾，教教小俄罗斯的孩子们。我一定走，你们同你们的犹大①留在这里吧，让他见上帝去吧！'

"他哈哈大笑，哈哈大笑地流出眼泪，一会声音低沉，一会声音尖细。他双手一摊地问我：

"'他为什么来我家坐？他要干什么？他坐着，看着！'

"他甚至还给别利科夫起了个绰号叫'蜘蛛吸血鬼'。可以理解，当着他的面，我们避谈他姐姐瓦连卡准备嫁给'蜘蛛吸血鬼'的事。有一天，校长夫人给他露了风声，说要是把他的姐姐嫁给像别利科夫这样一个仪态得体、大家都尊敬的人多好，他皱起眉头，嘟嘟哝哝地说：

"'这不关我的事。哪怕她嫁给一条毒蛇。我不喜欢干预别人的私事。'

"现在您听听后来的事吧。有这么一个好做恶作剧的人画了一幅漫画：别利科夫穿着套鞋、卷着裤腿、撑着雨伞在走路，旁边伴随着挽着他胳臂的瓦连卡，下面的题词是：'热恋中的 Anthtopos②！'神态逼真，您知道吗，震撼惊人。画家也许画了不止一个夜晚，因为男子中学、女子中学的全体教员，师范学校的教员、官员，他们都人手一份。别利科夫也收到一幅。漫画给他带来了最为沉重的感受。

"一次，我们从家门一起走了出来。这天正好是五月一日，星期天。

---

①加略人犹大，新约中的一个使徒，为了30枚银币出卖基督，转义叛徒。
②古希腊语，人。

我们大家,包括教员和学生,讲好在校门口集合,然后,一起步行到郊外的树林里去。我们走了出来,他的脸色发青,阴森得赛过乌云。

"'还有这样坏、这样恶毒的人啊!'他脱口说了一句,两唇抖动了起来。

"我甚至开始可怜起他来。我们走着,突然,您可以想象,柯瓦连科骑着自行车追上来了,瓦连卡跟在他的后面,也骑着自行车,她脸红彤彤的,有点疲惫不堪,但喜气洋洋、乐呵呵的。

"'我们,'她大声叫喊着,'先走一步啦!天气太好了,太好了,简直是个奇迹!'

"他们俩消失在远方。我看别利科夫脸色由铁青变为惨白,就像吓傻了。他停下了脚步望着我……

"'请您想想,这成什么啦?'他问我,'或许是视线欺骗了我?难道中学的男教师、女教师骑自行车得体?'

"'这有什么不得体的东西?'我说,'让他们好好骑去好了。'

"'这怎么可以?'他大叫了一声,我心平气和的态度使他感到十分惊讶,'您说什么呀?'

"他受到的打击极为严重,以至于不愿意再往前走,转身回家去了。

"第二天,他老是神经质地搓着两手,不停地打着寒战,一看脸色,他是病了。他没放学就回去了,这在他的生活中还是第一次。他也没有吃午饭。快到晚上的时候,他加了衣服,尽管户外已经完全是夏天了,他拖着沉重的脚步来到柯瓦连科的家。瓦连卡不在家,他只碰到了她的弟弟。

"'您请坐,恳切地请求您,'柯瓦连科冷冷地说完,皱起了眉头。他睡眼惺忪,午睡刚醒,心里极不愉快。

"别利科夫默默坐了十来分钟后开口说了起来:

"'我到您这儿来,是想放松一下心情。现在,我的心情特别特别沉

重。某个诽谤者画了一幅讽刺的漫画,讽刺了我,还讽刺了另一位你我都很亲的女士。我认为有责任向您说,这事与我风马牛不相及……我没有给这类讽刺嘲笑任何理由——与此相反,我所有的言行举止都表明,我完全是个正派的人。'

"柯瓦连科别别扭扭、堵着气坐在那里,一言不发。别利科夫等了片刻,继续忧伤地小声说:

"'我还有点事和您说说。我从事教育多年,而您则是刚刚开始,因此,作为一个年长的同事,我认为有责任提醒您。您骑自行车,对于青少年的教育者来说,这种玩笑开得太不雅观了!'

"'究竟是为什么?'柯瓦连科用低沉的声音问。

"'米哈伊尔·萨维奇,此时难道还需要解释吗?这难道不清楚吗?教员骑自行车了,那么学生们做什么呢?他们只能用头走路了!既然此事未经告示批准,那就不能做。昨天我吓死了!当我一看到您的姐姐,我的两眼前就变得漆黑一团。一个女人或一个姑娘骑自行车——这太吓人了!'

"'您自己究竟有什么事?'

"'我只有一件事——米哈伊尔·萨维奇,对您提个醒。您还年轻,您有远大的前途,您的行为举止必须非常小心,可您太掉以轻心了,唉,太掉以轻心了!您穿着绣花衬衫走来走去,在大街上老是捧着一堆书,瞧,现在又骑自行车了。您和您姐姐骑自行车的事,校长要是知道了,然后,又传到督学那儿……最终会有什么好结果呢?'

"'我和我姐姐骑自行车,此事与任何人都没有干系!'柯瓦连科说完脸涨得通红,'要是谁来干涉我和我家庭的私事,我就把他送到地狱里去!'

"别利科夫一下子脸色煞白,他站起身。

"'既然您用这种口气与我讲话,那么我就不能再说下去了,'他说,'我请求您,当着我的面,往后您千万别这样谈论上司。您应该尊敬当局才是。'

"'难道我说了当局不好的话吗?'柯瓦连科恶狠狠盯着他问,'请给我太平点。我是一个诚实正直的人,根本不想与您这样的先生谈话。我不喜欢打小报告的人。'

"别利科夫神经质地忙乱一团,脸上布满了惊恐的神色,他迅速套上外衣。要知道,这可是他平生第一次听到这么无理粗鲁的话。

"'您想怎么说就怎么说去吧,'他一边从前室走到楼梯口,一边说道,'只是我得提醒您:我们刚才的谈话一定有人听见了,为了避免别人曲解我们交谈的内容,惹出什么乱子来,我必须向校长汇报这次谈话的内容……汇报主要的要点。我应该这样做。'

"'要汇报吗? 去,汇报去吧!'

"柯瓦连科从后面一把抓住他的衣领一推,接着,别利科夫开始沿着楼梯朝下滚,他的套鞋发出一阵'哒'、'哒'的碰击声响。楼梯又高又陡,不过他却能平平安安地滚到楼下,他站起身,摸了摸鼻子,看看眼镜碎了没有。就在这时——正当他从楼梯上滚下来的时候,瓦连卡和两位太太恰好走进屋子;她们站在下面看到了——对别利科夫来说,这比任何事情都可怕。他觉得,脖子摔断了,两条腿摔折了,这也比成为别人的笑柄强呀,瞧,要知道,这下全城的人都会知道,会传到校长和督学的耳朵里——哎呀呀,千万别惹出什么乱子来! 有人又会画一幅漫画,这事将以勒令他退职而告终……

"等他从地上爬起来后,瓦连卡才认出是他。她打量着他那张滑稽的脸,打量着那满是褶纹的大衣,打量着套鞋,弄不明白是怎么回事,她以为是他自己不小心跌倒下来的。于是,她忍不住了,接着,她对着整个大楼

放声大笑起来:

"'哈——哈——哈!'

"这一连串忽高忽低的'哈——哈——哈'笑声断送了一切:包括别利科夫的婚事,也包括他在地球上的生存。他已经听不到瓦连卡说了什么,他什么都看不见。回到家里后,他先清理走了桌上放着的瓦连卡的相片,然后朝床上一躺,从此以后,他再也没有从床上起来。

"大约三天后,阿法纳西来我家问我,要不要派人去请医生,因为他家老爷发生什么事情了。我去别利科夫家。他在床上躺着,挂着帐子,盖着被子,一声不吭,你问他什么,他只回答'是'或者'不是',除此没有别的一句话。他躺着,阿法纳西脸色阴沉,眉头紧锁,在旁边转来转去,不住地长吁短叹,他身上散发着阵阵就像从酒店里散发出来的烧酒酒气。

"一个月后,别利科夫死了。我们大家,也就是男子中学、女子中学和师范学校的所有人,都去给他送葬。现在,他躺在棺木里,面容温和、高兴,甚至是愉快的,似乎他很快乐,因为他终于被装进了套子里,他从此再也不必从套子里钻出来了。是的,他实现了自己的理想!下葬的那一天,似乎为了悼念他,天色阴沉,下着雨,我们大家都穿着套鞋,打着雨伞。瓦连卡也参加了葬礼,棺木下墓穴时,她哭了一阵。我发现,小俄罗斯女人不是哭就是笑,仅此而已,她们没有哭、笑之外的情绪。

"我老实说,埋葬像别利科夫这样的人,是一件特别愉快的事。从墓地回来的时候,我们的面色都很端庄、阴沉,谁也不愿意流露出喜悦的心态——这心态很像我们在很久很久以前,还是在童年时代感受过的:大人们一出了家门,我们就在花园里东奔西跑一两个小时,享受着充分的自由。啊,自由,自由!哪怕有一点点自由的苗头,甚至一点点可能有的自由的希望,它也会给心灵插上翅膀,我说得难道不对?

"我们怀着欢愉的心情从墓地回到了家。可是,一个星期还没有过

去,生活又开始像原来的样子继续,日子依旧特别严酷,特别压抑,毫无条理。这生活,尽管没有明令禁止,但也没有完全允许,没有变好。确实,我们是埋葬了别利科夫,但是,还有多少个这类装在套子里的人活着,还有多少个"别利科夫"要生出来呀!"

"所以,问题恰恰在这儿。"伊凡·伊凡内奇说完,抽起了烟斗。

"将来还会生出多少装在套子里的人啊!"布尔金重复说。

中学教员从库房里走了出来。他个头不高,胖胖的,秃脑壳,留着几乎挂到肚脐眼的大胡子,两条狗也跟着跑了出来。

"月亮啊,月亮!"他仰望着天空说。

已经到了午夜。右边,整个村子都在眼中,一条长长的村路通向远方,有四五俄里,一切都沉浸在静悄悄的熟梦之中,没有动静与声响,真叫人难以置信,大自然竟能静悄悄到如此程度。在这月色浓浓的夜间,望着那宽阔的乡间大道以及大道两旁的农舍、草垛和沉睡的杨柳,心开始静了下来。在这安静中,在朦胧的夜色里,隐藏了辛劳、忧虑和不幸,它是短暂的、凄惨的,也是美丽的,人们也觉得,连星星都在亲切、深情地望着它,似乎在大地上已经没有邪恶,一切都友善美好。左边,村子的边上是田野,田野一望无际,一直延伸到地平线,在沐浴着月光的这片宽广的大地上,同样既没有动静,也没有声响。

"问题恰恰在这儿,"伊凡·伊凡内奇重复说道,"我们生活在空气浑浊、拥挤不堪的城市里,写着多余的用不着的公文,玩着螺丝游戏——难道这不是套子?在懒汉中间,在恶棍中间,在愚蠢、空虚的女人们中间,我们消磨着自己的一生,讲述着、谛听着各种各样的胡说八道——这难道不是套子?唉,假如您愿意的话,我给您讲一个非常有教益的事。"

"不用了,该睡觉了,"布尔金说,"明天见!"

他俩走进库房,躺在干草上。他们已经盖上被子,正要蒙眬入睡时,

忽然听到一阵轻盈的脚步声:"嘚嘚"、"嘚嘚"……有人在库房不远的地方走动,他走了一点,站住了,四五分钟后,又走动了起来:"嘚嘚"、"嘚嘚"……两只狗"汪汪"地叫了起来。

"这是马夫拉在走路。"布尔金说。

脚步声沉寂了下来。

"看着人们作假,听着人们说谎,"伊凡·伊凡内奇翻了翻身脱口说,"你忍受这种虚伪,容忍屈辱、侮辱,不敢公开说你站在诚实、自由的人们一边,自己也吹牛说谎、傻笑,这一切都是为了一片面包,为了一块温暖的小角落,为了捞一文不值的一官半职,别人就管你叫傻瓜——不,再也不能这样生活下去了!"

"啊呀呀,您这已经是另一个话题了,伊凡·伊凡内奇,"教员说,"我们睡觉吧。"

十来分钟后,布尔金已经进入了梦乡,而伊凡·伊凡内奇却总是在不断地辗转翻身、叹气。然后,他站起身,又走到外面,在门旁坐下,抽起了烟斗。

一个官员的死

　　在一个晴朗的晚上,有一个心情同样很好的庶务官,叫伊万·德米特里奇·切尔维亚科夫,此时正坐在戏院正厅的第二排拿望远镜看《哥纳维勒的钟声》①。他看着看着,被演员们的演出所感染,心中升起无比的欢乐和幸福。可是,突然……在小说中,经常碰到这个"可是,突然"。作家是对的,因为生活中充满了意外! 可是,突然,他皱起了脸,眯缝着眼睛,屏住了呼吸……他从眼睛上拿掉望远镜,弯下腰,接着……清脆的一声"阿嚏!"正如你们所看到的,他打喷嚏了。打喷嚏,无论什么人,无论什么地方,谁都没有禁止过。乡下人打喷嚏,警察局长打喷嚏,甚至就连三级文官有时候也打喷嚏,大家都打喷嚏。切尔维亚科夫一点也没有什么不好意思,他用手帕擦了擦嘴,作为一个彬彬有礼的人,他往四下里看了一眼,看看他的喷嚏有没有打扰到什么人。可是,此时,他不得不突然尴尬

---

①三幕歌剧,法国作曲家普朗开德(1847—1907)所作。

起来。他发现,坐在他的前面,就是坐在正厅第一排,一个小老头正拿手套一个劲地擦自己的秃脑壳和脖子,嘴里还嘟哝着什么。切尔维亚科夫认出那个小老头是布里兹扎查洛夫,他是在交通部任文职的将军。

"我喷到他了!"切尔维亚科夫想,"他不是我的上司,是别的部里的,不过,那也还是不好意思,应该道个歉。"

切尔维亚科夫干咳了一声,把身子向前倾去,对着将军的耳朵小声说:

"对不起,大人,我把唾沫星喷在您身上了……我不小心……"

"没有什么,没有什么……"

"看在上帝的面上,请您原谅。要知道,我……我不是故意这样的!"

"啊呀呀,坐下,请让我们听歌剧吧!"

切尔维亚科夫一副难堪狼狈的样子。他傻笑了一下后,眼睛开始朝舞台看去。他看啊看啊,可再也找不到幸福的感觉了。诚惶诚恐的心情开始折磨着他。到了剧场中途休息的时候,他走到布里兹扎查洛夫的跟前,在他身旁转了一会,然后,壮了壮自己的胆子,嘴里嘟嘟哝哝地说:

"我喷到您了,大——大人……请您原谅……要知道……我不是故意的……"

"啊呀呀,够啦……我已经忘了,而您总说这个!"将军说完,不耐烦地微微撇了撇自己的下嘴唇。

"他说忘了,可他的眼里却显现出一道阴险的目光呀,"切尔维亚科夫一边怀疑地看着将军,一边心里暗想,"他连话都不愿意说。最好给他解释一下,说,我完全是无意的……说,打喷嚏是自然规律,否则,他认为我故意喷他了。现在他不这样想,之后他一定也会这样想……"

一回到家,切尔维亚科夫就把自己不礼貌的事告诉了妻子。正如他所感觉的,他妻子开始时被他所讲的事吓到了。她一个劲地惊慌失措,然

装在套子里的人

一个官员的死

而后来弄明白,布里兹扎查洛夫是"别的"部的,也就安静了下来。但是切尔维亚科夫却觉得妻子把已经发生的事情看得太淡了。

"虽然事情不大,但你还得去赔个不是,"她说,"否则他想,你在大庭广众之下行为举止不得体了!"

"问题恰恰在这儿啊!我已经道过歉了,可是他的回应有点怪……一句好听的话也没说。不过话又说回来,那时也没有时间谈话。"

第二天,切尔维亚科夫穿上一套崭新的制服,刮了胡子,动身去布里兹扎查洛夫家里解释……一走进将军的接待室,他就看见里面有许多来请托办事的人,将军本人站在他们中间,他已经开始倾听他们的诉求。将军询问过几个来请托办事的人后,抬起眼睛看着切尔维亚科夫。

"假如您还记得的话,大——大人,昨天在'阿尔卡季亚'剧院,"庶务官开始报告起来,"我打喷嚏了,结果……意想不到,溅到了您……请您原谅……"

"多么微不足道的小事……上帝知道是怎么一回事!您有什么需要我效劳的?"将军对下一个来请托办事的人说。

"他不想说话!"切尔维亚科夫暗想,脸色变得惨白,"这就是说:他发怒了……不,不能这样下去……我要解释解释……"

将军跟最后一个请托事情的人谈完话后,正要走进里面的房间时,切尔维亚科夫跟在他后面向前迈了一步,嘟嘟哝哝地说了起来:

"您……大人!假如我胆敢打搅您了——那,我可以说,正是出于一种悔恨的感觉!那不是有意做的,请您务必知道,大人!"

将军做出一副哭丧着脸的样子,摆了摆手。

"先生,您简直是在这儿嘲弄人啊!"他说完,随手关上他身后的大门。

"这是什么样的嘲弄人?"切尔维亚科夫想,"这里压根儿没有任何嘲弄人的意思!一个将军,可是,他竟不能理解啊!既是这样,我也不再向

这个好摆架子的人道歉了！真见鬼！我给他写封信，而将军的家，我不来了！皇天在上，我再也不来了！"

切尔维亚科夫一边这样想，一边朝家里走。但给将军的信，他没有写成。他想啊，想啊，这封信，怎么也想不出怎么写，他不得不第二天自己再去解释。

"昨天，我来打搅了您，大——大人，"将军抬起疑问的眼睛望着他时，他嘟嘟哝哝地说了起来，"不是大人说的，我不是为了来嘲弄人。因为我在打喷嚏时喷了您，大人……我是来道歉的，而嘲弄人，我连想也不敢想。我敢嘲弄人吗？要是我们嘲弄人，那么……对人的一点敬意都没有了……"

"滚出去！"将军忽然大声呵斥了一声，脸色发青，全身颤抖。

"什——什么呀？"切尔维亚科夫小声问，他被吓得呆若木鸡。

"滚出去！"将军跺着脚又重复了一遍。

切尔维亚科夫的肚子里好像有个什么东西掉了下来。他什么也看不见，什么也听不到，他退到门口，走到了马路上，一路上步履艰难……他呆板地走到家里，没有脱下制服，朝沙发上一躺，然后……死了。

万　卡

　　万卡·茹科夫，一个九岁的孩子，三个月前被送到鞋匠阿利亚欣那儿当学徒。圣诞节前夜，他没有睡觉。等老板、老板娘、鞋匠们去做礼拜后，他从老板的柜子里拿出墨水瓶和水笔，在自己面前摊开一张皱巴巴的纸，开始写信。在写第一个字母之前，他几次战战兢兢地回过头看了看大门和窗子，斜起眼睛，瞄了一眼深暗色的圣像和圣像两旁的檀头架，断断续续地叹了一口气。他把纸摊在凳上，自己跪在凳前。

　　"亲爱的康斯坦丁·马卡雷奇爷爷！"他写道，"我给你①写信，祝你圣诞节好，愿上帝保佑你万事如意。我没爹没娘，家里只有你一个亲人了。"

　　万卡抬眼看着黑乎乎的窗子，窗上闪动着烛光影子，接着他真切地想起了自己的爷爷康斯坦丁·玛卡雷奇——日瓦列维地主家的守夜人。他是个子矮小、干瘪的小老头，但是非常灵敏、矫健，65 岁上下，长着一双蒙

---

①俄罗斯人的交往中，"你"显得更亲切，特别是家里人更是这样。

眬的醉眼,脸上总是乐呵呵的。白天,他在仆人房里睡觉,或者与厨娘们说说笑话;夜里,他穿着大皮袄,敲着梆子在庄园周围巡察。他后面跟着耷拉着脑袋的老母狗卡什坦卡和公狗泥鳅——因一身黑毛、全身像银鼠得此名。泥鳅特别恭敬、温顺,无论是自己人还是陌生人,见到谁都献殷勤,不过它也不可信。它的恭敬、温顺中隐藏着最为险恶的狡诈。它善于抓住时机潜到人的身后,朝腿肚子咬一口,或者钻进冷藏室,或者偷农民的鸡,在这些方面,哪条狗都比不上它。它的两只后腿已经不止一次被人打断过,有两三次,被人吊起来,每个星期都被打得半死,不过,它每次都活了下来。

现在,爷爷一定站在门口,眯缝着眼睛看着乡村教堂的红窗子,一边掇着毡靴,一边与仆人开玩笑。他的梆子挂在腰上。他冻得时不时搓手、缩头,一会儿逗佣人,一会儿拉厨娘,发出年迈而虚弱的笑声。

"咱们来吸点烟?"他边说边把自己的烟盒放在女人们跟前。

女人们吸了吸,打着喷嚏。爷爷乐极了,发出一阵欢乐的笑声,他叫道:

"擦掉,否则粘住了!"

他们还给两条狗闻烟。卡什坦卡闻得直打喷嚏,皱起了鼻子,接着委屈地走开了。出于恭敬,泥鳅可没有打喷嚏,一个劲摇着尾巴。天气好极了,静静的天空清澈而清新。夜黑,可整个村子、白房顶、烟囱冒出的缕缕炊烟、披着银霜的树木、雪堆,都能看得到。整个天空布满了快活地眨着眼的繁星,马路显现得特别清晰,仿佛有人在节前用雪洗擦过……

万卡叹了一口气,用笔蘸了蘸墨水,接着写了下去:

"昨天我挨了揍。老板拧着我的头发把我朝院子里拉,用皮条狠狠地抽我,因为我摇他们睡在摇篮里的孩子时不小心打了一个瞌睡。上个星期,老板娘叫我洗一条青鱼,我从鱼尾开始洗,老板娘马上夺过鱼,用鱼头

戳我的脸。平时鞋匠拿我取笑,差我到小酒店打酒,叫我偷老板的黄瓜,老板随手拿到什么家伙就打我。没有任何可吃的东西。早上给点面包,午饭喝粥,晚上还是一点面包,茶啦,或者汤啦,只有老板、老板娘自己才能大口喝。叫我睡在过道里,他们的孩子一哭,我就不能睡,要去摇摇篮。亲爱的爷爷,行行好吧,带我离开这儿,带我回家,回到村子里,否则我没有任何活路……我给你跪下,永远求上帝保佑你,带我离开这儿吧,不然我会死去的……"

万卡撇了撇嘴,用自己发黑的拳头揉了揉眼睛,呜咽了一下。

"我给你揉烟叶,"他接着写了下去,"我求上帝保佑你,要是我做了什么错事,你就像抽西多罗夫山羊那样抽打我。要是你认为我干不了什么,那我就去求掌柜,看在基督的面上,求他让我给他擦皮靴,或替代费季卡做牧童。亲爱的爷爷,我没有任何活路,只有死路一条。我本想跑回村子,可没有靴子,我怕冷。我长大后,要养你,报你的大恩,不许任何人欺侮你。你去世后,我祈祷上帝让你灵魂安息,就像为我妈妈帕拉格娅祈祷一样。

"莫斯科是个大城市,房子全是老爷们的。马很多,而羊却没有,狗不凶。在这里,孩子们不准打着星星灯跑来跑去,谁也不准进教堂唱诗班唱诗。有一回,我在一家店铺的橱窗里看见鱼钩,鱼钩装上了钓丝,能钓各种鱼,挺值钱的,有一只鱼钩能钓一普特①重的大鲶鱼。我还看到有几家店铺卖各种枪,像老爷家的,说不定每支要上百卢布……肉店里有松鸡,有榛鸡,有兔子,可店伙计不说它们是从哪儿捕来的。

"亲爱的爷爷,老爷家里布置了圣诞树,上面挂着各种各样的礼物,你给我摘下一个金色的胡桃,放进小绿箱子。你向奥莉加·伊格纳季耶芙

---

①普特,俄国重量单位,等于16.38公斤。

娜小姐讨吧,就说是给万卡的。"

万卡叹了一口气后突然凝神看着窗户。他回想起,为了老爷家的圣诞树,爷爷总是带上孙子到树林里去砍。多快乐的时光啊! 爷爷"咔咔"地叫,树木"咔咔"地响,看着这些,万卡也"咔咔"地喊。砍树前,爷爷常常是先吸完一袋烟,久久地闻烟,笑眯眯地看着受冻的万卡……一颗颗小嫩松披着白霜,站在那儿一动不动,静静地等着看它们中谁先被砍死。突然,一只兔子不知从哪儿跳了出来,在雪堆上像箭似的飞蹿而去……祖父忍不住叫了起来:

"逮住,逮住……逮住! 啊呀,短尾巴鬼!"

爷爷把砍下的松树拖到老爷家里,大家在那开始装点它……忙得最多的是万卡喜爱的奥莉加·伊格纳季耶芙娜小姐。万卡的母亲帕拉格娅在世的时候给老爷做女仆,奥莉加·伊格纳季耶芙娜常常给万卡糖果吃,没有事情的时候教他念书、写字,教他用百以下的数字数数,还教他跳方阵舞①。可帕拉格娅一死,孤儿万卡就被送给爷爷,进了仆人房,之后又从仆人房送去了莫斯科鞋匠阿利亚欣的鞋铺……

"亲爱的爷爷,你来吧,"万卡朝下写,"我求你,看在基督和上帝的面上,带我离开这里吧。可怜我这个不幸的孤儿,大家都打我,我饿得慌,闷得无法形容,总是哭。不久前,老板用楦头打我的头,我被打昏在地上,好不容易才醒过来。我的日子太苦了,比狗都差……向阿廖娜、独眼叶戈尔卡、车夫问好,别把我的手风琴给别人。你的孙子伊万·茹科夫就写到这里,亲爱的爷爷,来吧!"

前天,万卡用一个戈比买了一只信封,现在他把写好的信叠成四折,装进信封……他稍稍想了一会,蘸了一下墨水,写下地址:

①一种民间双人跳的交际舞蹈,通常是2/4的拍子。

寄乡下爷爷收。

然后,他抓了一下头发,想了想,又添了添:

康斯坦丁·马卡雷奇收。

没有人打扰他写信,他得意极了,此时,他戴上帽子,棉袄也不披,穿着衬衫就冲上了大街……

昨天晚上他问过肉铺伙计,伙计告诉他,把信丢进邮筒,醉醺醺的车夫会从邮筒里取出,赶着邮车,分发各地,一路上,叮叮当当的铃声响成一片。万卡奔到离他最近的一个邮筒,把宝贵的信塞进邮筒口里……

他陶醉于甜美的希望之中,过了个把钟头的光景,他就进入梦乡了……他梦见了炉灶,爷爷坐在炉台上,一双光脚挂在下面,他在给厨娘们念信……泥鳅在灶旁摇着尾巴走来走去……

脖子上的安娜

一

婚礼上连简单的甜食都没有准备，婚礼后，一对新人各喝了一杯酒，便换装到火车站去了。没有欢乐的婚庆舞会和晚宴，没有音乐和舞蹈，取而代之的是，他们赶到 200 俄里以外的地方去朝圣，许多人称赞这种做法。他们说，莫杰斯特·阿列克谢伊奇是个做官的，年纪不小了，说不定，举办喧哗嘈杂的婚礼会显得不大得体，况且，一个 52 岁的官儿，娶了一个刚满 18 的姑娘，此时，连音乐也会令人乏味。人们甚至说，莫杰斯特·阿列克谢伊奇是个规规矩矩的人，他去修道院朝圣的主意，说实在的，是想让自己年轻的妻子明白：在婚姻上，他是把宗教和道德放在首位的。

同事和亲戚们给这对新人送行。人们端着酒杯站着，等待火车出发欢呼"乌啦!"新娘的父亲彼得·列昂季伊奇头戴礼帽，身穿教员礼服，现在他醉醺醺的，脸色惨白，拿着酒杯，不停地挨着车窗央求说：

"安妞塔！安尼娅！① 安尼娅，说一句话！"

安尼娅从车窗口俯下身，一股刺鼻的酒气直冲向她，他叽叽咕咕地和她说了些什么，给她耳里灌了一些听不清楚的话，在她脸上、胸前、手上画着十字，此时，他的呼吸在颤抖，两眼泪水晶晶发亮。她的两个弟弟——中学生别佳和安德留沙——从身后拉他的衣服，难为情地小声说：

"爸，开车了……爸，别这样……"

火车开动后，安尼娅看到他的父亲还跟着车厢跑了一会，身子东倒西歪，酒杯里的酒都洒了出来。他的一张脸是多么可怜、善良、惭愧啊！

"呜——啦——啦！"他叫着。

只剩下新婚夫妇。莫杰斯特·阿列克谢伊奇扫视了一下包房后，把行李放在行李架上，然后，笑容可掬地坐在他年轻妻子的对面。他是一名中等身材的文官，身材粗壮，肥胖，没留唇髭，却长满了长长的络腮胡子，他刮过的、轮廓分明的圆下巴很像脚后跟。他脸上的最大特色是没留唇髭，有着一块刚刚刮过的不毛之地，它慢慢与两旁像果冻一样抖动的肥胖面颊交汇。他行为举止得体，动作不快不慢，气质文雅。

"现在，我不得不想起一件事情，"他笑着说，"五年前，科索罗托夫得了一枚二级圣安娜勋章，去向大人致谢，大人这样对他说：'这就是说，您现在有三个安娜了：一个挂在纽扣上，两个挂在脖子上。'应该要说的是，一个好吵嘴的水性杨花的女人，名叫安娜，是他的妻子，她刚刚回到他的身边。我希望，我拿二级安娜勋章的时候，大人找不到借口对我说这类相同的话。"

他眯缝着两只小眼睛微微笑着。她也嫣然一笑，与此同时，一种思虑使她恐慌：此人随时会用自己肥厚、湿漉漉的嘴唇吻她，而她已经无权拒

---

① 安妞塔、安尼娅为安娜的爱称。

绝他这样做。他圆滚滚的身子只要稍微动一动，就使她心惊肉跳，她感到既恐惧，又厌恶。他站起身，慢条斯理地从脖子上取下勋章，脱掉燕尾服和坎肩，换上了长衫。

"瞧，这样好。"他一边说，一边坐到了安娜的边上。

她想起刚才的婚礼是多么令人难受，她觉得，无论是神甫、来客，还是教堂里所有的人，都沮丧地看着她，在问：这么一个漂亮、可爱的姑娘，为什么要嫁给这个上了年纪、令人乏味的先生？为什么？今天早晨，她还眉飞色舞，觉得一切安排得多好；可就在举行婚礼的时候，还有，现在坐在车厢里，她感到自己错了，被骗了，自己显得多可笑。瞧，她嫁给了一个大款，可她还是没有钱，借钱做了婚礼服。今天，父亲和两个弟弟送她，她看他们的脸色就知道，他们身上连一个小戈比都没有。今天晚上他们能吃上晚饭吗？明天呢？她情不自禁地觉得，没有她，现在，饥肠辘辘的父亲和弟弟只好干坐在家里挨饿，他们在承受着类似安葬母亲后第一个晚上就感受到的悲伤。

"唉，我是多么不幸啊！"她在想，"我为什么会如此不幸呢？"

行为得体的莫杰斯特·阿列克谢伊奇不善与女人打交道，他笨拙地碰了碰安尼娅的腰，拍了一下她的肩膀，而她则想着钱，想着母亲，想着母亲的死。母亲死后，父亲彼得·列昂季伊奇——一个中学习字课和图画课教员——开始酗酒，家境开始贫困了。两个男孩没有靴子和套鞋，父亲被人家扭送到民事法官那儿，法院民事执行官来家查封了家具……多丢人啊！安尼娅要照料酗酒的父亲，要给弟弟补袜子，要跑集市……一旦有人夸她年轻、漂亮、风度翩翩，她就觉得，全世界都在盯着她的廉价帽子看，盯着她皮鞋上用黑墨水涂过的破洞看。到了夜晚，她泪水不断，一种不安的恐惧感怎么也摆脱不掉：父亲因自己体弱很快会被学校辞退，他受不了打击，会跟母亲一样死去。接着，一些熟悉的太太们忙成一团，开始为安尼娅操心找一个好男人。她们很快找到了这个莫杰斯特·阿列克谢伊奇,他不年轻,也不英俊,但有钱。在银行里,他有十万存款,有一个祖上留下、目前他已经租出去的庄园。此人讲原则,颇得上司大人的好评,人家对安尼娅说,叫他到上司大人那儿弄张给校长或者甚至督学写的条条,请求别辞退彼得·列昂季伊奇……他是易如反掌、唾手可得……

她正想着这些往事的细节时,突然,从窗外涌进了一阵音乐声,还带有嘈杂的人声。原来,火车停在一个小站上。月台外,人群里有人快速地拉着手风琴,一把廉价的小提琴催人泪下,而从有着一排高大的白桦和杨树,并沐浴在月光中的别墅群的后面,传来了阵阵军乐队吹奏的音乐,说不定那里正在举行舞会。一些别墅客、城里人在散步,他们是在好天气的时候来这儿呼吸新鲜空气的。这当中有穿着一套古怪衣服的阿尔特诺夫—— 一个又高又胖的黑发男子,脸型像亚美尼亚人,鼓鼓的鱼泡眼,他是拥有这里所有别墅的大老板、富翁。他敞着身上的衬衫,脚穿着一双高统靴,肩上披着一件拖到地上的黑斗篷,活像一件女人服——拖地长后襟。两条纯种猎狗牵拉着尖嘴跟在他的后面。

安尼娅眼睛里的泪花还在晶晶发亮,不过现在,无论是母亲、钱,还是自己的婚事,她都已经不再想了。她走出车厢下到平台,找了个地方,好让大家在月色中能看到她的全貌:穿着华丽新装,带着呢帽。

"我们怎么在这里停下了?"她问。

"这儿是列车的站头,"有人回答她,"在这里会让一趟邮车。"

当她发现阿尔特诺夫正盯着她看时,便撒娇地眯缝起眼睛,大声说起法语来,或是因为她的声音太美妙动听了,音乐声荡漾,水池中倒映着一轮明月,或是因为阿尔特诺夫——这个出了名的风流男子和幸运儿——正在贪得无厌、兴趣盎然地盯着她,或是因为大家都乐陶陶的,安尼娅骤然高兴起来。接着,火车开动,熟悉的军官们举手行军礼向她告别。此时,她

唱起了军乐队从树林后给她奏起的波尔卡舞曲。她回到了包厢里，心里悠然产生了一种特别的感觉，似乎小车站上的人已经使她坚信：无论碰到什么，她将来一定会幸福。

这对新人在修道院里住了两天后回到城里。他们住在一幢公房里。莫杰斯特·阿列克谢伊奇上班后，安尼娅弹钢琴，或者没事哭一阵，或者躺在沙发床上看小说，翻时髦杂志。午饭时，莫杰斯特·阿列克谢伊奇吃得很多，他谈政治，讲些任命、调动和奖赏的消息，说应当劳动，家庭生活不是享受，是一种责任，积累一个个戈比就成一卢布，在人世间，他把宗教和道德看得高于一切。接着，他像提宝剑似地握着餐刀说：

"每个人都应该有自己的职责与义务！"

安尼娅听着他说，心里感到害怕，吃不下东西，通常是饿着肚子离开餐桌。午饭后丈夫要午休，接着响起了呼噜噜的鼾声，而她则去了自己的娘家。父亲和两个弟弟有点不同寻常地看着她，好像在她来之前人们谴责过她，说她是为钱才嫁给一个她反感、讨厌的无聊之人。她那沙沙作响的衣裙、手镯以及她一身太太的打扮，使他们感到难受和侮辱。她的到来，使他们感到有些不好意思，不知道与她说什么，不过，他们还像以前一样爱着她，吃饭的时候，没有她在旁边，他们还不习惯。她坐下，跟他们一起喝汤、喝粥，吃带有蜡烛味的羊油炸土豆。彼得·列昂季伊奇用一只颤抖的手拿起酒瓶，给自己斟满，贪婪而又厌恶地一饮而尽，接着又倒了第二杯，第三杯……别佳和安德留沙——两个瘦削、苍白、大眼睛的孩子——夺过酒瓶，张皇失措地说：

"别这样，爸……够了，爸……"

安尼娅也感到恐惧了，央求他别再喝了，而他却突然暴怒起来，用拳头敲打桌子。

"谁都不许来监视我！"他大声嚷，"讨厌鬼！死丫头！我把你们全都

赶出去!"

不过,在他的声音里,还是流露出底气不足和菩萨心肠,所以,他们谁都不怕他。午饭后,他通常要打扮打扮,他脸色苍白,下巴上有一道刮胡子时刮破的口子,他不停地伸着瘦骨伶仃的脖子,在镜子面前站上整整半个钟头乔装打扮,一会儿梳梳头,一会儿捻捻自己的小黑胡子,一会儿喷喷香水、打打蝴蝶领结,然后,戴上手套和礼帽,走出家门去做私人家教了。如果是节日,那么他就留在家里,画画水彩画,或者弹弹风琴。风琴吱吱哑哑,发出阵阵噪声,他竭尽全力使它奏出和谐悦耳的乐曲,并跟着琴声唱着,或者对着孩子发火:

"恶棍! 坏蛋! 把风琴弄坏了!"

每到晚上,安尼娅的丈夫就跟住在同一幢公房里的同事玩牌。他们玩牌的时候,一群长相难看、服饰不雅、举止粗鲁得像是厨娘的官员太太们也聚到一起。接着,房间里搬弄是非的胡说开始了,这些胡话跟她们这些官太太本人一样丑陋和无聊。有时,莫杰斯特·阿列克谢伊奇带安尼娅去剧院。在剧场中途休息时,他不让她离开自己一步,要她挽着自己的胳臂在走廊里和休息室里走动。他一边对人躬身行礼,一边悄悄对安尼娅说:"五品文官……大人接见过他……"或者说:"此人家产万贯……有自己的店铺……"他们经过小卖部时,安尼娅不由自主地想吃点甜食,她喜欢吃巧克力和苹果馅饼,但她身上没有钱,不好意思向丈夫讨钱。他拿了一只梨,手指揉了揉,踌躇不决地问:

"多少钱?"

"25 戈比。"

"啊呀呀!"他一边说,一边把梨放回原处,不过,什么也不买就离开小卖部,也不自在。于是,他要了一瓶矿泉水,一个人全喝光,喝得他的两眼都冒出了水花。此时,安尼娅憎恨他。

或者,他会满脸涨红,急匆匆地对她说:

"向这位老夫人行礼!"

"可我们之间不认识。"

"反正都一样。她是税务局局长太太! 行礼呀,我在跟你说话!"他嘟嘟哝哝一个劲儿地唠叨着,"你的脑袋不会掉下来的。"

安尼娅鞠躬行礼了,的确,她的脑袋没有掉下来,但心里却承受着百般折磨。丈夫想什么,她就做什么,他像骗一个大傻瓜那样骗了她,她只能生自己的气。她嫁给他只是为了钱,可顺便说说,现在,她的钱比婚前还要少。以前,父亲还常常给她 20 戈比,现在身上却连一个戈比都没有。偷偷拿钱,或者向他要钱,她无法做到,她害怕丈夫,见到他,心里就"突突"跳。她觉得,她自己心灵中对此人的恐惧已经由来已久。在儿时,她总把校长想象成是最威严、最可怕的精神压力,它像压在头上的乌云,像冲过来压死人的火车;另一类压力就是家里经常提起、不知怎的大家都害怕的势力,就是他的上司大人;还有十来种小一些的压力,其中有学校里刮了胡子、声色俱厉、铁面无情的教员;最后,现在这个循规蹈矩的莫杰斯特·阿列克谢伊奇,他连脸都像校长。在安尼娅的想象中,这所有的压力汇集到一起,汇合成一头可怕的大白熊,这头白熊正在一步步逼近一些像她父亲那样的软弱、有过失的人。她不敢说出任何反对的言辞,每当她受到粗野的爱抚,接受被吓得胆战心惊的拥抱时,她只能强作笑颜、佯装快乐。

有一次,为了偿还某一笔非常不快的债务,彼得·列昂季伊奇斗胆向莫杰斯特·阿列克谢伊奇借了 50 卢布,可他承受了多大痛苦啊!

"好吧,我借,"莫杰斯特·阿列克谢伊奇想了一会说,"不过,我警告您,您不戒酒的话,今后我再也不会帮助您。一个站在国家公职岗位上的人,有这种毛病是可耻的。我不能不向您重提一个大家都知道的事实:这

一嗜好断送了很多有才干的人。顺便说说,这些人,只要他们克制,随着时间的推移,说不定会成为身居要职的人。"

接着,是难堪的一套长篇大论:"根据……""鉴于这一状态……""由于刚刚所说的……"而可怜的彼得·列昂季伊奇在忍受屈辱的时候,产生了喝醉酒的强烈欲望。

两个孩子到安尼娅这儿来做客,通常穿着破鞋子、破裤子,也同样要接受他的训话。

"每个人都应当有自己的职责!"莫杰斯特·阿列克谢伊奇对他们说。

钱,他不给。他送了安尼娅戒指、手镯和胸针,说这些东西在遇到困难的时候有好处。他常常拿钥匙打开她的柜子,查查这些东西是不是还在。

二

不知不觉冬天到了。圣诞节前不久,地方报纸就登出消息,说一年一度的冬天舞会将于 12 月 29 日在贵族俱乐部举行。每天晚上打完牌之后,忐忑不安的莫杰斯特·阿列克谢伊奇一边看着安尼娅,一边与官太太们叽叽咕咕,随后长时间地在房间里来来回回走动,在思考着什么。最后,一天夜里,他停在安尼娅面前说:

"你该替自己准备一套舞衣,你明白了吗?只不过,你去跟玛丽亚·格里戈里耶夫娜和娜塔利娅·库兹米尼什娜商量商量。"

接着,他给了她 100 卢布。她拿了钱,跟谁都没有商量,定做了舞衣,只是和父亲说了一下,她在尽心竭力地想象着母亲参加舞会时的穿着打扮。她已经过世的母亲向来穿着时髦,总是为安尼娅忙碌操劳,把她打扮

得漂漂亮亮,像个洋娃娃,教她说法语,教她舞姿翩翩地跳玛祖卡舞①(出嫁前她母亲当过五年的家庭教师)。安尼娅也跟她母亲一样,能把旧裙翻新裙,用汽油洗手套,租用 bijioux②;她也跟母亲一样,会眯缝起小眼,说话会矫揉造作③,会摆出种种动人的姿势,需要时,既可以眉飞色舞,也可以愁云满面,还可以叫人不可捉摸。她从父亲身上继承了一头黑头发、一双黑眼睛,同样也继承了父亲的紧张的神经以及总是喜欢打扮的这一习惯。

赴舞会前半个小时,莫杰斯特·阿列克谢伊奇走进她的房间,他还没穿上礼服,想对着她的穿衣镜把勋章挂在脖子上。他被安尼娅的美貌和一身华丽的薄纱新装舞衣迷住了,他满意地理了一下自己的络腮胡子后说:

"瞧,我的安纽塔是多么漂亮……瞧,多么漂亮! 安纽塔!"突然,他换了庄重的口吻接着说了下去,"我给了你幸福,今天你能使我幸福。我请你去结识大人的夫人! 为了上帝! 通过她,我能当上主任奏事官!"

他们乘车去参加舞会。之后,他们到了贵族俱乐部,俱乐部门口站着门卫,前厅里面有衣帽架,里面挂着一件件毛皮大衣,有给人穿衣服的佣人,有用扇子挡着穿堂风的袒胸露背的太太们,空气中散发着煤气灯和军人的气味。安尼娅挽着丈夫的手臂,走上楼梯,耳朵在听着音乐,眼睛在打量着大镜子里自己被辉煌灯光照亮的身姿,此时,愉悦的心情在她心中苏醒,上次在月光下的小站上感受到的幸福,她预感到即将来临。她走着,高傲,自信,第一次感到自己已经不是小姑娘,而是一位官太太。于是,她不由自主地模仿起了已经去世的母亲的步态和风姿。她觉得自己

①波兰民间的一种交际舞。
②法语,意为:珠宝首饰。
③俄语愿意为发俄文字母"p"、"л"混淆,"p"发音是需要弹动舌尖。

富有、自由，这也是她平生第一次。即使丈夫在场，她也不再感到拘束，因为她一踏进俱乐部的门槛，她特别敏感的知觉已经使她意识到，年老的丈夫亲密，一点也不会贬低自己，反而会给她增添一股使人神魂颠倒的神秘色彩，而这正是令男人们特别醉心的地方。大厅里的乐队奏起了音乐，舞会开始了。从公房住宅里出来后，安尼娅沐浴着辉煌的灯光、缤纷的色彩、音乐和喧哗，她站在大厅里扫视了一眼，心中暗想："啊，真好呀！"之后，她随即在人群中认出了自己所有的熟人，所有以前在晚会上或者游玩时结识的军官、教员、律师、官员、地主、大人、阿尔特诺夫以及上流社会的太太。这些太太一个个打扮得都很漂亮，袒胸露背，有的美丽，有的丑陋难看。这些人在义卖市场的小木屋和售货亭里已经占领了地盘，准备为周济穷人举行义卖。一个佩戴带穗肩章的身材魁梧的军官，好像从地底下冒出来似的，她和他是在中学时在老基辅大街上相识的，她现在已经不记得他姓什么了，现在，他突然请她跳华尔兹舞。接着，她飞一样地离开丈夫，此时，她已经觉得，她像乘坐在一条帆船上，在狂风暴雨中漂荡，丈夫则已远远地留在岸边了……她跳得心醉神迷、激情奔放，什么华尔兹，什么波尔卡，什么卡德里尔，一曲一曲地跳过去，从一只手转到另一只手，音乐和喧哗使她如痴如醉，她说话矫揉造作，俄语夹法语，嘻嘻哈哈，她已经不再想丈夫，不再想任何人，也不想任何事。显而易见，她博得了男人的欢心，只能是这样，不可能不是。她激动得气喘吁吁，忙乱地捏着手里的扇子，她想吃点什么。她的父亲，彼得·列昂季伊奇，穿着一件散发着汽油味的皱礼服，走到她跟前，递给她一小碟红冰淇淋。

"你今天太迷人了！"他十分惊喜地看着她说，"我从来没有像今天这样后悔，你不该匆忙嫁人……为什么？我知道，你这样做是为我们，但是……"他用发抖的手掏出一小叠票子说："今天我领到上课的钱了，我能还清你丈夫的钱了。"

她把小碟子塞到他手里后,顷刻被人搂住腰拉走了,被带得远远的,她越过自己舞伴的肩头看到:父亲在木地板上轻快地移动着身子,搂着一个太太在大厅里旋转。

"他不醉的时候多可爱啊!"她想。

她还是跟那个身材魁梧的军官跳玛祖卡舞。他像一头被屠宰、去掉四肢后套上制服的牲口,笨重、艰难地踏着舞步,他耸动着肩膀,挺着胸膛,勉勉强强地跟着拍子——一副极不愿跳舞的样子,而她围着他轻盈地飞舞,用美姿和裸露的脖子撩逗他,她的两眼燃起火焰,她的动作充满了激情,而他总还是无动于衷,像国王一样把手伸给她。

"好啊,好啊!"人群里响起了喝彩声。

不过,身材魁梧的军官也渐渐动情了,他精神抖擞、激动兴奋起来,他被她的魅力征服了,变得狂热,他的动作轻快、利索,而她只是微微耸耸肩膀,调皮地看着他,她就像一位女王,而他则是一个奴仆。此时,她觉得,整个大厅都在看着他们,大家惊呆了,都羡慕他们。身材魁梧的军官刚向她道过谢,人群中间突然让开一条道,不知怎的,男人们奇怪地站得毕恭毕敬,双手贴在裤缝上……一位礼服上佩戴着两枚勋章的大人正朝她走来。是的,大人正是冲着她走过来的,因为他的眼睛直盯着她看,脸上甜滋滋地堆着笑容,同时舔着嘴唇——他看见漂亮女人总是会这样做。

"非常高兴,非常高兴……"他说了起来,"我将下令关您丈夫的禁闭,他拥有这么好的一件宝贝,却至今还在瞒着我们。我受我夫人之命前来找您。"他一边向她伸出一只手,一边继续说道,"您应该帮助我们……嗯,正是……应该给您颁发美人奖……就像在美国……嗯,正是……美国人……我的太太正在迫不及待地等着您呢。"

他把她领到小木屋,去见一个上了年纪的太太。这位太太的下半截脸大得不成比例,给人的印象是:她的嘴里咬着一块大石头。

"帮—帮—我—们—吧，"她拖着长长的声调，带着鼻音小声说，"所有漂亮的女人都在义卖市场上做事情，不知怎的，只有您一个人在游荡，您为什么不想帮我们呢？"

她走了出去，安尼娅就坐在一把银茶壶和几只杯子旁的位子上。生意马上红红火火了起来。喝一杯茶，安尼娅至少收一个卢布，身材魁梧的军官被她逼着连喝三杯。阿尔特诺夫走到了跟前，这个富翁两眼鼓鼓的，承受着哮喘的折磨，不过，身上穿得已经不再是安尼娅夏天看到的那身奇装怪服，而是和大家一样的礼服。他一边全神贯注地盯着安尼娅，一边喝了一杯香槟，付了100卢布，接着喝了一杯茶，又给了100，他始终沉默不语，因为哮喘病折磨着他……安尼娅招来了顾客，收他们的钱，此时的她已经深信不疑：她的笑容和目光除了能给这些人带来极大的快乐，别无其他！她已经明白了，她来到世间，就是专门享受这种豪华、充满欢乐笑语的生活：有音乐，有舞蹈，有众多崇拜者。长期以来她所恐惧的威胁她、碾死她的势力，在如今看来，也只觉得荒唐可笑。现在，她谁都不怕了，她只是惋惜母亲不在了，否则，她此时会与母亲一起享受她的成功。

彼得·列昂季伊奇的脸色已经惨白，不过两条腿站得很稳，他来到小木屋前，要了一杯白兰地。安尼娅脸一下子红了，生怕他会说出什么不得体的话（现在，她已经为自己有这样贫穷、这样普通的父亲而感到惭愧），不过他喝完酒后，从自己的一沓钞票中丢出10个卢布，一句话也没说，就傲慢地走开了。过了不久，她看到他与舞伴一起跳 grand rond 舞①，这一次，他的身子已经摇摇晃晃，嘴里叫喊着什么，弄得他的舞伴特别不好意思。于是，安尼娅想起了两三年前的一次舞会，他在舞会上也是这样摇摇晃晃、嘴里叫喊着什么，结果派出所所长把他弄回家睡觉，而到了第二天，

---

① 法文，意为"大圆圈"。

校长威胁要解雇他。这段回忆来得太不是时候了！

小木屋里一具具茶炊都已经熄灭，身心疲惫的女慈善家们把各自卖的义款全都交给了嘴里像咬着石头的上了年纪的太太。这时，阿尔特诺夫挽起安尼娅的胳臂，领她到了餐厅，那里已经为全体参加义卖的人备好晚宴。20个人参加晚宴，不会超过20，但热闹非凡。大人举杯祝酒说："在这个豪华的餐厅里，让我们为今天义卖的对象——廉价的慈善食堂——的兴旺发达干杯，本次义卖的宗旨——为廉价的慈善食堂的兴旺发达干杯。"陆军准将建议为"连大炮也服输服软的力量"干杯，接着，男人们纷纷探过身子，与太太夫人们碰杯。大家是太开心，太开心了！

安尼娅被人送回家时，天已经亮了，厨娘们忙着到集市上买东西。心旷神怡的她醉醺醺的，现在，她满脑子的新感觉，同时也筋疲力尽，她脱去了衣服，躺在床上，随即就睡着了……

下午一点多钟，女仆唤醒了她，禀报说阿尔特诺夫先生登门拜访。她快速地穿好衣服，来到客厅。阿尔特诺夫走后不久，大人亲自前来感谢她参加义卖。他舔着嘴唇，甜蜜殷勤地盯着她看，吻她的小手，请求她允许他以后再来，然后，他坐车走了。而她站在客厅中央，她惊讶，她被迷住了，她的生活变化惊人，她不相信一切会来得这么快。正在此时，她的丈夫莫杰斯特·阿列克谢伊奇走了进来……他站在她面前，现在也同样是一副讨好、巴结、谄媚的奴才神情。在有权有势的大人物面前，他总是这样的神色，这，她已经习以为常了。她已经断定，现在他不会拿她怎么样，也拿她没办法，于是既高兴，又气愤、轻蔑地说：

"木头人，滚出去！"

她把每个字都咬得清清楚楚。

打这之后，安尼娅就没有一个闲天，因为她要参加的活动太多了，要么野餐，要么郊游，要么演出。每天到了凌晨，她才回到家里，睡在客厅的

地板上,事后,还迷人地告诉大家她是怎样在花丛下睡觉的。她需要很多钱,但现在她已经不惧怕莫杰斯特·阿列克谢伊奇了,她花他的钱就像花自己的一样。她不讨、不要,只是把账单发给他,或者一张便条:"交给来人200卢布。"或:"速付100卢布。"

复活节那天,莫杰斯特·阿列克谢伊奇得了一枚二级安娜勋章。他去道谢时,大人放下报纸,更舒适地在圈椅上端坐了一下说:

"这就是说,您现在有三个安娜了,"他一边看着自己的白手和粉红指甲,一边说,"一个是挂在纽扣上,两个是挂在脖子上。"

莫杰斯特·阿列克谢伊奇小心翼翼地用两个手指按住嘴巴,免得笑出声来,接着,他说:

"现在,等小弗拉季米尔降临出世。我斗胆敬请大人做他的教父。"

他在暗示四级弗拉季米尔勋章,他已经在想象他怎样到处讲自己的这一双关语:智慧、胆量都十分恰当。之后,他还想再说一些同样恰当的话,可是大人只朝他点了一下头,就埋头看报去了……

安尼娅总是坐着三套马车游玩,与阿尔特诺夫去打猎,演独幕话剧,越来越少在自己娘家那儿用晚餐。他们自己吃自己的饭。彼得·列昂季伊奇头的酒瘾比以前大,他没有钱,风琴早已被卖掉抵债。

现在,两个孩子不让他独自上街,一直跟着他,怕他跌倒。在老基辅街上,安尼娅坐着双套马车兜风,阿尔特诺夫坐在车夫座位上亲自为她赶车,马车旁还有一匹拉边套的马,有时遇到他们,彼得·列昂季伊奇总是摘下礼帽,准备喊什么,可是两个孩子——别佳和安德留沙——抓住他的胳膊,央求说:

"爸,不该说……爸,会好的……"

悲　伤

　　工匠格里戈里·彼得罗夫,作为一位有名的车工大师,早就在整个加尔钦乡,无人不知,同时也作为一个最没有出息的男人,无人不晓。此时,他正赶着一辆雪橇送自己生病的老伴去地方医院。他得赶 30 来俄里的路,顺便说说,这段路非常可怕,连国家的邮车都很难对付,更何况工匠格里戈里这样的懒汉了。冰冷刺骨的寒风迎面扑来。空中,无论你朝哪儿看,成块成块的雪团在翻滚,漫天飞舞的大雪叫你分不清是天上掉下来的,还是地里钻出来的。无论是田野、电线杆,还是树林,都被蒙在白茫茫的大雪之中。每当一股强劲的寒风向格里戈里袭来时,他总是连车轭都看不见。一匹衰老、瘦弱的母马步履艰难、吃力地拉着雪橇。一步一步,四只脚要从深深的积雪中拔出,脑袋要向前倾,它所有的能量气力全耗在里面。工匠心急慌忙地在赶路。他不耐烦地在赶车人的座位上跳上跳下,不时地抽打马背。

　　"你,马特廖娜,别哭……"他嘟嘟哝哝地说,"你稍忍耐一点。上帝保

佑,我们会赶到医院,之后,一转眼,你的这个……巴维尔·伊凡内奇给你喝药水,或者叫人给你放血,或者他发慈悲,用酒精擦你的身子,这……腰痛就被解除了。巴维尔·伊凡内奇会尽心尽力……他大叫,跺脚,尽心尽力……一个非常好的老爷,彬彬有礼,愿上帝保佑他身体健康……现在,我们一到,他立马——立马从自己的诊室里奔出来,开始盘问。'感觉怎么样? 怎么会这样的?'他大叫,'为什么不及时送到? 难道我是一条狗,成天跟你们这些魔鬼忙碌? 为什么上午不来? 滚! 希望你一个鬼人都见不到。你明天来!'我就对他说:'医生老爷! 巴维尔·伊凡内奇! 求大人您了!'你走呀,真该死,鬼东西! 驾!"

工匠鞭着瘦马,没看他的老太婆,继续嘟嘟哝哝地说:

"'大人! 面对着上帝,我说的是实话,我给您起誓,天还没亮,我就上路了。老天爷……我的圣母……发怒了,这么大的暴风雪,怎么能及时赶到呀? 大人您自己也看得出……再好的马,也赶不到。而我的马,大人您自己也看得出,不是马,而是耻辱!'巴维尔·伊凡内奇皱起眉头,大叫了起来:'我知道你们! 你们总能找出理由! 格里什卡①,特别是你! 我早了解你了! 路上,恐怕去了五六家小酒馆!'我回答他:'大人啊! 难道我是一个那么坏的恶棍或者异教徒? 老太婆正在把自己交给上帝,快死了,难道我还一次次跑去小酒馆? 您说到哪里去了,您怜悯怜悯吧! 让它们——这些小酒馆空空荡荡的,见鬼去吧!'于是,巴维尔·伊凡内奇吩咐人把老太婆抬进医院。我跪下……'巴维尔·伊凡内奇! 大人! 我们对您感恩怀德! 您原谅我们这些笨蛋、该死的人,别生我们庄稼人的气! 是该掐着我们的脖子,把我们轰出去,您为我们费心了,您的两脚都脏了!'巴维尔·伊凡内奇狠狠地瞪我一眼,像要揍我似的。他说:'你,这个傻

①格里戈里的小名。

45

瓜,与其扑通一声下跪,还不如少灌点白酒,怜悯怜悯你的老太婆。应该好好揍你一顿!''真该揍,巴维尔·伊凡内奇,打我吧,揍我吧!您是我们的恩人,是我们的再生父亲,我们怎能不跪?大人,这都是老实话……是当着上帝的面说的……要是我骗您,您就吐我一脸吐沫。只要我的马特廖娜,也就是她,康复了,自己开始真得做事了,那么,一切,您吩咐我做的一切,为了大人您,我都做!您愿意的话,做个烟盒,用卡累利阿桦木①做……槌球用球,九柱戏的木柱,我都能做得同外国的一样……为了您,我一切都做!我一戈比也不收您的,要是在莫斯科,这样的小烟盒,您得花四个卢布,而我不收您一戈比。'医生笑着说:'好了,可以,可以……我感觉到了!遗憾的是,你是个酒鬼……'我,老太婆呀,我明白应该怎样与老爷们打交道,没有我谈不上话的老爷。只求上帝别让我们迷路了。你瞧,这暴风雪啊!我满眼都是雪。"

接着,工匠没完没了地嘟哝着。他信口开河地乱唠叨,是为了减轻自己沉重的压力,哪怕减轻一点点也好。嘴里的话很多,不过,头脑里的思绪和问题更多。悲伤出其不意地袭击了工匠,真是出人意料,现在,他怎么也弄不明白,他清醒不了,想象不了。在这之前,他过着漫不经心的平静生活,就像酒醉后半昏半醒的状态,既不知道悲伤,也不知道欢乐,可现在,他突然觉得心里有一股剧烈的疼痛。这个什么也不操心的懒汉和酒鬼,现在莫名其妙地变成了一个大忙人,变成了一个操心的人,变成一个匆匆忙忙做事的人,甚至变成了一个与大自然做斗争的人。

工匠现在还历历在目,痛苦是从昨天傍晚开始的。昨晚,他回到家里,像往常一样,喝得醉醺醺的,按照往常的老习惯,嘴里开始不干不净,两拳不停地挥舞。一般来说,老太婆的眼神通常既是痛苦的,也是温顺

---

① 一种特殊类型的毛桦,名贵,花纹极美。

的,就像一条经常挨打、吃不饱肚子的狗的神态一样。可现在,她就像神像上的圣徒或者一个快要死的人一样,眼神严厉,两眼一眨也不眨地看着他。悲伤就是从这双奇怪的、不好的眼睛开始的。张皇失措的工匠向邻居借了一匹老马,立即把老太婆往医院里送,指望巴维尔·伊凡内奇能用药粉或者油膏把老太婆的眼神恢复到以前的老样子。

"你,马特廖娜啊,那个……"他嘟哝着,"如果巴维尔·伊凡内奇问:我有没有打过你,你就告诉他说:'从来没打过!'以后,我再也不打你了。我这就向你起誓! 难道我是因为恨才打你的? 是莫名其妙地打你。我可怜你呀。别人是很少心痛的,而我,瞧,急忙赶车送你去医院……暴风雪啊暴风雪! 上帝啊,随你的便吧! 只求你别让我们迷路……怎么,腰痛? 马特廖娜,你怎么不说话呀? 我问你话,腰痛吗?"

老太婆脸上的雪怎么不融化? 他觉得奇怪,奇怪啊! 她的脸,不知怎么,瘦得特别厉害,灰白,面如蜡炬,脸色显得严厉而又认真。

"你这个傻瓜!"工匠嘟哝着说,"我凭良心对你说,上帝在上……可是你,这个……真是傻瓜! 否则,我不送你去巴维尔·伊凡内奇那儿了!"

工匠松下缰绳,开始犹豫起来。他不敢回头看一眼老太婆:恐怖! 问她什么,也得不到她的答话,同样叫人感到恐怖。最后,为了结束不明不白的状态,他没有回头看老太婆,只是摸了摸她一只冰冷的手,被他拉起的一只手像马鞭一样落了下去。

"妈呀,她死了! 完啦!"

接着,工匠哭了。他感到难过,更感到懊恼。他想:在这个世界上,一切变化得太快了! 他的悲伤刚刚开始,怎么会很快有结局? 他还没来得及跟老太婆过日子、向她交心、爱她、疼她,她就死去了。他与她生活了40年,但这40年像在雾中流逝。酗酒,打架,贫穷,没有感觉到是人过的日子。现在,他感觉到要疼爱老太婆了,没有老太婆,他就无法生活下去。

过去,他对她大错特错,恰恰在这个时候,好像故意气他似的,老太婆突然死了。

"要知道,过去,她还常去乞讨!"他回忆起来,"是我自己叫她去向人家讨面包的,完了! 她再活上十来年,多好! 恐怕她觉得我真的是那种家伙。圣母,我把车往什么鬼地方赶呀? 现在不需要治病了,要送葬了,掉转头回去!"

工匠把雪橇掉转头,拼命地抽他的马。路,每个小时都不一样,变得越来越难走。现在,连车辙都完全看不见了。雪橇有时撞到小树,黑乎乎的东西在他的眼前闪过,擦伤工匠的两手,之后,在他的视野中,周围的一切都是白茫茫一片,大雪漫天飞舞。

"生活重新来一次就好了……"工匠想。

他回想起40来年前,马特廖娜年轻、漂亮、乐呵呵的,她出生于富贵人家。她嫁给他,是看在他的好手艺。一切的一切都为好日子准备了条件,但不幸的是,婚礼后,他酩酊大醉,躺到床上,似乎到现在都没有醒过来。他记得婚礼的情况,可是婚礼之后的事,除了喝酒、昏睡、打架——你就是把他打死,他也什么都记不得。就这样,40年过去了。

天空漫天横飞的白雪开始灰暗,黄昏降临了。

"我究竟往哪儿赶呀?"工匠突然惊醒过来,该把她埋了,而我却去医院……好像是发了疯似的!"

工匠再次掉转头,抽起马来。老马使尽了全身的力气,打着响鼻,小跑起来。工匠一次连着一次抽着马背……身后传来撞击声,他尽管没有回头看,也知道是死者的头撞击雪橇的声音。天空变得越来越黑,越来越黑,寒风变得越来越阴冷,越来越刺骨……

"生活重新来一次就好了……"工匠想,"再添置工具,接受人家的订货……把钱交给老太婆……应该这样!"

突然，缰绳从他的手中滑了下来。他寻找，想捡起缰绳，可怎么也捡不了。他的两手没法动了……

"反正一样……"他心想，"反正马认识路，它自己会拉回家的。现在真想睡一觉……下葬前，或者在安魂祭以前，好好休息一会儿。"

工匠闭上眼睛，打起盹来。不一会，他听到马站着不走了。他睁开两眼一瞧，看到自己面前有一堆黑乎乎的东西，像是木屋，也像是草堆……

他想从雪橇上爬下来，弄清是怎么一回事，可是全身都动弹不了，宁愿冻死，也比挪一挪位子强……接着，他安然地睡着了。

他醒过来时，发现自己躺在一间四周已经粉刷过的大房间里。一缕明亮的阳光从窗外照射了进来。工匠看到床前有许多人，第一件事就是想表现自己是个举止得体、明白事理的人。

"弟兄们，祭悼老太婆吧！"他说，"该告诉一下神甫……"

"哎呀，好了，好了！你躺着吧！"不知谁的声音打断了他。

"我的天哪！是巴维尔·伊凡内奇！"工匠看到身边的医生惊讶不已，"大人啊！恩人啊！"

他想从床上跳起来，给医生跪下，但是他觉得自己的四肢都不听自己使唤了。

"大人！我的腿究竟在哪里？两臂在哪里呢？"

"两臂，两腿，你都与它们告别了……都给冻坏了！喂，喂……你哭什么呀？皇天在上，你已经过了快乐的生活了！你大概也活了 60 年了吧——你也够啦！"

"悲伤，大人，要知道，悲伤呀！请求您宽宏大量！哪怕再活上五六年多好……"

"为什么？"

"马是人家的，该还给人家……要给老太婆送葬……这世上，一切变

得多快！大人！巴维尔·伊凡内奇！绝好的卡累利阿桦木烟盒！槌球，我一定给您做好……"

医生挥了一下手，从病房里走了出去。工匠的生命也走到了尽头。

乞讨的人

"大慈大悲的先生！请行行好,请各位关心一个遭遇不幸、挨饿的人。我三天没吃东西了……身上连住宿的钱都没有……我向上帝发誓！我当了八年的乡村教师,后来,由于地方自治当局的阴谋,我丢掉了工作。我成了告密的牺牲品。您瞧,我没有工作,四下奔走,已经一年了!"

律师斯克沃尔佐夫看了一眼乞讨人的蓝色破大衣,瞅了一眼他昏昏欲睡的醉眼和脸颊上的红斑点,觉得以前在什么地方曾经见到过此人。

"现在,有人给我在卡卢加省介绍一份差事,"乞讨的人继续说,"可是我连去那里的盘缠都没有。请各位帮帮忙,做做好事!求人帮助真惭愧,但……条件所迫……"

斯克沃尔佐夫看了一眼他的雨鞋:一只是高帮,而另一只是浅帮,这下,他突然想起来了。

"请您听着,前天,我在花园街好像见到过您,"他说,"不过,那时您对我说您是一个被开除的大学生,而不是乡村教师,您还记得?"

"不……不是,不可能的事!"乞讨的人惊慌失措,嗫嚅地说了起来,"我是乡村教师,如果您愿意的话,我可以给您看证件。"

"您说谎了!您说您自己是大学生,甚至还告诉我为什么开除您的原因,您记得吗?"

斯克沃尔佐夫涨红了脸,脸上显现出一种厌恶的神情,他面对着衣衫褴褛的人退了几步。

"仁慈的先生,这很下流!"他气愤地叫喊道,"这是诈骗!我要把您送到警察局去,真是活见鬼!您穷,您饿,但这不是您可以这么卑鄙无耻、昧着良心撒谎的理由!"

衣衫褴褛者抓住门把手,像一个已经被抓住的贼,惊恐万分地看着门厅。

"我……我没有说谎,先生……"他嘟嘟哝哝地说,"我可以给您看证件。"

"谁相信您?"斯克沃尔佐夫继续动怒地说,"利用社会对乡村教师和大学生的同情心——要知道,您这样做,是多么无耻下流、卑鄙龌龊、丑恶肮脏、令人发指!"

斯克沃尔佐夫发起脾气来,他毫不留情地怒斥求助的人。衣衫褴褛者的无耻谎言使他感到厌恶、反感,他——斯克沃尔佐夫——受到了侮辱。他喜爱和珍视自身的品德:善良,多愁善感,同情发生不幸的人。眼前这玩世不恭的人用谎言,利用别人对遭遇不幸的人的怜悯,恰恰玷污了他那颗纯洁的心灵:他喜欢周济、施舍穷人。衣衫褴褛者起先替自己辩解,对上帝发誓,但后来不作声了,一副羞愧的样子,他低下了头。

"先生!"他一边用手按住胸口,一边说,"确实,我……我说了谎!我不是大学生,不是乡村教师。这一切,都是胡编乱造的!我原来在俄罗斯合唱团做事,因为酗酒,我被赶了出来。我能有什么办法呢?上帝在上,

请您相信,不能不说谎! 要是我说真话,谁也不会周济我。说真话,我就会被饿死,没有住处就会被冻死! 您说得对,我明白,可是……我又能做什么呢?"

"能做什么? 您问您能做什么?"斯克沃尔佐夫走到他的跟前大喝一声,"做工作呀,这就是应该做的事! 应该工作!"

"工作……这,我自己也明白,可是到哪里找工作?"

"一派胡言! 您年纪轻轻,身体健康,强健有力,只要您愿意,任何时候都能找得到工作。可是,要知道,您却在游手好闲、懒散堕落、酩酊大醉! 您身上,就像小酒馆那样,散发着一股酒气。您养成了满嘴谎话的习惯,堕落到了骨子里,您的本事就是乞讨、胡说八道! 即使您降低身价想去工作,那么,也要人家送您去坐坐办公室,去参加个合唱团,当个台球记分员。在这些地方,什么也不做,也照领薪水。您是否愿意做体力活儿? 您大概不会去做看门人或者工厂工人吧! 要知道,您是自命不凡的!"

"您怎么这样说,上帝知道……"求助者说完苦笑了一声,"我能上哪儿去找体力活儿呢? 当店员伙计,我已经迟了,因为学习做生意,应该从孩童学徒干起;当看门人,谁也不会要我,因为我容不了别人对我指手画脚、吆三喝四……工厂也不会收我,进工厂要有手艺,而我什么都不懂。"

"一派胡言! 您总能替自己找到辩解的理由! 那么,您愿意劈柴吗?"

"我不拒绝,但是,如今连真的劈柴工都闲得没饭吃了。"

"去您的吧,所有的寄生虫都这样说。不论建议您干什么,您都会一口拒绝。您愿意到我家劈柴吗?"

"就这样吧,我劈……"

"好,我们看看……很好……我们会看到的!"

斯克沃尔佐夫忙碌了起来,他不无庆幸地搓着手,把厨娘从厨房里叫了出来。

"瞧,奥莉加,"他对她说,"你把这先生领到库房里去,让他劈柴火。"

衣衫褴褛者耸了耸肩,似乎感到困惑,他犹豫不决地跟着厨娘去了。从他的步态来看,他同意去劈柴,不是因为他饿着肚子想挣钱,而是直接出于自尊心,出于羞愧,他被人抓住了话柄。同样也看得很清楚,由于灌烈性酒,他身体十分虚弱,患上了病,对于干活,他一点兴致都没有。

斯克沃尔佐夫急急忙忙去了餐厅。那里有多扇窗子对着院子,从那里看得到木柴库房和院子里发生的一切。斯克沃尔佐夫站在窗前,看到厨娘和衣衫褴褛者从侧边门进了院子,踏着脏雪,朝库房走去。奥莉加一边气愤地打量着她的同伴,张开胳膊肘,一边打开了锁着的库房,门"扑通"一声被凶狠地推开了。

"看来,我们妨碍这个婆娘喝咖啡了,"斯克沃尔佐夫想,"一个多么凶狠的女人!"

接着他看到,假教师、假大学生坐到木墩子上,用两拳支着自己的红腮帮,开始考虑什么事情。厨娘将一把斧子丢到了他脚旁,狠狠地啐了一口吐沫,根据她嘴上的动作看得出,她要开始骂人了。衣衫褴褛者犹豫不决地朝自己身边拖了一块木柴,把它放在两脚的前面,然后胆怯地用斧子向木柴砍去。结果,木柴摇晃了起来,然后倒下了。衣衫褴褛者再把要劈的木柴拉到自己跟前,朝自己冻僵的手上吹了口气,然后特别小心翼翼地用斧子砍,似乎怕弄坏自己的雨鞋或者砍掉手指。然而,木柴又倒下了。

此时,斯克沃尔佐夫的怒气已经烟消云散,强迫一个娇养惯了的醉鬼——他可能还是个病人——在冰冷的天气干粗活,他感到有点心痛,有点惭愧。

"就这样吧,也没什么,让他这样做去吧……"他想,接着他离开餐厅,去了书房,"我这样做,对他有好处。"

一小时后,奥莉加来报告,说木柴已经劈好。

悲　伤

万 卡

"这就好,把这半卢布给他,"斯克沃尔佐夫说,"如果他愿意的话,让他每月的第一天来劈柴……活儿总是找得到的。"

到了下个月一号,衣衫褴褛者来了,又挣了半卢布,不过,他的两腿摇摇晃晃,站立不稳。从这次后,他开始频繁地出现在院子里,每一次,都能替他找到活儿:要么把积雪堆起来,要么打扫整理库房,要么帮助弹掉地毯和床垫上的灰尘。每一次,他都拿到了自己的劳动报酬——20 到 40 戈比,有一次,主人还把旧裤子送给了他。

搬家的时候,斯克沃尔佐夫雇他来帮忙:整理物品,搬运家具。这一回,衣衫褴褛者没有喝醉酒,头脑清醒,但脸色阴沉,沉默寡言。他轻轻地扶着家具,低着头,跟在车子后面走,甚至没有努力表现出肯干的样子,车夫们笑他懒散、没力气,笑他穿的大衣:尽管名贵,但却已经破旧不堪。他只是冷得缩着头,一副不好意思的样子。搬完家后,斯克沃尔佐夫吩咐家人把他带到自己跟前。

"好吧,我发现,我的话对您起作用了,"他一边递给他一个卢布,一边说,"这就是给您的工钱。我发现,您没有喝酒,头脑清醒,没有反对干活。您叫什么名字?"

"叫卢什科夫。"

"我,卢什科夫,现在给您推荐一份新的工作,工作干净一点。您会誊写吗?"

"我会,先生。"

"就这样,明天,您拿着这封信,去找我的一个同事,您会在他那儿找到一份誊写的工作。工作吧,别酗酒啦,您别忘记我对您说过的话。再见!"

能把一个人拉上正道,斯克沃尔佐夫很是心满意足,他亲切地拍了一下卢什科夫的肩膀,分别时,甚至给他伸出了一只手。卢什科夫取信走

了,此后,他再也没来院子干活。

过了两年。一天,斯克沃尔佐夫在剧院的售票处付钱买票,看到身旁站着一个人,他身材矮小,裹着羊羔皮领,戴着一顶旧的海狗皮帽。他羞怯地向售票员买一张顶层楼的座票,之后付了几枚五戈比铜币。

"卢什科夫,是您呀?"斯克沃尔佐夫认出了此人是他家以前的劈柴工后问,"喂,怎么样啦? 现在做什么事? 日子过得可好?"

"还不错,我现在在一位公证员那里工作,每月拿 35 个卢布,先生。"

"呀,真是皇天在上。那是太好了! 我替您感到高兴,非常高兴,卢什科夫! 要知道,在某种程度上,您是我的教子。要知道,是我把您引上了正道。我怎么骂您的,您现在还记得吗? 那时,在我面前,您差点要钻到地缝里。好了,谢谢,亲爱的,您没有忘记我对您说过的话。"

"我真要谢谢您啊,"卢什科夫说,"要是我不去您那儿,现在我一定还在冒充教师或者大学生。是呀,在您那里,我得救了,从深坑中跳了出来。"

"我非常——非常高兴!"

"谢谢您苦口良言,谢谢您给我做的事。那时,您讲得太好了。我既感谢您,也感谢您家的厨娘,让上帝保佑这个善良又高尚的女人身体健康! 那时,您讲得太好了,毫无疑问,我这一走直到进棺材,都会对您感激不尽。不过,说实在的,是您家的厨娘奥莉加救了我。"

"这是怎么回事?"

"是这样一回事。我去您家劈柴,常常是,我一到,她就骂起来:'啊呀呀,你这个酒鬼! 你这个该死的家伙! 怎么没有把你送进天堂?'然后,她坐在我对面,满脸愁云,她盯着我的脸哭着说:'你是个不幸的人! 在这个世界上,你没有快乐,就是到了另一个世界,你这酒鬼,也要被火烧! 你这不幸的人啊!'您知道这类话语中包含的一切。为了我,她费了多少心血,

流了多少泪水,我无法对您说。不过,重要的是——是她替我劈的柴!要知道,先生,在您家里,我连一根柴都没有劈过,都是她劈的!她为什么要救我,我为什么看着她就起变化了,我不再酗酒了,我无法向您解释。我只知道,她的话、她的高尚的行为,使我的心发生了骤变,她改造了我,我任何时候都不会忘记。不过该走了,铃声已经响了。"

卢什科夫点了一下头告别,然后朝自己的顶层楼座走去了。

演说家

　　一个晴朗的早上，人们给八级文官基里尔·伊万诺维奇·瓦维洛诺夫举行葬礼。他死于俄罗斯的两种常见病：惧内和酗酒。在送殡队伍离开教堂前往墓地时，死者生前的同事，某个姓波普拉夫斯基的，跳上了出租马车，说要去请一位叫格里戈里·彼得罗维奇·扎波伊金的朋友。格里戈里·彼得罗维奇·扎波伊金虽说还很年轻，但已经是个家喻户晓的大名人了。正如各位读者知道的那样，他具有一种罕见的本领：无论是参加婚礼，还是出席葬礼，或者在各种各样的周年纪念会上，都能即席发表演说。而且不管处于何种状态他都可以发言：睡意蒙胧时也好，饥肠辘辘时也罢，甚至喝得烂醉、发着高烧都难不倒他。他的演说好似水管里放出的流水：流畅、平稳、源源不断。在演说家的字典里，那些感人肺腑的词汇，远比任何一家小饭馆里的蟑螂还多。他开讲起来总是娓娓动听，没完没了，所以有的时候，特别是在商人家的喜庆宴上，为了让他闭嘴，人们不得不求请警察前来制止。

"咳,兄弟,我有事找你!"波普拉夫斯基正巧碰上扎波伊金在家,"快穿上衣服,跟我走。我有个同事死了,这会儿正要送他去天堂,所以,兄弟,总得在告别之际去说些什么……希望都寄托在你身上了。要是死了个小人物,我们也不会来麻烦你,可要知道这人是个秘书……某种程度上说,他是我们办公厅的台柱子。这种场合没人来两句有点说不过去。"

"哦,那个秘书呀!"扎波伊金打了个哈欠,"是那个酒鬼吧?"

"没错,就是那个酒鬼。煎饼啊,冷菜啊,都会款待你的……还可以领到一笔车马费。走吧,亲爱的! 到了葬礼现场,你天花乱坠、添油加醋地把他吹上一通,大家会对你千恩万谢的。"

扎波伊金欣然应允。他弄乱了头发,装作一脸悲伤的样子,跟波普拉夫斯基一起出发了。

"我知道你们那个秘书,"他坐上了马车,说了起来,"他诡计多端,老奸巨猾,早就可以去天堂了,这种人还真少有。"

"得了,格利沙①,骂死人可不合适啊。"

"那当然,aut mortuis nihil bene②。不过他毕竟是个骗子。"

两个好友追上了送殡的行列,跟在了队伍的后面。队伍移动得很慢,所以在到达墓地之前,他们居然还能三次拐进小酒馆,为超度亡灵喝上一小杯。

在墓地上做了安魂祈祷。死者的丈母娘、妻子和小姨子按照当地风俗痛哭了一阵。当棺木放进墓穴时,他的妻子甚至哭喊道:"把我也葬在他身边吧!"不过她没有随丈夫跳下去,可能是想起了还有抚恤金的缘故。等大家安静下来,扎波伊金朝前跨出一步,向大家扫了一眼,开讲道:

①格里戈里的爱称。
②记错了的拉丁语警句,应为 de mortuis aut bene aut nihil:对死者,要么三缄其口,要么大唱赞歌。——俄文本编者注

"能相信我们看到的和听到的吗？眼前的棺木，一张张涕泣如雨的面孔，一声声撕心裂肺的抽泣和哀号，难道都是真实的吗？不是在做梦吗？唉，这不是梦，眼睛没有欺骗我们！棺木中的这位先生，不久前我们还看到他精力充沛，像个年轻人般活泼而纯洁，他不久前还在我们面前辛勤工作，像一只不知疲倦的蜜蜂，把自己酿的蜜送进国库这样的蜂房里，他……就是这样一个人，如今已变成一堆骸骨，化作物质的幻影。无情的死神把它那僵硬的手按到他身上的时候，尽管他已到了驼背的年龄，但依然充满着青春的活力和美好的希望。这是无可估量的损失啊！现在有谁能为我们替代他啊？好的官员我们这里有的是，但普罗科菲·奥西佩奇却是我们绝无仅有的！他无限忠于他的神圣职责，他全心全意，毫无保留，通宵达旦地工作，他无私，清正廉洁……那些损害公众利益企图收买他的人，那些以优厚的物质企图引诱他，让他背叛自己职责的人，统统遭到他的鄙视！是的，我们还看到，普罗科菲·奥西佩奇把他那不多的薪水救济穷困的同事，现在你们也亲耳听到了靠他接济的那些孤儿寡母的哭泣。由于他恪尽职守，一心行善，他不知道生活的种种乐趣，甚至拒绝享受家庭生活的幸福。你们都知道，他至今还是一个单身汉！现在有谁能为我们取代他，这样的同事呢？此时此刻我都能看到他那张胡子刮得干干净净、备受感动的脸朝我们善意地微笑；此时此刻我也能听到他那柔和的、亲切友好的声音。愿你的灵魂安息，普罗科菲·奥西佩奇！安息吧，诚实而高尚的劳动者！"

扎波伊金继续往下说，可是大家却开始交头接耳起来。他的演说让人感动，赢得了不少眼泪，但是其中许多话令人不解。首先，大家弄不明白，为什么演说家称死者为普罗科菲·奥西波维奇，死者明明叫基里尔·伊万诺维奇呀。其次，大家都知道，死者生前一直都在同他的合法老婆干架，因此不能说是单身汉。最后，他留着红褐色的大胡子，打生下来就没

有刮过脸,所以不明白,为什么演说家说他的脸向来刮得干干净净的。大家都莫名其妙,面面相觑,耸着肩膀莫衷一是。

"普罗科菲·奥西佩奇①!"演说家眼睛望着墓穴,继续口若悬河,"你的脸虽不算漂亮,甚至可以说相当难看,你总是愁眉苦脸,神色凝重,可是我们都知道,在这样一个忧伤的表情下,跳动着一颗正直善良的心!"

很快,听众开始发现,就连演说家本人也变得不对劲了,他两眼盯着一个方向,不安地摆动着身子,疑惑地耸起了肩膀。突然他停了下来,惊讶地张大了嘴巴,转过身对波普拉夫斯基说:

"听我说,他还活着!"他惊恐万状地瞧着自己的朋友说。

"谁活着?"

"普罗科菲·奥西佩奇呀!瞧,他正站在墓碑旁边呢!"

"他本来就没有死!死的是基里尔·伊万内奇②。"

"可是你刚才自己说的,你们的秘书死了!"

"基里尔·伊凡内奇也当过秘书。你这傻子,都搞混了!普罗科菲·奥西佩奇,没错,是我们以前的秘书,但他两年前就调到第二科当科长去了。"

"咳,鬼才搞得清你们的事!"

"怎么停住了?接着讲,不可以停下来的!"

扎波伊金又转身对着墓穴,依旧滔滔不绝地继续讲述中断了的悼词。墓碑旁果真站着普罗科菲·奥西佩奇。一个脸面刮得干干净净的年老文官。他瞪着演说家,气得拧紧了眉头。

"你这是何必呢!"葬礼结束后,一群文官跟扎波伊金一起返回,嘲笑他道,"好端端把个活人给埋了。"

---

①普罗科菲·奥西波维奇的简称。
②基里尔·伊万诺维奇的简称。

"太糟糕了,年轻人!"普罗科菲·奥西佩奇埋怨道,"您的那些话用来赞扬死人也许可以,可是用来赞扬活人,简直是挖苦讽刺!天哪,您都说了些什么?什么无私呀,不被收买呀,清正廉洁!这些话用来形容活人只能是人格侮辱!再说谁也没有请您,阁下,来宣传我的脸啊。什么不漂亮呀,什么难看呀,就算是这样,又有什么必要拿它来当众展示呢?这不是让人难堪嘛,先生!"

胖子和瘦子

一胖一瘦的两位好朋友,在尼古拉铁路①的一个火车站上相遇了。胖子刚在火车站里用过午餐,他的嘴唇上还沾着油星子,光亮得像熟透了的樱桃,他的身上则散发出一股赫列斯酒②和香橙花的气味。瘦子才下火车,两只手拎满了箱子、包裹和硬纸盒,身上则带有一股火腿肠和咖啡渣的味道。他身后跟着一个长下巴的瘦女人,东张西望的,那是他的妻子,还有一个眯着一只眼睛的高个子中学生,那是他的儿子。

"波尔菲里!"胖子看到瘦子大声喊道,"是你吗? 亲爱的! 好久没见啦!"

"我的天啊!"瘦子惊呼道,"米沙! 我儿时的伙伴! 你打哪儿来?"

他们互相亲吻了三次,然后四目相对,眼里噙满泪花。两位好友又惊

①莫斯科至彼得堡的铁路,以沙皇尼古拉一世命名。
②一种烈性白葡萄酒。

又喜。

"亲爱的!"亲吻过后,瘦子开始说道,"真没想到啊!太出乎意料了!来,你倒是好好瞧瞧我!是不是跟从前一样,还是一个美男子!依然充满热情,讲究打扮!哎呀,你,天哪!噢,你怎么样?发财了?总该结婚了吧?我已经成了家,你看……这是我的妻子路易莎,娘家姓万岑巴赫……她是新教徒……这是我的儿子纳法奈尔,中学三年级学生。纳法尼亚①,这位是我小时候的朋友,中学同班同学!"

纳法奈尔迟疑了片刻,摘下帽子。

"我们一起读的书!"瘦子接着说,"你可记得,同学们当时怎么拿你寻开心的?大家给你起了个绰号,管你叫赫洛斯特拉特②,因为你用烟头烧了学校的一本图书。我的绰号是厄菲阿尔特③,因为我喜欢打小报告。哈哈……当时还都是孩子!别害怕,纳法尼亚!你过来呀……噢,这是我的妻子,娘家姓万岑巴赫……新教徒。"

纳法奈尔还是迟疑了片刻,不过这次却躲到父亲身后去了。

"那么,朋友,你生活得怎么样?"胖子热情地望着朋友,问道,"在哪儿供职?担任什么职务了?"

"在公家供职呢,亲爱的!现在是八品文官,已经第二年了,还得了一枚圣斯坦尼斯拉夫勋章。薪水不高……咳,不管这些!我妻子给别人上音乐课,我呢,工作之余用木料做些烟盒。烟盒精致极了!一个烟盒我可以卖一卢布。要是有人要十个或十个以上,你知道,我就给他让一点价。好歹也能维持个生活。你知道,原先我在部里做科员,现在把我调到这里任科长,还是原来那个部门……往后我就在这里上班了。噢,你怎么样?

① 纳法奈尔的爱称。
② 古代希腊人,他为了扬名于世,在公元前356年焚烧了世界七大奇观之一的阿泰密斯神庙。
③ 古代希腊人,曾引波兰军队入境。

恐怕已经做到五品文官了吧?"

"不,亲爱的,还得往上提,"胖子说,"我已经是三品文官了……外加两枚星章。"

瘦子的脸顿时煞白,目瞪口呆,但很快他的脸往四下里扭动,拧出了一副笑脸。他的脸上,他的眼睛,似乎也冒出了金星。他本人则蜷缩起来,弯腰曲背,矮了半截……而他的那些箱子、包裹和硬纸盒也在干瘪,皱眉蹙额……他妻子的下巴拉得更长了,纳法奈尔赶紧站直身子,扣上制服上所有的纽扣……

"我,大人……真是太高兴了,大人! 我儿时的伙伴,可说是,忽然间成了如此显赫的达官贵人! 嘿嘿,大人!"

"哎,算了吧!"胖子皱起了眉头,"何必用这种语气! 我俩可是发小——没必要来官场里的那一套!"

"这哪行呢……瞧您说的,大人……"瘦子嘿嘿笑着,人蜷缩得更小了,"得到大人的关注……使我如蒙再生的甘露……大人,这是我的儿子纳法奈尔……这是我妻子路易莎,新教徒,某种意义上说……"

胖子本想说他几句,但瘦子脸上那副诚惶诚恐、阿谀谄媚、低三下四的寒酸相,让三品文官感到恶心。他扭过脸去,向瘦子伸手告别。

瘦子握住他的三个指头,一躬到地,他媚笑着,发出"嘿嘿"的声音。他的妻子也满脸堆笑,纳法奈尔咔嚓一声,收脚敬礼,将制服帽掉到了地上。一家三口真是又惊又喜。

夜莺演唱会

我们在河岸边找了一块空地。面前是陡直下垂的褐色土堤,身后则是大片深色的小树林。我们趴在柔软的嫩草地上,双手拳头状撑着下巴,双腿任意伸展:怎么舒服怎么伸。身上的薄大衣已经脱去,但无须为它们支付 20 戈比的保管费,因为在我们身边,感谢上帝,没有衣物保管员。树林、天空和一望无际的田野,全都沐浴在月色中;一点红光在远方幽幽地闪烁,若隐若现。空气宁静而清澈,渗透着芳香……这样的环境最受歌唱家的青睐,现在只盼望它不要磨我们的耐性,赶快出场才好,但它却久久没有动静……在期待中,我们只能根据节目单,先听听别的歌手的演唱。

晚会上首先出场的是布谷鸟。它懒洋洋地在树林深处"布谷、布谷"地叫起来,叫了十多声后就停住不吱声了。恰在这时,两只青鹰带着刺耳的尖叫从我们头顶上空一掠而过。紧接着上场的是著名歌手黄鹂鸟,它用女低音般的嗓音婉转啼唱。我们兴味盎然地听着它的演唱,真希望它能一直唱下去,可惜归巢的白嘴鸦此时飞回树林……只见远处出现一片

乌云,它渐渐地向我们这边移来,随着一片"哑哑"的叫声,落到了树林上。这一大群白嘴鸦很久都没有安静下来。

正当白嘴鸦喧嚷不休的时候,住在芦苇丛中集体宿舍里的青蛙们"呱呱呱"地鼓噪起来。刹那间,各种各样的声音在这巨型的音乐会场上此起彼伏,混成一片,持续了整整半个小时。一只昏睡的画眉鸟,不知在什么地方,开始叫起来,为它伴唱的是林间水鸡和苇莺。随后便是幕间休息,四下里一片寂静。一只待在观众席旁草丛里的蛐蛐,偶尔发出"瞿瞿瞿"的叫声,打破了周围的沉寂。在这期间,我们的耐性达到了极限,忍不住开始抱怨这位歌唱家。直到夜色笼罩大地,月亮爬到树林的正上方,主角夜莺才悄然登场。它先是出现在一棵年轻的枫树上,然后拍一拍翅膀飞进了一丛乌荆子中,尾巴转动一阵,便站住不动了。它一身灰色羽衣……从不在意听众的想法,即使面对他们也是一身灰麻雀的粗陋打扮。(你该感到羞愧,年轻的歌手!不是观众为你存在,而是你为观众存在!)大约有三分钟,夜莺一动不动,默不作声……这时微风轻拂,树梢开始簌簌作响,蛐蛐叫得更欢,在这支乐队的伴奏下,我们的歌唱家终于发出了自己的第一声颤音。它开始歌唱。我不打算描述它的歌声,我只想说,当这位歌唱家轻启莺喉,清脆啼鸣,银铃般悦耳的歌声顿时响彻整个树林,那支伴奏乐队也兴奋得停止了演奏,屏息静听。夜莺的歌声中充满了力量和欢乐。不过,还是留给诗人去描绘、去赞美吧,我无意和他们争夺面包。夜莺啼唱着,周围是专注的静默。只有一次,树林生气地咆哮起来,风也发出了嘘声,因为这时一只猫头鹰突然发出刺耳的尖叫,试图压倒我们的歌唱家……

当天空泛白、群星暗淡,夜莺的歌声也变得更为轻柔,这时在这小树林的边缘出现了地主公爵家厨子的身影。他左手压着帽子,右手拿着一只柳条筐,猫腰弓背,蹑手蹑脚地移动着。他的身影在树丛中时隐时现,

不久就消失在密林里,夜莺又唱了一会儿,突然就没了声响。于是我们准备离去。

"你这个小坏蛋!"我们听见有谁在说话,一会儿就看到了厨子。公爵家的厨子朝我们走来,快活地向我们伸出他的拳头。从他的拳头里露出他刚刚捉来的夜莺的小脑袋和尾巴……可怜的歌唱家!上帝保佑,但愿别再有谁遭遇到如此的厄运。

"您为什么要捉它?"我们问他。

"放到鸟笼里呀!"

长脚秧鸡一声哀怨的啼叫迎来了黎明,失去了歌手的树林重新又喧哗起来。厨子把玫瑰的情人①塞进柳条筐里,兴高采烈地跑回村子。我们也都各自散去。

①指夜莺。

小人物

"尊敬的阁下,父亲一样的恩人!"文官涅维拉济莫夫在起草一封贺信,"祝您在这个复活节①及未来的日子里身体健康、万事如意,并祝您阖家安康……"

灯里的煤油即将燃尽,冒着黑烟,发出了焦味。桌子上,一只迷途的蟑螂在涅维拉济莫夫写信的那只手旁惊慌不安地跑来跑去。与值班室相隔两个房间的地方,看门人帕拉蒙已经第三遍擦着他那双节日才会穿的皮靴。他擦得兴致勃勃,所有房间里的人都能听到他啐唾沫的声音和上过鞋油的刷子发出的沙沙声。

"还得给那个恶棍写点什么呢?"涅维拉济莫夫抬眼望着被熏黑的天花板,思忖着。

---

①复活节是基督教最主要、最隆重的节日。公元 325 年,基督教会普世会议把复活节定在春分望月后的第一个星期日,在犹太"佩萨赫"节(逾越节)一周后。因此,基督教的复活节就在俄旧历的 3 月 22 日—4 月 25 日之间的某一天,日子并不固定。

他在天花板上看到了一个发黑的圆圈，那是灯罩的阴影。往下看是落满灰尘的墙檐，再往下则是曾几何时被刷成深褐色的墙壁。这间值班室让他觉得如沙漠般荒凉，他不禁可怜起自己，也可怜起那只蟑螂……

"我值完班还能从这儿离开，它可是得在这儿守一辈子，"他伸着懒腰想道，"郁闷啊！要不我也去刷刷皮靴？"

涅维拉济莫夫又伸了个懒腰，这才懒洋洋地朝门房踱去。帕拉蒙已不在擦皮靴……只见他站在打开的通风小窗前，一手拿着刷子，一手画着十字，侧耳倾听着……

"在敲钟呢，先生！"他瞪大了眼睛，目不转睛地瞧着涅维拉济莫夫，小声说，"已经在敲了，您听。"

涅维拉济莫夫也把耳朵凑到窗前，倾听了起来。春天清新的空气将复活节的钟声从通风窗口推进室内，只听得各处教堂大钟一起轰鸣，大街上来来往往的马车吱吱呀呀，在这片嘈杂声中，清晰可辨的是附近教堂那清脆活泼的钟声，还有不知是谁发出的一阵阵刺耳的大笑声。

"人可真多啊！"涅维拉济莫夫朝下面的街道看了看，叹口气说。在那些亮着的街灯下，人影一个接着一个不时地闪过。"大家都赶着去做晨祷……头儿们现在恐怕喝足了酒，在城里闲逛哩。他们一定痛痛快快地说笑着！只有我倒霉透顶，大过节的还得在这守着，而且年年如此！"

"谁叫您拿人家的钱呢？今天本不该您当班，是扎斯图波夫雇您顶的班。所以别人都去玩了，您只好在这儿加班……您贪财呗！"

"见了鬼了，这也叫贪财？我想贪也没地方可贪：一共才两个卢布，外加一条领带……穷啊，哪里是什么贪财！要是这会儿，你知道，能跟大伙结伴去做晨祷，然后开斋，该有多好啊……弄点下酒菜，再喝上那么几杯，然后躺下睡一觉……或者你往桌旁一坐，桌上摆着受过圣礼的甜面包，茶炊在"唑唑"地作响，身边还陪着一位美人儿……喝一小杯酒，捏一下她的

小下巴,这还真是撩人心魄……那时你才会感到自己在做人……唉……我这一辈子算完了!你瞧,有个骗子坐着四轮马车招摇过市了,可你却只能老老实实地在这待着,做做美梦……"

"各人有各人的福分,伊万·丹尼雷奇。上帝都安排好了,您日后也会升官晋级,坐上四轮马车的。"

"我吗?嘿,不可能,兄弟,你开玩笑。无论我怎么努力,顶多也就是个九品文官……因为我没受过什么教育。"

"我们将军也没受过任何教育,可是……"

"嘿,将军啊,他可是在做将军之前就挪用了十万公款。瞧他那副派头,兄弟,他可不像我这没出息的样儿……凭我这副模样肯定成不了大器!就连姓也这么糟糕:涅维拉济莫夫①!总而言之,兄弟,这种处境是没有其他出路的。愿意,就活下去;不愿意,那就去上吊……"

涅维拉济莫夫离开通风小窗,在各个房间里懊恼地转来转去。钟声变得越来越响……不用站在窗口也能听得到了。可是,钟声越是清晰,马车的车轱辘声就越是响亮,这深褐色的四壁和烟熏的墙檐就越发显得阴暗,煤油灯的黑烟也冒得越浓。

"要不从值班室溜走?"涅维拉济莫夫想道。

可是,溜走了也没什么事好做呀……如果离开公署,在城里闲逛一阵后,涅维拉济莫夫还是得回到自己的寓所,而他的寓所比值班室更阴暗、更糟糕……就算这一天他过得很好,很称心,可是往后又该怎么办呢?不还得面对阴暗的四壁,还得受雇于人替人顶班,写这种祝贺信……

涅维拉济莫夫在值班室中央站定,陷入了沉思。

他是那么渴望过上美好的新生活,为此,他的内心深受煎熬,难以忍

---

①俄文意思为:难以开口,口语里也有男衬裤之意。

受。他热切地希望自己能突然出现在大街上，汇入热闹的人群中，成为节日庆典的参与者，钟声正在为此而齐鸣，马车也正在为此而喧闹。他很想重温儿时的生活：一家人团聚在一起，亲人们的脸上喜气洋洋，白色的桌布，闪亮的灯光，一切都是那么的温暖……他想起了刚才那位太太乘坐的四轮马车，想起了庶务官穿上就显得神气活现的那件貂皮大衣，想起了秘书佩在胸前的金表链……他还想起了暖和的床铺，斯坦尼斯拉夫勋章，新的皮靴，没有磨破袖子的文官制服……他之所以想起这些，是因为他一件也没有……

"莫非去偷？"他又想道，"就算偷东西不难，可是要藏好就难了……据说，有些人带着赃物逃去了美国，不过鬼才知道这美国在什么地方！看来就是想偷东西，也得受过点教育呢。"

钟声停了。此刻只能听到远处的马车声和帕拉蒙的咳嗽声，可是涅维拉济莫夫的悲伤和愤恨却变得越来越强烈，越来越难以忍受，公署里的钟刚刚敲过凌晨十二点半。

"写告密信呢？普罗什金只告了一次密，此后平步青云……"

涅维拉济莫夫坐在自己桌前，苦思冥想。灯里的煤油已经彻底烧干，冒着浓烟，眼看就要熄灭。迷途的蟑螂还在桌上爬来爬去，找不到一个庇护所……

"告密倒是可以，可是告密信怎么写好呢？要写得模棱两可，多绕几个弯，像普罗什金那样……唉，我哪行！写出这种东西，日后我定会受到申斥，像我这种笨蛋只能见鬼去！"

涅维拉济莫夫绞尽脑汁，琢磨各种摆脱困境的办法，目光最终落在他起草的那封贺信上。这封信是写给他既十分惧怕又恨之入骨的一个人的，十年来，他一直向这个人请求，把他从 16 卢布的职位提升到 18 卢布的职位上……

"啊……看你还跑,死东西!"他朝不幸被他看到的蟑螂身上狠狠地拍了一巴掌,"讨厌的家伙!"

蟑螂仰面躺在那,绝望地蹬着腿……涅维拉济莫夫拎起它的一条细腿,把它扔进了玻璃灯罩里,灯罩里突然起火,发出"噼噼啪啪"的声音。

涅维拉济莫夫的心里这才感到些许轻松。

假　面

　　某社交俱乐部为慈善募捐举办了一场假面舞会,当地的太太小姐们也称之为化装舞会。

　　已是午夜十二点。几个不跳舞、不戴面具的知识分子(他们一共五人),围坐在阅览室的一张大桌旁,他们的鼻子和胡子埋到了报纸里,或看着报,或打着盹。这种情形,按京城报刊驻当地记者——一位颇具自由派倾向的先生的说法就是他们在"思考问题"。

　　从大厅里传来卡德里尔舞曲"纺车"的乐声。房门前,只见仆役们忙碌的身影奔来跑去,他们的脚步声和杯盘的叮当声交织在一起,而阅览室里却十分的安静。

　　"这里似乎会方便些!"一个像是从炉子里发出的低沉而喑哑的声音突然响起,"上这儿来! 都上这儿来,姑娘们!"

　　门打开了,阅览室里走进一个虎背熊腰的男人,他穿着马车夫的号衣,一顶宽边帽上插着几根孔雀毛,脸上还戴着面具。在他身后跟进来两

个也戴着面具的女人和一名端托盘的仆役。托盘上放着一个盛满烈性甜酒的大肚玻璃瓶，三瓶红葡萄酒和几只杯子。

"都上这儿来！这里凉快多了，"男人说，"把托盘放桌上……坐下吧，小姐们！热——武——普里——阿——利亚——特里蒙特朗①，先生们，都离开这儿……这里没你们什么事！"

男人的身子摇晃了一下，一挥手，把桌子上的几本杂志碰到了地上。

"把托盘摆到这儿来！你们呢，看报的先生们，让开些地方。现在不是看报和研究政治的时候……把报纸扔了！"

"请您最好安静点，"一个知识分子透过眼镜，瞧了瞧那个戴面具的人说，"这里是阅览室，不是小吃部……这里不是喝酒的地方。"

"怎么不是喝酒的地方？是桌子摇晃，还是天花板会塌下来？奇了怪了！不过……现在没工夫跟你们啰唆！把报纸扔了……你们也看了一会了，再看下去自己都可以写了，你们已经够聪明的了，再说看报伤眼睛。最主要的是，我不愿意让你们在这看报纸，就是这么回事。"

仆役把托盘摆上桌，把餐巾搭在胳膊肘上，到门旁站定。两个女人立即抓起了红葡萄酒，喝开了。

"天下怎么会有这样的'聪明人'，居然认为报纸比美酒好，"插孔雀毛的男人给自己倒了一杯烈性甜酒，开口说，"照我看来，你们这些可敬的先生之所以喜欢看报，是因为你们没钱买酒喝。我说对了吧？哈哈！你们老看报！喂，那上面写啥啦？眼镜先生！您在读些啥？哈哈！得了吧，别看了！你别再装了，来喝一杯吧！"

插孔雀毛的男人稍稍挺起身子，从眼镜先生手里一把夺过报纸。对方被气得先是脸发白，然后又转红，他吃惊地看看其余的知识分子，那些人也

---

① 喝醉了说的法语，意思不清。

看着他。

"您太过分了，先生！""眼镜先生"发怒了，"您把阅览室当成了小酒馆，还放肆地夺走我手里的报纸！我不允许！您不知道您在跟谁说话，先生！我可是银行经理热斯佳科夫！"

"我啐你个热斯佳科夫！至于你的报纸，只配享受这种荣幸……"

男人拾起报纸，把它撕个粉碎。

"诸位先生，这是怎么了？"热斯佳科夫喃喃地说，他被眼前的一幕惊呆了，"真是莫名其妙，这……这简直岂有此理！"

"他们发火了。"男人笑起来，"得了吧你，瞧瞧呀，吓死我了！吓得我两条腿都直打哆嗦。是这么回事，尊敬的先生们！说正经的，我都懒得跟你们说废话……因为我只想同这两位小妞儿单独待在这里，想在这儿找点乐子，所以不要妨碍我们，都给我出去……有请啦！先生们！别列布欣先生，滚出去！你皱什么眉头？我叫你出去，你就乖乖地出去！给我快点！不然的话，哼，小心我揍你！"

"这算什么话？"孤儿院会计别列布欣红着脸、耸着肩膀说，"我简直不明白……一个无赖闯到这里……突然说出这种混账话来！"

"什么叫无赖？"插孔雀毛的男人大吼一声，他怒不可遏，一拳砸在桌子上，震得托盘上的杯子都跳了起来。"你在跟谁说话呢？你以为我戴着面具，就可以胡乱地骂我吗？好一个尖牙利嘴之人！我叫你出去，你就出去。那个银行经理，趁早给我滚蛋。全滚，一个混蛋都不许留在这里！快点，给我统统滚蛋！"

"等着瞧！"热斯佳科夫说，他气得连镜片都冒汗了，"我要给你点厉害瞧瞧！喂，快去把值班主任叫来！"

不一会儿，一位身材矮小、头发棕红的主任走了进来，他的上衣翻领上别着蓝色小布条，跳舞跳得气喘吁吁的。

"您请出去!"他开口说,"这儿不是喝酒的地方! 喝酒请到小吃部去!"

"你这是从哪儿跳出来的?"戴面具的男人说,"我叫你来的?"

"请别'你啊你'地对我说话,请您出去!"

"听着,亲爱的,我给你一分钟时间……因为你是主任和头面人物,所以请你拉着这些戏子的胳膊,把他们弄出去。我的妞儿们不喜欢这里有外人……她们害臊,而我既然花了钱,就希望她们在这里自然放松些。"

"看来这个蛮子不明白,他不是在猪圈里!"热斯佳科夫大声叫道,"把叶夫斯特拉特·斯皮里多内奇叫来!"

"叶夫斯特拉特·斯皮里多内奇!"俱乐部里响起呼喊声,"叶夫斯特拉特·斯皮里多内奇在哪儿?"

叶夫斯特拉特·斯皮里多内奇,一个身着警察制服的老头,很快来了。

"请您离开这里!"他瞪着眼睛,耸动着染色的八字胡,声音嘶哑地命令道。

"哎呀,吓死我了!"男人兴奋得哈哈大笑,"真的,吓死我了! 居然有这么可怕的人,你那胡子活像猫须,眼珠子都瞪出来了吧……嘿嘿嘿……"

"少废话!"叶夫斯特拉特·斯皮里多内奇气得浑身发抖,声嘶力竭地喊道,"滚出去! 不然我叫人来把你拖走!"

阅览室里响起一片难以想象的嘈杂声。脸红得像煮熟的虾似的叶夫斯特拉特·斯皮里多内奇不住地叫嚷、跺脚,热斯佳科夫叫嚷着,别列布欣也在叫嚷着,所有的知识分子都在叫嚷着。然而,他们的声音却被假面人那低沉暗哑的声音给压了下去。顿时,舞会因一片混乱而宣告中断,人们从大厅里涌进阅览室。

叶夫斯特拉特·斯皮里多内奇为了显示自己的威风,把俱乐部里所有的警察都叫来了,他自己则坐下来开始记录。

"记吧,你记吧,"假面人用手指戳着笔尖说,"哎呀,现在叫我这个可怜人怎么办呢?我这个可怜人呀!你们为什么要毁了我这个无依无靠的人呀?哈哈!现在好了吧?记录做好了吧?所有人都签字了吗?现在我让你们瞧瞧!一……二……三!"

男人站起来,挺直了身子,猛地摘下自己的面具。他露出了一张醉脸,得意地看着大家,欣赏着自己的杰作,之后倒在圈椅里,放声大笑。他引起的反响的确非同小可,所有的知识分子都惊慌失措,面面相觑,脸色煞白,有的直挠后脑勺。叶夫斯特拉特·斯皮里多内奇不安地清着嗓子,像个无意中做了蠢事的人。

大家认出这个捣乱分子原来就是当地的百万富翁、工厂主、世袭的荣誉公民皮亚季戈罗夫,这人向来以喜欢搞恶作剧、热心做公益事业而出名,另外,正如当地报纸上不止一次报道的,他还"对教育事业充满了爱心"。

"怎么样,你们走还是不走?"皮亚季戈罗夫沉默片刻后问道。

知识分子们都哑口无言,踮起脚尖不声不响地走出了阅览室。等他们走后,皮亚季戈罗夫随手反锁上门。

"你一定早就知道他是皮亚季戈罗夫!"过了一会儿,叶夫斯特拉特·斯皮里多内奇摇着那个仆役的肩膀,小声问:"为什么你不说出来?"

"他老人家不许说,先生!"

"不许说。等我把你这个该死的畜生关起来,蹲上一个月班房,到时候你就知道'不许说'的厉害了!滚开!而你们倒好,诸位先生,"他转身又对那些知识分子说,"居然开始造反了!你们就不能离开阅览室十分钟吗?好了,现在你们去收拾这烂摊子吧。唉,先生们,先生们……我可不

喜欢这样，真的！”

知识分子们在俱乐部里一个个都垂头丧气地走来走去，心神不定，自觉有罪，像预感到大难将要临头似的，喃喃自语……他们的妻子和女儿们听说皮亚季戈罗夫因"受了委屈"而大发脾气，都吓得不敢出声，各自都早早地回家了。舞会就此终止。

夜里两点，皮亚季戈罗夫才从阅览室里出来。他喝醉了，走路东倒西歪。他来到大厅，在乐队旁坐下，在乐曲中打起盹来，后来愁苦地垂下头，鼾声大作。

"别弹了！"主任对乐师们直摇手，"嘘……叶戈尔·尼雷奇睡着了……"

"请问，要不要把您送回府上，叶戈尔·尼雷奇？"别列布欣俯身凑到百万富翁的耳旁问。

皮亚季戈罗夫努努嘴唇，好像要吹掉脸上的苍蝇似的。

"请问，要不要把您送回府上？"别列布欣又问一遍，"或是吩咐备好马车？"

"啊？谁？你……你有什么事？"

"该把您送回府上，先生……该睡觉去了……"

"我要回……回家……你送我……回去！"

别列布欣高兴得眉飞色舞，赶紧扶起皮亚季戈罗夫。其余的知识分子立即跑过来帮忙，他们愉快地笑着，七手八脚地把这位世袭荣誉公民给抬起来，然后小心翼翼地把他送到马车上。

"只有演员，只有天才演员，才能愚弄这么一大群人，"热斯佳科夫扶他坐下时快活地说，"我确实感到震惊，叶戈尔·尼雷奇！直到现在我还想笑……哈哈……可是我们呢，还大动肝火，瞎折腾！哈哈！您信不信，我都很久没有像现在这样大笑过了……滑稽透顶！这辈子我都会记住这

个难忘的晚会!"

送走了皮亚季戈罗夫之后,那几个知识分子心情转好,开始安下心来。

"临走时他还向我伸出手来哩,"热斯佳科夫得意地说,"看来,万事大吉了,他不生气了……"

"愿上帝保佑!"叶夫斯特拉特·斯皮里多内奇松了口气说,"一个恶棍,无赖,可是要知道,他同时又是个慈善家! 这种情况简直让人难以捉摸!"

未婚夫和爸爸

"我可听说您就要结婚啦!"在别墅舞会上,彼得·彼得罗维奇·米尔金的一个熟人问他,"您打算什么时候举行少年玩伴告别晚会①呢?"

"您从哪儿听说我就要结婚了?"米尔金一听就火了,"是哪个蠢货告诉您的?"

"大家都这么说,何况种种迹象表明,您的确像是要结婚了……有什么好保密的,老兄……您以为我们毫不知情,其实我们早把您看透了,我们可全都知道!哈哈哈……情况都明摆着……您成天待在孔德拉什金家,中饭在那里吃,晚饭也在那里吃,还唱浪漫歌曲……您只跟娜斯坚卡·孔德拉什金娜一个人散步,只给她一个人送花……我们可都看见了,先生!前两天我遇见孔德拉什金老爹本人,他说了,你们的事全都谈妥了,从别墅搬回城里后,马上就举行婚礼……怎么样? 愿上帝保佑! 与其说我为您

---

① 新郎在结婚前夕与平日玩伴举行的酒会。

高兴,不如说更为孔德拉什金高兴……要知道这可怜的老头有七个女儿!七个呐! 开玩笑似的,能解决一个是一个呗……"

"活见鬼……"米尔金想道,"他是第十个对我提起我要和娜斯坚卡结婚这件事的人了。他们凭什么得出这种结论,叫他们统统见鬼去! 就因为我天天在孔德拉什金家吃饭,同娜斯坚卡散步……这可不行,不能让这种闲话再继续说下去,是该制止了,弄不好这帮该死的家伙会硬让我结婚……我明天就去跟孔德拉什金这个蠢货说清楚,叫他别痴心妄想,然后呢——赶紧走人!"

上述谈话后的第二天,米尔金怀着尴尬和不安的心情,走进七品文官孔德拉什金别墅里的书房。

"很高兴您能来,彼得·彼得罗维奇!"主人对他说,"日子过得怎么样,还可以吧? 觉得无聊了,亲爱的? 嘿嘿嘿……娜斯坚卡马上就来……她去古谢夫家了,去去就回……"

"我其实不是来找纳斯塔西娅①·基里洛夫娜的,"米尔金吞吞吐吐地说,窘得直揉眼睛,"而是来找您的……我需要跟您谈一件事……有什么东西掉进我眼睛里了……"

"您是打算谈什么事呢?"孔德拉什金挤了挤眼睛说,"嘿嘿嘿……您干吗这么害羞呀,亲爱的? 咳,男子汉呀,男子汉! 简直拿你们这些年轻人没有办法! 我知道您想要说什么! 嘿嘿嘿……早该说了……"

"其实,由于某种原因……事情嘛,您瞧,是这样的,我……是来向您告别的……明天我就要走了……"

"那您怎么离开呢?"孔德拉什金瞪大了眼睛问。

"很简单……我要离开这里,就这么回事……请允许我感谢您全家的

---

①娜斯坚卡的全称。

盛情款待……您的女儿们都很可爱……我永远也不会忘记这段时光……"

"请允许,先生……"孔德拉什金的脸涨得通红,"我不太明白您的意思……当然,每个人都有权利离开这里……您也可以干您想干的事,可是,阁下,您……这是想溜啊……这样做太不诚实了,先生!"

"我……我……我不明白,我怎么想溜?"

"整个夏季你天天来这里,从早到晚地跟姑娘们混在一起打情骂俏,又吃又喝的,让人对你有所希望,现在突然扔下一句:'我要走了!'"

"我……我从来没有让人对我抱什么希望……"

"当然,您没有求婚,可是您的言行举止意图何在,难道不是一清二楚吗?您每天来吃饭,每天晚上跟娜斯佳①手挽着手……难道这一切都是毫无目的,随便做的?只有未婚夫才会天天在别人家吃饭,如果不是把您当成未来的女婿,我凭什么供您吃喝?是的,先生,这样做不诚实!我都不愿听您解释!您得求婚,否则我就……那个了……"

"纳斯塔西娅·基里洛夫娜很可爱……是个好姑娘……我尊敬她,而且……我不指望能找到比她更好的妻子,可是……我俩的人生信念和看待事物的观点不尽相同。"

"就这么个原因?"孔德拉什金高兴地笑了,"仅仅就这些?哎呀,我的宝贝,怎么可能找到一个跟丈夫观点完全一致的妻子呢?哎呀,年轻人啊,年轻人!幼稚,太幼稚了!只要一谈到什么观点,天晓得,嘿嘿嘿……马上就会着急上火……尽管现在你们意见不合,可只要两人过上一段日子,所有磕磕碰碰都会被磨平的……新的马路还不好走哩,等来来往往的车辆多走一阵子,那就别提多平坦了!"

---

①纳斯塔西娅的另一个爱称。

"这倒是真的,可是……我配不上纳斯塔西娅·基里洛夫娜……"

"配得上,配得上! 不值一提! 你是个好青年!"

"您还不了解我的各种缺点……我穷……"

"瞎说! 您月月领薪水呢,感谢上帝……"

"我……是个酒鬼……"

"不不不! 我一次也没见您喝醉过!"孔德拉什金直摆双手,"年轻人不可能不贪杯……我也年轻过,酒喝过了头,这也在所难免嘛……"

"可是我酗酒成性,我这毛病是遗传的。"

"我不信! 这么一个帅气的小伙,突然间——酗酒成性! 我不信!"

"这老鬼,还真骗不了他!"米尔金心想,"不过,他倒是一心想把女儿推出去呀!"

"除了酗酒成性,"他继续大声地说,"我还有另外一些毛病,比如,我受贿……"

"好孩子,有谁不收受贿赂呢? 嘿嘿嘿,哎呀,有什么大惊小怪的!"

"再说,在我没得知对我的判决前,我没有权利结婚……有一件事我一直瞒着您,但是现在您应当了解全部的真相……我……我因为贪污正在吃官司……"

"吃官司?"孔德拉什金听了,吓得目瞪口呆,"是吗? 这可是新闻……我不知道有这档子事。的确,判决结果出来之前,你不能结婚……那么您贪污的数额很大吗?"

"十四万四千。"

"嗯,是的,一大笔钱呐! 没错,还真能闻到点西伯利亚的味道①……这样一来,我家姑娘只能白白地断送掉了。既然如此,也没有办法了,上

---

①指流放西伯利亚。

帝保佑您吧……"

米尔金终于松了口气,伸手去拿帽子。

"话又说回来,"孔德拉什金思考片刻,继续说道,"如果娜斯坚卡爱您,那她可以跟您一起去那。要是她害怕牺牲,那还叫什么爱情?除此之外,托木斯克省非常富饶。在西伯利亚呢,老弟,生活也比这里好。要不是有这一大家子,我早去了。您可以求婚!"

"好一个固执己见的老东西!"米尔金心想,"只要能减轻负担,他把女儿嫁给一个有污点的人都愿意。"

"这还没完呢……"米尔金又大声说,"我吃官司不仅仅是为了贪污,我还做假账。"

"这无所谓!两罪并罚!"

"呸!"

"您为什么这么大声啐唾沫?"

"是这样……您听好了,我还没有向您全部坦白……别逼我说出我生活中的秘密……可怕的秘密!"

"我才不想知道您的那些秘密!都是些不值一提的破事!"

"不是破事,基里尔·特罗菲梅奇!您要是听说了……了解到我是什么人,您立马会跟我绝交……我……我是在逃的苦役犯!"

孔德拉什金好像被蜇了似的,猛地从米尔金跟前跳开,简直吓傻了。足足有一分钟他一动不动地站在那儿,说不出话来,两只眼睛充满恐惧地望着米尔金,随后他倒进圈椅里,不住地呻吟起来。

"真没想到……"他喃喃自语,"我在胸口焐暖了谁呀①!你走吧!看在上帝的份上,离开这!别让我再见着你!哦!"

---

① 出自伊索寓言:农夫用胸口焐暖救活了冻僵的蛇,结果被蛇咬死。

米尔金拿起帽子，朝门口凯旋般地走去……

"慢着！"孔德拉什金叫住他，"为什么直到现在你还逍遥法外？"

"我已改名换姓了……抓住我可不容易……"

"您可能就这么生活下去，到死也没人发现您是谁……等一等！要知道，您现在是个老实人了，早已悔过了……上帝保佑您，就这样了，您结婚吧！"

米尔金直冒冷汗……他再也编不出比在逃苦役犯更吓人的故事了，眼下只剩最后一招：干脆别再解释了，直接可耻地逃跑……他正准备夺门而去，突然一个念头从他脑子里闪过……

"请听我说，您还是不了解全部情况，"他说，"我……我是疯子，精神正常的人和疯子是禁止结婚的……"

"我不信！疯子不可能这么有条理地跟我顶嘴……"

"所以啊，这就是您不懂了！难道您不知道，许多疯子只在犯病的时候精神失常，不犯病时跟正常人没什么区别吗？"

"我不信！您别说了！"

"既然这样，我去跟医生要张证明给您看！"

"开证明这事我信，可是您没有精神失常……好一个疯子！"

"过半小时我就把证明给您拿来……回头见！"

米尔金抓起帽子，着急忙慌地跑了出去。五分钟后，他已经走进他的好友菲秋耶夫医生的家，可不巧的是，医生刚跟自己的妻子吵完架，正在整理发型。

"我的朋友，我有件事求你！"他对医生说，"事情是这样的……有人无论如何想让我结婚，为了摆脱这场灾难，我想出了让自己装疯的方法……从某

演说家

乞讨的人

种意义上说,这是哈姆雷特的招数①……你知道,疯子是禁止结婚的……看在朋友的份上,给我开张证明吧,说我是疯子!"

"你不想结婚?"医生问。

"绝对不!"

"既然这样,我不能给你开证明,"医生一边说,一边将平自己的头发,"不想结婚的人绝不是疯子,恰恰相反,是绝顶聪明的人……什么时候你想结婚了,再过来开证明……只有到那时才能说明你是真疯了……"

---

① 为英国莎士比亚同名悲剧中的主人公,为了替被害的父王报仇,他扮成疯子。

窝　囊

前几天,我把孩子们的家庭女教师尤利娅·瓦西里耶夫娜请到我的书房,想要和她把工钱结一下。

"请坐,尤利娅·瓦西里耶夫娜!"我对她说,"让我们把您的工钱结算一下。您也许需要用钱吧,可您这么客气,自己也不提出来……好吧,小姐,我跟您曾讲好月薪是 30 卢布……"

"40……"

"不,30……我这儿可是记着呢……我从来都是按月薪 30 支付给家庭女教师的……好吧,小姐,您来了已有两个月……"

"两个月零五天……"

"整整两个月……我这儿可是这样记着的。就是说,我该付您 60 卢布……这得扣去九个星期天……要知道星期天您是休息的,不用给科利亚上课,外加三天节假日……"

尤利娅·瓦西里耶夫娜涨红了脸,开始拽衣服上的皱边,可是她却一

言不发。

"外加三天节假日……因此要扣去 12 卢布……科利亚病了四天,没有上课……您只给瓦里娅一人上了课……还有三天您牙痛,我妻子允许您下午不用上课……12 加 7 等于 19。扣去后……还剩……嗯,41 卢布。对吗?"

尤利娅·瓦西里耶夫娜的左眼红了,瞬间噙满了泪水。她抽动着鼻子,神经质地干咳起来,下巴不住地颤抖,可是她还是一言不发。

"除夕晚上,您打碎了一只茶杯和一个茶碟。要扣去两卢布……那茶杯很贵重,是祖传的,但还是……上帝保佑您! 我们也不那么计较了。后来,小姐,由于您照看不周,科利亚爬到树上,把上衣撕破了……要扣去 10 卢布……有一个使女,也因您照看不周,偷走了瓦里娅的一双皮鞋。您应该把一切都照看好才行,您可是拿薪水的。所以,这么一算,还得再扣去 5 卢布……一月十号,您从我这儿拿了 10 卢布……"

"我没拿!"尤利娅·瓦西里耶夫娜小声说。

"可是我这儿记着呢!"

"哦,那就……算吧。"

"41 减 27——余 14……"

现在,她两只眼睛已泪水汪汪了……在她那好看的长长的小鼻子上渗出了汗珠。哎,多么可怜的姑娘!

"我只拿过一回……"她用颤抖的声音说,"我向您夫人要过 3 卢布……除此之处,我再也没有拿过……"

"是吗? 您瞧瞧,我竟然没把这笔钱给记上! 14 再减 3,余 11……甜心,这才是该给您的钱! 3 卢布,3 卢布,3 卢布,1 卢布,1 卢布。收下吧,小姐!"

我把 11 卢布递给她……她接过钱去,手指哆嗦着把它们塞进口袋。

"Merci①。"她小声说。

我跳了起来,在房间里来来回回地快步走着。我气愤极了。

"您为什么要说 merci②?"我问。

"您给了钱……"

"可是要知道,我克扣了您,见鬼,简直就是抢了您!要知道是我侵吞了您的钱财!可您为什么还要说 merci③?"

"在其他地方,人家根本就不付我钱……"

"不付钱? 这毫不奇怪! 但我是跟您开玩笑的,好给您一个残酷的教训……您那 80 卢布我会如数付给您! 钱早已备好放在信封里了! 可是您难道就这样软弱? 您为什么不提出抗议? 为什么一声不吭? 在这个世界上,难道为自己辩护一下都做不到吗? 难道做人可以这么窝囊?"

她苦笑了一下,在她的笑容里我看到了"可以"二字。

我请求她原谅,给了她残酷的教训,并将八十卢布悉数支付给她,她极为惊喜,怯生生地又用法语说了声"谢谢",然后就走了出去……望着她的背影,我不禁想道:在这个世界上,做一个强者可真容易啊!

①法语:谢谢。
②同上。
③同上。

预谋犯

　　审讯官面前,站着一个身材矮小、骨瘦如柴的种田人。他穿着花粗布衬衫和打着补丁的裤子,脸上鬓须浓重、满是麻点,下垂的浓眉下是一对让人勉强看得见的眼睛,露出阴沉而冷漠的表情。一头蓬乱的浓发已好久没有梳理过,看上去就像一顶帽子,使他显得好似蜘蛛般阴沉。他就这样光脚站在地上。

　　"丹尼斯·格里戈里耶夫!"审讯官开始说,"请靠近些,回答我的问题。本月七日,也就是七月七日,铁路养护工伊万·谢苗诺夫·阿金福夫在沿线巡查时,于141公里处,撞见你正在拧铁轨上固定枕木的螺丝帽。瞧,就是这颗螺丝帽⋯⋯他把你同这颗螺丝帽一齐扣下了。事情的经过是这样吗?"

　　"啥?"

　　"阿金福夫所说的一切都是事实吗?"

　　"没错,是这样。"

"好。那你为什么要拧掉螺丝帽?"

"啥?"

"你别'啥啥啥'的,回答我的问题:你为什么要拧掉螺丝帽?"

"要是用不着,俺才不去拧它哩。"丹尼斯斜眼望着天花板,声音嘶哑地说。

"那你要这螺丝帽派什么用场?"

"螺丝帽吗? 俺们拿它做坠子……"

"俺们是谁?"

"俺们就是乡亲们呗……也就是克利莫夫斯克的庄稼人。"

"听着,老乡,你别跟我装糊涂,说实话! 不要用什么坠子来骗我!"

"俺这一辈子可从来没骗过人,这会儿怎么能说俺骗人……"丹尼斯眨巴着眼睛,嘟哝着,"再说,老爷,没有坠子能行吗? 你若把鱼饵或是蚯蚓装到钓钩上,不加个坠子,难道它能沉到水底? 还说俺骗人哩……"丹尼斯冷笑道:"鱼饵这东西,若是浮在水面上,什么作用都没有! 鲈鱼,梭鱼,江鳕,都在深水里。鱼饵漂在水面上,只有赤梢鱼才来上钩,再说那种事也少见……俺们那条河就没有赤梢鱼……这种鱼喜欢大川大河的。"

"你跟我大讲赤梢鱼干什么?"

"啥? 这可是您自己问的呀! 俺们那儿,连地主老爷们都这么钓鱼,连最不懂事的小孩也知道没有坠子钓不成鱼。当然啦,也有一种人啥也不懂,嘿,没有坠子也去钓鱼。傻瓜蛋可不管什么章法不章法……"

"那么你是说,你拧下这颗螺丝帽是为了拿它做坠子的?"

"不为这个还能为啥,总不能拿它当羊拐子玩!"

"可是,你要做坠子的话,尽可以拿铅块、子弹壳……或者钉子什么的……"

"铅块在路上可捡不着,得花钱去买。说到钉子,那不管用。螺丝帽

最好不过了……又重,还有个孔。"

"别装傻了! 你是昨天刚生下来,还是从天上掉下来的? 笨瓜,难道你不知道拧掉螺丝帽会造成什么后果? 要不是养护工及时发现,火车就会出轨,很多人就会丧命! 这样你就成杀人凶手了!"

"上帝保佑,千万别出事,老爷! 干啥要去害人? 难道俺们不信上帝,就是什么坏人? 谢天谢地,好老爷,别说俺一辈子没害死过一个人,就连这种念头也从没有过……求圣母娘娘保佑,饶恕……瞧您说的,老爷!"

"那依着你,火车是怎么出事的? 告诉你:只要拧下两三颗螺丝帽,火车就会翻车!"

丹尼斯嘿嘿冷笑,眯起眼睛怀疑地瞧着审讯官。

"得了吧! 这些年来,俺们村的人已拧下了不少的螺丝帽,上帝保佑,可从来没翻过车,这会儿说什么翻车,杀人……我若把铁轨拆了去,或者比方说吧,扛一根大木头横在铁轨上,噢,那样的话,火车兴许会出轨,可是……呸! 不就是少一颗螺丝帽嘛!"

"你要明白,那些螺丝帽是用来固定铁轨和枕木的。"

"这个俺们也懂……俺们又不是把所有的螺丝帽都拧掉……还有许多留着呢……俺们做事也是有分寸的……俺们也懂……"

丹尼斯打了个哈欠,在嘴巴上画个十字。

"去年这地方有一列火车出轨了,"审讯官说,"现在知道是什么原因了……"

"您说啥?"

"我是说,现在总算弄清楚去年有一列火车出轨的原因了……我明白了!"

"您是文化人,明白事理,俺们的恩人……上帝知道,该让谁明白事理……您刚才做了一番评判,问我是怎么回事,我也跟您说清了为什么。

那个养护工也是庄稼人,可他没有任何理由就一把揪住俺的后脖领,拖着俺就走……先说出个理来,再拖人也不迟呀!俗话说得好,庄稼人有庄稼人的智慧……您也记上一笔,老爷,他还扇了俺两个嘴巴子,往俺胸口上打了一拳。"

"搜你家的时候,又搜出一颗螺丝帽……那颗螺丝帽你是在什么地方,什么时候拧下的?"

"您说的是小红箱子底下的那一颗吧?"

"我可不知道它放在哪儿,只知道搜出一颗。你什么时候拧下它的?"

"俺可没拧,那是伊格纳什卡给我的,他嘛,就是'独眼龙'伊万的儿子。俺说的是压在小箱子底下的那一颗是他给我的,至于院子里雪橇上的那一颗是俺同米特罗凡一块儿拧的。"

"哪个米特罗凡?"

"就是米特罗凡·彼得罗夫呗……您没听说过他吗?他在俺们村编大鱼网,卖给老爷们,他需要很多这种螺丝帽。编一张网,估摸着得要十来颗……"

"你听着……刑法第1081条规定:凡是蓄意破坏铁路设施,致使铁路上行驶的运输车辆发生危险,且肇事者明知该行为的后果将造成不幸——听明白了吗?你明明知道!而你也不可能不知道,拧掉螺丝帽的后果是什么——该肇事者当判处流放服苦役。"

"当然,您知道的东西比我多……俺们是没有文化的人,这个俺们哪能弄懂?"

"你什么都明白!你就是在骗人,装傻!"

"干啥要骗人?您若不信,去问问村里人好了……不加坠子只能钓似鲌这种小鱼,它比赤梢鱼还差,没有坠子,就连赤梢鱼也钓不到。"

"你再讲讲赤梢鱼!"审讯官微笑着说。

"俺那儿可没有赤梢鱼……俺有时用蛾子当饵,不加坠子,让钓丝在

水面上漂，只有雅罗鱼来咬钩，再说那也少见。"

"行了，你住嘴吧……"

随后一阵沉默。丹尼斯不知所措地轮换着脚站着，瞅着眼前盖着绿绒布的桌子，使劲眨巴眼睛，仿佛他看到的不是绿绒布，而是太阳。审讯官飞快地写着什么。

"俺可以回家了吧?"沉默半晌后丹尼斯问道。

"不行。我得把你羁押起来，送进班房。"

丹尼斯不再眨眼，抬起浓眉，疑惑地看着审讯官。

"怎么要去班房？老爷！俺可没有时间，俺得去集市要回伊戈尔欠俺的三卢布的猪油钱……"

"住嘴，别妨碍公务。"

"坐班房……要是真做了坏事，去也行啊，可是……活得好好的……犯什么罪啦？俺又没有偷东西，好像也没跟人打过架……您若怀疑俺拖欠税款，老爷，那您千万别信村长的话……您一定得问问常任委员先生……他，那个村长，是个没有良心的人……"

"住嘴!"

"俺也没说啥……"丹尼斯嘟哝着，"村长尽造假账，这个俺敢对天起誓……俺家三兄弟：老大库兹马·格里戈里耶夫，老二伊戈尔·格里戈里耶夫，再就是俺，丹尼斯·格里戈里耶夫……"

"你在妨碍公务……喂，谢苗!"审讯官叫道，"把他押下去!"

"俺家三兄弟，"丹尼斯继续嘟哝，这时两名壮实的士兵押着他走出审讯室，"亲兄弟也不替亲兄弟担当责任……库兹马没有交税，那么你，丹尼斯，就得来承担……这算什么法官！俺东家是将军——可惜死了，但愿他升天——不然他会给你们这些法官一些颜色瞧瞧……审案子也得有水平，不能胡来……你哪怕用树条抽我一顿，可是得有证据，凭良心……"

约内奇

一

外地人来到省城 C 市,难免会抱怨这里的生活枯燥无聊,当地居民对此颇不以为然,他们往往会辩解似地说,正相反,C 市相当不错,这里不仅有图书馆、剧院、俱乐部,还经常举办舞会。最主要的是城里有许多聪明有趣、令人愉快的家庭,尽可以跟他们认识结交。于是他们便推荐图尔金一家,说这家人在本地最有教养、最有才学。

图尔金家的私宅坐落在本城的主要大街上,宅院紧挨着省长官邸。伊凡·彼得罗维奇·图尔金本人是一个胖胖的、留有络腮胡的黑发美男子,他喜欢在一些以慈善募捐为目的的业余演出中,扮演上了年纪的将军,演出时故意弄出些咳嗽声,显得滑稽可笑。他知道许多趣闻、谜语和俗语,爱开玩笑、说俏皮话,脸上的表情总令人捉摸不定,你不知他是在开玩笑,还是在说正经事。他的妻子薇拉·约瑟福夫娜,戴着 pince－nez①、

---

①法语:夹鼻眼镜。

身材瘦弱、面容可爱,她喜欢写中篇小说和长篇小说,并乐意朗诵自己的作品给来访的客人们听。他们的女儿叶卡捷琳娜·伊凡诺夫娜是个年轻的姑娘,会弹钢琴。总而言之,一家三口各具天赋。图尔金夫妇不仅殷勤好客,而且总是真心实意地向客人们展示各自的才华。他们那幢高大的砖砌房子十分宽敞,夏天凉爽异常。房子的半数窗户对着一个绿树成荫的老花园,到了春天,那里便有夜莺婉转地啼唱。只要家里来了客人,厨房里的切菜声就响个不停,院子里则散发出煎洋葱的香味。这一切都预示着一顿丰盛可口的晚餐在等着大家。

德米特里·约内奇·斯塔尔采夫大夫刚被委派来担任地方自治局的医生,居住在离C市九俄里以外的佳利日镇。有人告诉他,作为一个文化人,他应该去结识图尔金一家。那年冬天,在大街上经人介绍,他认识了伊凡·彼得罗维奇。两人谈了天气,谈了戏剧,还谈了霍乱,随后图尔金邀请他去自己家做客。转眼到了春天,耶稣升天节①那天,斯塔尔采夫看完病人之后,就动身去了城里,一来想去散散心,二来顺便买点东西。他优哉游哉地走着(当时他还没有马车),嘴里还不停地哼着歌曲:

　　当我还未及品尝,生命之杯的泪水……②

他在城里吃了午饭,去公园里散了一会步,不知怎么就想起了伊凡·彼得罗维奇的邀请,于是决定去图尔金家看看,他们到底是些怎么样的人。

"您好啊!"伊凡·彼得罗维奇在门廊上迎接他说,"见到您这样一位令人愉快的客人,真是非常非常的高兴。来吧,我要把您介绍给我的内人。我对他说,韦罗奇卡③,"他一边把医生介绍给妻子,一边继续道,"我对他说,即使在罗马法典里,他也找不到任何条文规定把自己关在医院

---

①耶稣升天节,基督教节日,在复活节后的第40天。
②出自俄国诗人杰利维格的诗《悲歌》,由著名音乐家雅科夫列夫谱曲。
③薇拉的爱称。

里,他应当把闲暇时间用在社交活动上。对不对,亲爱的?"

"您请坐在这儿,"薇拉·约瑟福夫娜邀请客人坐到她身边,"您尽可以多向我献献殷勤。我丈夫爱吃醋,简直就是个奥赛罗①,不过我们可以谨慎从事,叫他什么也察觉不到。"

"哎呀,你这只小母鸡,真是个被宠坏了的女人……"伊凡·彼得罗维奇柔声细语地说着,吻了一下妻子的额头,"您来得真是太巧了,"他又转向客人,对他说,"我内人刚写完一部巨型长篇小说,她打算今天给大家朗诵一下呢。"

"让奇可②,"薇拉·约瑟福夫娜对丈夫说,"dites que l'on nous donne du thé③。"

夫妻俩介绍斯塔尔采夫认识了他们18岁的女儿,叶卡捷琳娜·伊凡诺夫娜。姑娘长得很像母亲,同样清瘦,面容可爱。她脸上的表情还带有孩子气,腰肢柔软而苗条,已经发育成熟的少女的胸脯十分健美,洋溢着春天的气息,那是真正的春天的气息。大家一起喝茶,品尝果酱、蜂蜜,还有糖果和十分好吃的、入口即化的饼干。傍晚时分,客人陆陆续续到访,伊凡·彼得罗维奇笑眯眯地迎接每一位来宾,向他们招呼道:

"欢迎大驾光临!"

宾客们在客厅里正襟危坐后,薇拉·约瑟福夫娜开始朗诵自己的小说。小说的开头是这样的:"严寒更加凛冽……"房子的窗户都敞开着,厨房里传出"咚、咚"的切菜声和一股煎香葱的味道……大家在柔软、深凹的圈椅里惬意地坐着,灯光在黄昏的客厅中温柔地眨着眼。此时此刻的春日傍晚,街上不时传来人们的欢声和笑语,院子里飘来丁香花的阵阵清

①英国剧作家莎士比亚名著《奥赛罗》中的主人公,因嫉妒杀死自己的妻子。
②法文名字,相当于俄文的伊凡。
③法文:叫人给我们端茶来。

香,你很难去想象严寒如何的凛冽,冷冷的落日余晖如何映照着雪原和孤独的旅人。薇拉·约瑟福夫娜的故事讲述了一个年轻美丽的伯爵小姐如何在村子里开办学校、医院和图书馆,又如何爱上了一个浪迹天涯的画家。她讲述的故事在生活中从来不曾发生,但听起来令人觉得愉快、舒畅,脑海里也浮现出种种美好、恬静的画面,简直都不想站起来……

"真不赖……"伊凡·彼得罗维奇轻声说。

有一位客人听着听着,思绪也飞得越来越远,用勉强听得见的声音附和道:

"是的……的确……"

一个小时过去了,又一个小时过去了。邻近的市立公园里有乐队在演奏,合唱团在演唱。当薇拉·约瑟福夫娜合上自己的本子,大家足足有四五分钟的时间都默不作声,他们在倾听合唱团演唱《小松明》,这支歌所表达的生活情趣,正是小说中所缺乏的。

"您的作品在杂志上发表了吗?"斯塔尔采夫问薇拉·约瑟福夫娜。

"没有,"她回答,"我从不拿自己的作品去发表。我写完了就把它们藏进我的柜子里。何必发表呢?"她解释说,"要知道我们可不缺钱。"

不知为什么大家听了都叹了一口气。

"现在请你,咪咪①,弹点什么吧。"伊凡·彼得罗维奇对女儿说。

钢琴盖子已被掀开,谱架上的乐谱也被打开。叶卡捷琳娜坐了下来,双手齐叩琴键,随即铆足劲又叩击起来,一下,再一下,她的肩头和胸脯颤动着。她固执地叩击着同一个地方,似乎不把那几个琴键击打进钢琴里就决不罢休。客厅里琴声轰鸣,所有的东西,地板、天花板和家具都发出了轰隆声……叶卡捷琳娜·伊凡诺夫娜弹的是一首极难的曲子,又长又

---

① 叶卡捷琳娜的小名。

单调,唯一有趣的地方就是难弹。斯塔尔采夫一边聆听乐曲,一边想象着,乱石从高山上翻滚而下,不停地翻滚着。他巴望着这些石头快点停住,别再翻滚。而此刻的叶卡捷琳娜却显得那样强健有力,脸蛋因紧张而涨得绯红,额头上还垂着一缕卷发,那模样让他非常喜欢。想到自己在佳利日跟病人和农民一起度过寒冬后,坐进这间客厅,看着这样一位年轻、优雅,多半也是纯洁的人儿,听着这支热闹、令人烦躁,但毕竟高雅的乐曲,是多么美好,多么新鲜啊……

"啊,小咪咪,你从没弹得像今天这么好,"等到女儿弹奏完毕、站起身,伊凡·彼得罗维奇眼里噙着泪水说,"去死吧,丹尼斯,你再也写不出更好的东西了。"①

大家围着她,向她表示祝贺,表示惊奇,都说自己已经很久没有听到这么美妙的音乐了。她面带微笑、默不作声地听着,整个身姿都显示出成功的喜悦。

"好极了! 非常棒!"

"好极了!"斯塔尔采夫受到众人的感染,也说,"您在哪儿学的音乐?"他问叶卡捷琳娜·伊凡诺夫娜,"是在音乐学院吗?"

"不,我正打算进音乐学院,目前在家跟扎夫洛夫斯卡娅太太学琴。"

"您中学毕业了?"

"噢,没有!"薇拉·约瑟福夫娜代女儿回答,"我们为她请了家庭教师,进女子中学或者进学院,我想您也同意,可能会受到坏的影响。女孩子在生长发育阶段,只应该接受母亲一个人的影响。"

"反正我要进音乐学院!"叶卡捷琳娜·伊凡诺夫娜说。

"不行,小咪咪爱她的妈妈。小咪咪不会让爸爸妈妈伤心的。"

---

①据说这是波将金公爵看完俄国剧作家冯维辛的喜剧《纨绔子弟》后的评价,丹尼斯是冯维辛的名字。

"不嘛,我要去!我偏要去!"叶卡捷琳娜·伊凡诺夫娜半开玩笑,半撒娇地说,还跺了下脚。

吃晚饭的时候,轮到伊凡·彼得罗维奇露一手了。只见他双眼含笑,一会儿来几段奇闻轶事,一会儿说些俏皮话,一会儿又提出些荒谬可笑的问题,却又是自己来解答。他一直用自己特有的语言说笑着,这种语言是他长期练习说俏皮话形成的,而且这些话显然已成了他的习惯用语,例如:"大了去了""真不赖""老要感谢您"等等。

娱乐到此还没结束。当客人酒足饭饱、心满意足地挤在前厅里,等着取各自的大衣和手杖时,有个仆役会过来帮忙。他叫帕夫卢沙,这家人也叫他帕瓦,是个十四五岁的男孩,头发剪得短短的,脸蛋胖乎乎的。

"来吧,帕瓦,表演一个!"伊凡·彼得罗维奇对他说。

帕瓦立好姿势,举起一只手,然后用悲惨的声调说:

"去死吧,不幸的女人!"

于是大家哄然大笑。

"真有趣。"斯塔尔采夫走到街上时心里还在想着这些。

他顺路进了一家餐馆,喝了些啤酒,然后动身回家,往佳利日走去。他一边走,一边哼起了歌曲:

　　　　你的声音,对我而言,亲切又娇媚……①

他走完了九俄里的路,然后躺下睡觉,却是一丝倦意也没有,反倒觉得,还能再兴致勃勃地走它个20俄里。

"真不赖……"正要入睡,他又想起了这句话,闭上的眼睛笑弯了。

----

①引自普希金的诗《夜》,由音乐家鲁宾斯坦谱曲。

二

斯塔尔采夫一直惦记着再去图尔金家,但是医院里的事太多,他怎么也抽不出时间。就这样,他在忙碌和孤独中度过了一年多。有一天,城里有人给他送来了一封装在蓝信封中的信。

薇拉·约瑟福夫娜多年来都患有偏头痛的毛病,最近一段时间,因为咪咪每天吓唬她妈妈说要进音乐学院,导致她的偏头痛开始频繁发作。城里的大夫都给瞧过了,最后想起了他这位地方自治局医生。薇拉·约瑟福夫娜给他写了一封真挚感人的信,恳请他无论如何都要去看她一次,以减轻她的病痛。斯塔尔采夫欣然前往,打那以后他便隔三岔五地出现在图尔金家……他确实为薇拉·约瑟福夫娜减轻了一些头痛,于是她见了客人就说,斯塔尔采夫是一名医术高超的神医。不过,后来他造访图尔金家,已经不是为了给她治疗偏头痛了……

有一天过节。叶卡捷琳娜·伊凡诺夫娜总算弹完了那些冗长乏味的练习曲。随后大家一直坐在饭厅里喝茶,听伊凡·彼得罗维奇讲了桩可笑的事。这时门铃响了,得有主人去前厅迎接客人,斯塔尔采夫趁着片刻的忙乱,激动万分地对叶卡捷琳娜小声说:"看在上帝的份上,我求您了,请别折磨我,一起去花园吧!"

她困惑地耸了耸肩,似乎不明白他想要她做什么,但还是站起身,走了出去。

"您在钢琴上一弹就是三四个小时,"他跟在她后面说,"然后就坐在您妈妈身边,我都没什么机会和您单独说话。我只需要一刻钟的时间,求您了。"

太阳早已下山,古老的花园里一片寂静,略显凄凉,幽径上铺满了深色的落叶,秋天已悄悄来临。

"我已经整整一个星期没有见到您,"斯塔尔采夫接着说,"但愿您知道,这对我来说有多痛苦! 坐下吧,请听我说。"

两人在花园里有一处心爱的地方:枝繁叶茂的老枫树下的长椅。这时他们就在这张长椅上坐了下来。

"您有什么事?"叶卡捷琳娜·伊凡诺夫娜一本正经地干巴巴地问道。

"我已经整整一个星期没有见到您,这么久都没有听到您的说话声。我太渴望听到您的声音了。您说说话吧。"

她那清新的气息,眼睛和脸上的天真神采令他神魂颠倒。就连她身上穿的连衣裙在他眼里也特别迷人,那种简单、纯朴的雅致使他怦然心动。尽管她很天真,但他觉得她同样也很聪明,她的修养甚至超过了她的年龄。他可以跟她谈论文学,谈论艺术,以及随便谈任何想得到的话题,也可以向她抱怨一下生活和周围的人。虽然在谈论严肃话题的过程中,有时她会突然没来由地笑起来,或者干脆跑回屋里去了。她跟 C 城的所有姑娘一样,读了许多书(一般说来,C 城的人很少读书,连本地图书馆的人都说,如果姑娘们和年轻的犹太人不来借书,图书馆就可以关门了),这一点让斯塔尔采夫很是欣赏,每次见了面,他都迫不及待地问她近日读了什么书,然后着了迷似的听她讲述。

"在我们没有见面的这个星期里,您读了什么书?"此刻他问她,"告诉我,求您了。"

"我读了皮谢姆斯基①的作品。"

"哪一本?"

"《一千个农奴》,"咪咪回答说,"可是这个皮谢姆斯基的名字很可笑,叫什么阿列克谢·费奥菲拉克特奇!"

---

① 皮谢姆斯基(1821—1881),俄国作家。

"您这是要去哪儿?"斯塔尔采夫看到她突然站起来朝房子走去,便惊讶地问道,"我必须跟您好好谈一谈,我必须要表明……您哪怕再和我待上五分钟! 我恳求您!"

她停下来,像要说点什么,随后很不自然地往他手里塞进一张字条,就急忙跑回屋,又坐到钢琴前弹奏起来。

"今晚 11 点,"斯塔尔采夫念道,"请去公墓,在杰梅季的墓碑附近。"

"哦,这个主意可太不聪明了,"他镇定以后,不禁想道,"到公墓去干什么? 为什么约在那?"

显然,这是咪咪的恶作剧。有谁会正儿八经地想在半夜三更与人约会,而且约会的地点是在郊外的公墓? 约在大街上或是公园里多方便。再说他作为地方自治局委任的医生,是个聪明、体面的人。如今收下约会的条子,却只有叹气的份,还要屁颠屁颠地跑去公墓游荡,做出连中学生都会笑话的蠢事,这让他的脸往哪儿搁? 这段浪漫史又会有什么结果? 要是让同事们知道了,他们会说什么? 斯塔尔采夫在俱乐部围着桌子踱来踱去,内心非常纠结。可是十点半一到,他就直奔公墓而去。

这时,他已经有了自己的双套马车,车夫叫潘捷列依蒙,爱穿一件丝绒坎肩。明月当空,四下里十分安静,很远就能听见郊外屠宰场方向传来的狗吠声。空气中透着一丝秋天的凉意,但还算暖和。斯塔尔采夫把马车留在城边上的一条巷子里,自己步行去公墓。"每个人都有自己的怪癖,"他想,"咪咪也够怪的——谁知道呢? 说不定她不是开玩笑,当真会过来。"

他把希望寄托于渺茫的愿望,并为这个希望所陶醉。

他在野地里走了半俄里路。远处公墓黑压压地呈现在眼前,看上去像是一片树林或是一座大花园。白色的石头围栏、大门渐渐出现在眼前……月光下已可以读出大门上的题词:"时候要到……"[1]斯塔尔采夫从便门走了

---

①见《圣经·约翰福音》第 5 章,第 28 节。全句为"时候要到,凡在坟墓里的都要听见他的声音就出来,行善的复活得生,作恶的复活定罪。"

进去,一进门就看到许多白十字架和墓碑树立在宽畅的林荫道两旁,它们和杨树一起投下了无数阴影。向远处望去,周围也都是黑白两色物体,睡意蒙眬的树木将枝叶垂向白色的墓石。这里似乎比野地里明亮些,林荫道的黄沙上和石板上落满了兽爪似的枫叶,非常显眼,墓碑上的题词也清晰可见。起初,眼前的一切有些出乎斯塔尔采夫的意料,这是他有生以来第一次见到这番景象,往后恐怕再也不会见到了。这是与其他任何地方都完全不同的世界——这个世界如此美好,月色无比温柔,仿佛这里是它的摇篮。这里没有生命,没有任何生命,可是每一棵黝黯的杨树,每一座坟茔都让人感到里面隐藏着可以给人以安宁、美好永恒的生命。石板、凋零的鲜花,还有树叶的秋天气息,都散发出一种宽恕、悲伤和静谧。

万籁俱寂,天上的星星静静地俯视着这片土地,斯塔尔采夫的脚步声这时显得那么刺耳,不合时宜。教堂的钟声响起,他想象着自己死去,被永久地埋在这里,于是他感到了有人在凭吊他,在那一瞬间他想到,这不是安宁,也不是静谧,而是源自虚无的无声悲哀和源自绝望的无限压抑。

杰梅季的墓碑宛若一座小教堂,上面立着个天使。从前,有个意大利歌剧团路经 C 市,团里一名女歌唱家不幸去世,人们将她安葬在这里,并立了这座墓碑。城里已经没有人记得她了,可是墓前的长明灯在月光的映照下,似乎依然闪烁。

一个人也没有。谁会半夜三更来这里呢?但斯塔尔采夫还是等着,因为月光也在助燃着他的激情,他满怀激情地等着,想象着跟心爱的姑娘拥抱、接吻。他在墓碑旁坐了大约半个小时,然后沿着两旁的林荫路走了一会儿。他手里拿着帽子,一边等一边想,在这些坟墓里埋葬的妇女和姑娘们,生前也是美丽动人,也有过恋爱,也曾在夜晚的温存中燃烧过激情。说实话,大自然这位母亲拿人开这种玩笑真是过分,意识到这一点又多么令人心寒。虽然斯塔尔采夫这么想着,但他同时又想大声喊出来,说他渴

望,说他不惜任何代价地期待着爱情。现在白晃晃浮现在他面前的已不是一块块大理石,而是许多美丽的女子,她们正羞答答地往树影里躲藏。斯塔尔采夫欲火焚身,这种折磨简直让他难以忍受……

月亮躲进云层,仿佛天幕落了下来,四周顿时一片漆黑。斯塔尔采夫好不容易才找到大门——夜黑沉沉的,像是在秋天——然后又游荡了一个半小时,才找到停着马车的那条小巷。

"我太累了,脚都站不住了。"他对潘捷列依蒙说。

当他舒舒服服地坐在马车里时,心想:"唉,真不该让自己发胖啊!"

三

第二天晚上,他坐上马车去图尔金家求婚。可惜来得不是时候,因为理发师正在叶卡捷琳娜的房间里给她做头发。她准备去俱乐部参加舞会。

他又不得不坐在饭厅里长时间地喝茶。伊凡·波得罗维奇看到客人若有所思,待着无聊,便从坎肩口袋里掏出几张小纸条,念了一封他的德籍管家写的可笑的信,信中说庄园里所有的"矢口抵赖"都坏了,"羞耻"也塌掉了。①

"娘家应该会给不少陪嫁吧……"斯塔尔采夫想道,一边心不在焉地听着。

度过了一个不眠之夜,此刻的他还有些神情恍惚,仿佛是被人用甜甜的迷魂汤灌醉了似的,他的心里懵懵懂懂,但是很快活,也很温暖。与此同时,他的脑子里又有一个冷静而严厉的声音在提醒:

"趁早收场吧!你们俩般配吗?她娇生惯养,调皮任性,每天要睡到

---

①德国总管用错了词,他想说:"所有的门锁都坏了,一堵墙倒了。"

下午两点钟;而你只是一个教堂执事的儿子,地方自治局的医生。"

"那又怎么样?"他想,"管它呢!"

"再说,你若娶了她,"那个声音接着说,"她的家人会逼你放弃地方自治局医生的工作,搬到城里来住。"

"那又怎样呢?"他想,"住在城里就住在城里。他们会给陪嫁,我们可以好好安顿一番……"

叶卡捷琳娜总算出来了,她穿了一身袒胸露背的舞会礼服,显得那么纯洁可爱,斯塔尔采夫爱慕地瞧着她,激动得一句话也说不出,只是瞧着她傻笑。

她开始跟大家告别,他呢,也没了留下来的必要,便起身说,他也该回去了,有病人等着呢。

"那也没有办法,"伊凡·彼得罗维奇说,"请便吧。不过,顺便把咪咪送去俱乐部吧。"

外面下起了细雨,天很黑,只能凭潘捷列依蒙喑哑的咳嗽声才能猜出马车停在何处。车篷已经支了起来。

"我走路踩地毯,你走路净撒谎。"伊凡·彼得罗维奇说着顺口溜,扶女儿坐进马车。

"他走路爱瞎扯……走喽!再见了!"

他们坐着马车走了。

"我昨晚去公墓了,"斯塔尔采夫开口说,"您这样做太不仗义,太狠心了……"

"您去公墓了?"

"是啊,我去那里了,一直等您,等到快半夜两点钟了。我好痛苦……"

"您既然不懂得开玩笑,那就痛苦去吧。"

叶卡捷琳娜·伊凡诺夫娜想到自己如此巧妙地捉弄了一个爱她的

男人,对方还这么热烈地爱着她,不禁十分得意,哈哈大笑起来。忽然,她惊叫一声,因为这时两匹马猛地朝俱乐部大门方向拐过去,车身倾斜了。斯塔尔采夫趁势搂住她的腰,叶卡捷琳娜·伊凡诺夫娜吓得惊魂未定,依偎在他身上。他情不自禁,便热烈地吻起她的嘴唇、她的下巴,并且把她搂得更紧了。

"够了。"她干巴巴地说。

转眼间,她已经不在马车上了。灯火通明的俱乐部大门旁,一名警察用厌恶的口气冲着潘捷列依蒙大声嚷嚷:"怎么停下了,呆瓜! 快往前走!"

斯塔尔采夫坐车回家,但很快又回来了。他穿上借来的礼服,系着白色的硬领结,那领结不知怎么回事,总翘起来,老想从领口上滑开。他在俱乐部的客厅里一直坐到深夜,含情脉脉地向叶卡捷琳娜·伊凡诺夫娜告白:

"啊,没有恋爱过的人,对爱知道得太少了! 我觉得,至今还没有人准确地描写过爱情,而且这种温柔、欢乐而又痛苦的感情未必是能够言传的。一个人只要体验过一次这种感情,他就不想用文字来表达它了。要什么开场白? 要什么描述? 花言巧语又能说明什么? 我的爱可没有止境……我请求您,我恳求您,"斯塔尔采夫终于说出口,"请您做我的妻子!"

"德米特里·约内奇,"叶卡捷琳娜·伊凡诺夫娜想了片刻,露出极其严肃的神情说,"德米特里·约内奇,承蒙您的厚爱,我十分感激,我尊敬您,但是……"她站起身,接着说下去,"但是,请原谅,我不能做您的妻子。我们来认真地谈一谈吧。德米特里·约内奇,您知道,我一生中最钟爱的莫过于艺术,我疯狂地爱着音乐,我崇拜音乐,我要把我的一生奉献给它。我想当一名钢琴家,我渴望名声、成就和自由,而您却要让我继

续待在这个城市里,继续过这种空虚无聊的生活,这种生活我是再也无法忍受了。做您的妻子——哦,不,对不起! 人应当追求更高、更辉煌的目标,而家庭生活只会把我永远束缚住。德米特里·约内奇(她微微一笑,因为当她说这个名字时,竟然想起了'阿列克谢·费奥菲拉克特奇'),德米特里·约内奇,您是一位善良、高尚、有头脑的人,您最好了……"泪水涌出了她的眼眶,"我真心实意地同情您,但是……但是您得明白……"

她怕哭起来,赶紧转身跑出了客厅。

斯塔尔采夫的心不再剧烈地跳动。他走出俱乐部,来到大街上,头一件事就是扯下那个硬领结,并深深地呼出一口气。他觉得有点丢人,他的自尊心受到了伤害。他没有料到会遭到拒绝,也不相信,他的一切梦想、苦恼和希望把他引到如此愚蠢的结局,简直就像业余演出中的一段插曲。他为自己的感情,为自己的初恋感到痛惜,痛惜得恨不得大哭一场,或者操起伞来朝潘捷列依蒙的宽背使劲打下去。

整整三天,他没心思工作,吃不下也睡不着,可是当他听说叶卡捷琳娜·伊凡诺夫娜去莫斯科报考音乐学院时,他才定下心来,又恢复了往日的生活。

后来,当他偶尔回想起当初如何在公墓里徘徊,如何坐着马车满城去借礼服的情景,就会懒洋洋地伸个懒腰说:

"居然有过那么多经历呢!"

四

四年过去了。斯塔尔采夫在城里的医疗业务已经有了很大的规模。每天上午,他在佳利日匆匆忙忙看完病人,就坐车去城里行医,直到深夜才能回到家。他的马车已经不是由两匹马,而是由三匹系着许多小铃铛的马拉着了,他胖了,发福了,因为患有哮喘,路也懒得走了。潘捷列依蒙

也胖了,他越是往横里长,就越是唉声叹气,抱怨自己命苦:马车已赶得腻味了。

斯塔尔采夫去过一些不同的家庭,见识过许多人,但跟谁都没有深交。当地居民的谈吐,对人生的看法,连同他们的外表,都能惹他生气。经验渐渐地让他明白:你跟当地人打打牌或者吃吃饭时,他们多半心平气和、宽厚善良,甚至不浑不傻,但是只要话题一离开饮食,比如说,谈谈政治或者科学,他们立马不知所云,要不就信口雌黄,观点既愚蠢又恶毒,叫人听了只好摆摆手走开。斯塔尔采夫尝试过和一些具有自由思想的当地人交谈,比如说,关于人类:感谢上帝,人类在不断进步,随着时间的推移,总有一天人类将取消身份证和死刑。听完他的想法,对方斜着眼睛狐疑地看着他,问道:"这么说来,到那时,任何人都可以在大街上随意杀人了?"有时斯塔尔采夫参加应酬,在茶余饭后说到人应当劳动,不劳动是无法生活的,在场的每个人都认为这是在羞辱他们,便大动肝火,不依不饶地和他理论。尽管如此,城里人还是什么事也不干,绝对不干,没什么事能让他们产生兴趣,因此你怎么也想不出能跟他们谈些什么。斯塔尔采夫只好回避各种谈话,只管吃喝、玩牌。如果赶上某家操办喜事,主人留他用餐,他便会坐下来,盯着面前的盘子,一声不响地吃喝。宴席上的谈话全都没有意思,观点很不公道,很无聊。这些都让他感到恼火、激动,但仍可以一言不发。由于他总是表情严肃又默不作声地盯着餐盘,城里人就给他起了个绰号,叫他"自以为是的波兰人",虽说他从来就不是个波兰人。

对于戏剧和音乐会这类娱乐活动,他一概退避三舍,可是每天晚上都打"文特",一玩就是三个小时,而且玩得津津有味。他还有一项乐趣,是在不知不觉中渐渐迷上的:到了晚上,他总要从一个个口袋里掏出行医得来的钱,这些黄的、绿的票子,有的散发着香水味,有的带醋味,有的带熏

香味,还有的带鱼油味。它们常常能将口袋塞得满满的,这时就能有 70 多卢布。等攒到几百卢布,他就拿到信贷合作社存活期。

叶卡捷琳娜·伊凡诺夫娜离家这四年里,斯塔尔采夫只去过图尔金家两趟,还是应薇拉·约瑟福夫娜之邀去治疗她的偏头痛。每年夏天叶卡捷琳娜都会回来省亲,但他一次也没有见到她,不知怎么就那么不凑巧。

四年就这样过去了。在一个宁静温暖的早晨,有人把一封信送到医院里。薇拉·约瑟福夫娜写信给德米特里·约内奇说,她很想念他,请他务必光临以便减轻她的病痛,再说今天恰好是她的生日。信下面有一行附言:"我也附和家母的邀请   卡。"

斯塔尔采夫考虑一番,傍晚驱车到了图尔金家。

"哎呀,您好啊!"伊凡·彼得罗维奇两眼含笑欢迎道,"蓬茹杰!"①

薇拉·约瑟福夫娜老了许多,头发也白了。她握了握斯塔尔采夫的手,煞有介事地叹口气,说:

"大夫,您不愿意向我献殷勤了,总也不光临寒舍,我对您来说是太老了。这不,年轻的姑娘回来了,也许她会走运些。"

那么咪咪呢? 她清瘦了,苍白了,变得更漂亮,更苗条了;但她已经是叶卡捷琳娜·伊凡诺夫娜,不是当年的咪咪了;在她身上已见不到往日清新的气息和天真烂漫的神情。她的目光和举止间流露出陌生的东西——胆怯和愧疚,仿佛在这里,在图尔金家中,她已没有了自家的感觉。

"好久不见了!"她说着把手递给斯塔尔采夫,看得出来,她的心在紧张地跳动,她好奇地凝神瞧着他的脸,继续说道:"您可胖多了! 您晒黑了,更有男人味了,不过总体变化不大。"

---

① "蓬茹"是法语"你好"的音译,"杰"是俄语动词"您"的人称字尾。这种不伦不类的语言意在逗乐。

即使现在他还是喜欢她，并且很喜欢她，可是他觉得她身上好像又缺了一点什么，或者说多了一点什么——究竟是什么，他自己也说不清，但已无法使他产生从前那样的感情。他不喜欢她那苍白的脸色，那新的神情，淡淡的笑容和说话的声音，再过一会儿，就连她的裙子和坐着的圈椅他也不喜欢了，他甚至都不愿意回忆，当年他差一点娶她为妻。想到四年前令他激动不安的爱情、幻想和希望——他就觉得尴尬。

大家喝茶，吃甜饼。然后微拉・约瑟福夫娜朗读她的小说，读着生活中从来不会发生的故事。斯塔尔采夫听着，望着她一头漂亮的白发，期待着她早点读完。

"不会写小说的人，"他想，"未必平庸，写了小说却不知藏起来的，那才愚蠢。"

"真不赖……"伊凡・彼得罗维奇说。

接着，叶卡捷琳娜・伊凡诺夫娜弹了一首热闹而冗长的曲子。一曲弹罢，大家长时间地向她道谢，对她赞不绝口。

"幸好我当年没有娶她。"斯塔尔采夫想。

她望着他，显然期待着后者能邀请她一起去花园，但他却默不作声。

"让我们谈谈吧，"她走到他跟前，说道，"您生活得怎么样？近来如何？忙吗？这些天来，我一直在想您。"她神经质地接着说下去，"我本想给您写信，也想亲自去佳利日看望您，我都已经决定动身了，可是后来又改变了主意——天晓得您现在如何看待我。今天我等着您来，心情很乱。看在上帝的份上，我们去花园吧！"

他们来到了花园，坐到老枫树下那张长椅上，就像四年前一样。周围黑黢黢的。

"您到底生活得怎么样？"叶卡捷琳娜・伊凡诺夫娜问。

"没什么，还过得去。"斯塔尔采夫回答。

他再也想不出什么话来。两人都沉默了。

"我很激动,"叶卡捷琳娜·伊凡诺夫娜说话时用双手捂着脸,"不过请您别介意。回到家真是太好了,看到大家我非常高兴,一时都有些不习惯了。多少回忆啊!我觉得我们俩会聊个不停,一直聊到天亮呢。"

此刻他在近处看见她的脸和亮闪闪的眼睛。在这儿,在黑暗里,她显得比在室内更年轻些,就连她往日孩子般的神情似乎也回到了她的脸上。事实上,她的确正天真好奇地瞧着他,似乎想更近一些把他看个清楚,并且了解一下这个当年那么热烈、温柔地爱过她,却又那么不幸地被她拒绝过的人,她的双眼正在为这份爱向他表示感谢。他想起了所有的往事,连同每一个细枝末节:他是如何在公墓里徘徊,如何在凌晨疲惫不堪地返回自己的住处。他忽然为逝去的往事感到伤心和叹息,内心的激情似火花般慢慢燃烧。

"您还记得我是怎样送您去俱乐部参加晚会的吗?"他说,"当时下着雨,天很黑……"

内心的激情燃烧起来,他渴望诉说,想要抱怨一下生活……

"唉!"他叹口气道,"您问我生活过得怎么样,我们这里的生活能过得怎么样呢?凑合着过吧。人一点一点变老,发胖,邋遢起来。白天连着夜晚,日子一天一天过去,生活平淡无奇,没留下什么印象,也没什么想法……白天赚钱,晚上泡俱乐部,周围尽是些牌迷、酒鬼和嗓子喊哑了的人,让人难以忍受。这叫什么生活?"

"可是您有工作,有崇高的生活目标。以前您总爱谈您的医院。那时候我有点矫情,自以为是个伟大的钢琴家。其实现在所有的小姐都在弹钢琴,我也在弹,跟大家一样,并没有什么与众不同的地方。我这个钢琴家就跟我妈是作家一样。我那时自然无法理解您,可是后来到了莫斯科,我却常常想念您。我只想念您一个人。做一名地方自治局的医生,帮助

受苦的人,为百姓服务,那是多么幸福,多么幸福啊!"叶卡捷琳娜·伊凡诺夫娜充满激情地重复说,"当我在莫斯科想念您的时候,您在我的心中是那么完美,那么崇高……"

想到自己每天晚上心满意足地从一个个口袋里掏出许多的钞票,斯塔尔采夫心中的火花熄灭了。

他站起身,想回到屋里去,但她挽住了他的胳臂。

"您是我平生所认识的最好的人,"她接着说,"我们以后还会见面谈心的,对吗?答应我。我不是什么钢琴家,我已经有了自知之明,我也不会再当着您的面弹钢琴、谈音乐了。"

他们进了屋子,斯塔尔采夫在傍晚的灯光下看清了她的脸,看清了她望着自己的忧伤、感激、探询的双眼,他感到有些不自在起来,又一次想道:"幸好我当年没有娶她。"

于是,他便和大家告别。

"即使在罗马法典里,您也找不到任何依据可以被允许不吃晚饭就走,"伊凡·彼得罗维奇送他出门时说,"您太不近人情了。"于是,他对前厅里的帕瓦说:"那好吧,来表演一下。"

这时的帕瓦已不再是孩子,而是个留着胡子的大小伙。帕瓦站好姿势,举起一只手,用悲惨的声调说:

"去死吧,不幸的女人!"

这一切又惹得斯塔尔采夫不痛快。他坐进马车,望着黑乎乎的房子和花园,望着当年对他来说那么亲切可爱的地方,所有往事一下涌上心头——薇拉·约瑟福夫娜的长篇小说,咪咪轰鸣的钢琴声,伊凡·彼得罗维奇的俏皮话和帕瓦的悲情姿势,他不禁想到,既然全城最有才华的这家人个个都那么庸俗,那么这个城市又会好到哪儿去呢?

三天后,帕瓦送来一封叶卡捷琳娜的信。信里是这样写的:

您没来看我们，为什么？我担心您已经改变了对我们的态度；我很担心，一想到这一点我就害怕。请让我放下心来，快来吧，告诉我您一切都好。

我必须跟您谈一谈。

您的叶·图

他读完这封信，想了一想，对帕瓦说：

"你回去说一声，亲爱的，说我今天很忙，去不成。告诉她我过三天再去。"

三天过去了，一星期过去了，他还是没有去。有一天他路过图尔金家，想到应当进去坐坐，哪怕一小会儿也好，但是他思考了一番，还是没有进去。

从此，他再也没有去过图尔金家。

五

又过了几年。斯塔尔采夫越发胖了，一身肥肉，呼吸困难，走起路来脑袋总往后仰。每逢他大腹便便、红光满面地坐在铃声叮当的三套马车里，那个同样大腹便便、红光满面的潘捷列依蒙就会挺直了长满肉的后脑勺，坐在车夫的座位上。只见他向前伸出木棍般僵直的胳臂，向迎面而来的行人大声嚷道："靠右，往右边走！"这幅画面令人印象深刻：似乎坐在车里的不是人，而是多神教的神。他在城里的业务十分繁重，忙得连喘口气的时间都没有。他已经购置了一个庄园，城里还有两幢房子，目前正为自己物色第三幢更有投资价值的房产。每当信贷合作社里有人告诉他某处有房准备出售时，他就自顾自地闯过去，全然不顾屋里衣衫不整的妇女和孩子，在他们惊恐地注视下走遍每间房屋，用手杖戳着每一扇房门，问：

"这里是书房？这里是卧室？那么这里呢？"

他一边说，一边气喘吁吁地擦着额头上的汗珠。

他要操心的事很多，但仍不放弃地方自治局医师的职位。他已变得贪得无厌，鱼与熊掌都想要。在佳利日也好，在城里也好，人们已经简单地称他"约内奇"①。"这个约内奇要去哪儿?"或者"要不要请约内奇来会诊?"

大概因为他的喉部脂肪堆积过多，他的嗓音变得又尖又细。他的性格也变了，变得难以相处，容易动怒。给病人看病时，也总发脾气，并喜欢用手杖不耐烦地敲打地板，用他那难听的声音叫道：

"请您只回答我的问题! 少说废话!"

他孤身一人，生活枯燥，什么事也提不起他的兴趣。

住在佳利日的这些年，他对咪咪的爱恋恐怕是他唯一的、也是最后的快乐。每天晚上，他在俱乐部里玩"文特"，然后一个人坐在大桌旁吃晚餐。年龄最大、最懂规矩的侍应生伊凡伺候他用餐，给他递上拉斐 17 号红葡萄酒。俱乐部里所有的人，上至主任，下至厨师和侍应生，都知道他喜欢吃什么，不喜欢吃什么，大家都想方设法地讨好他，要不然，他突然发起脾气来，又得拿手杖敲打地板了。

吃晚饭的时候，他偶尔也会转过身，在别人的谈话中插上两句：

"你们这是在说什么? 啊? 说谁呢?"

有时候，邻桌有人提及图尔金家里的事，他就要打听：

"您这是在说哪一家图尔金? 是女儿会弹钢琴的那一家吗?"

关于他，能说的也只有这些。

而图尔金一家呢? 伊凡·彼得罗维奇不见老，几乎没有变化，依旧爱说俏皮话，有说不完的奇闻轶事。薇拉·约瑟福夫娜依旧兴致勃勃、

---

①呼父称，表示彼此之间很熟悉。

真心实意地给客人们朗诵她的小说。咪咪每天还弹钢琴,一弹就是四个小时。她明显地老了,常生病,每年秋天都要跟母亲去克里米亚疗养。伊凡·彼得罗维奇每次去火车站给她们送行时,火车一开动,他就擦着眼泪大声喊道:"再见啦!"

　　同时,在空中舞动着手绢。

嫁　妆

　　我生平见过不少房子,大的、小的、砖砌的、木制的、新的、旧的,但是有一所房子印象深刻地保留在我的记忆里。不过这不是一幢大房子,而是一座小房子。它其实就是一座平房,有三扇窗户,像极了一个头戴包发帽,矮小驼背的老太婆。小房子是白色的,有着一个瓦房顶和泥灰脱落的烟囱。它整个地掩映在苍翠的树林里,掩映在房主的祖父和曾祖父所栽种的桑树、槐树、杨树中。站在树林外,你根本发现不了它。即使身处一大片绿树林中,也妨碍不了它成为城市里的房产。它那宽阔的院子跟其他同样宽阔苍翠的院子连成一排,形成"莫斯科"街的一部分。没有什么人从这条街上坐着马车经过,行人也很稀少。

　　房子的百叶窗总是紧闭着:住在里面的人不需要亮光,亮光对他们没有用处。窗户也从来没有被敞开过,因为房子里的居民不喜欢新鲜空气。长年与桑树、槐树、牛蒡为邻的人,对自然界是冷漠的。只有那些住别墅的人,上帝才赐予了理解大自然之美的能力,至于其他的人,则对此茫然

胖子和瘦子

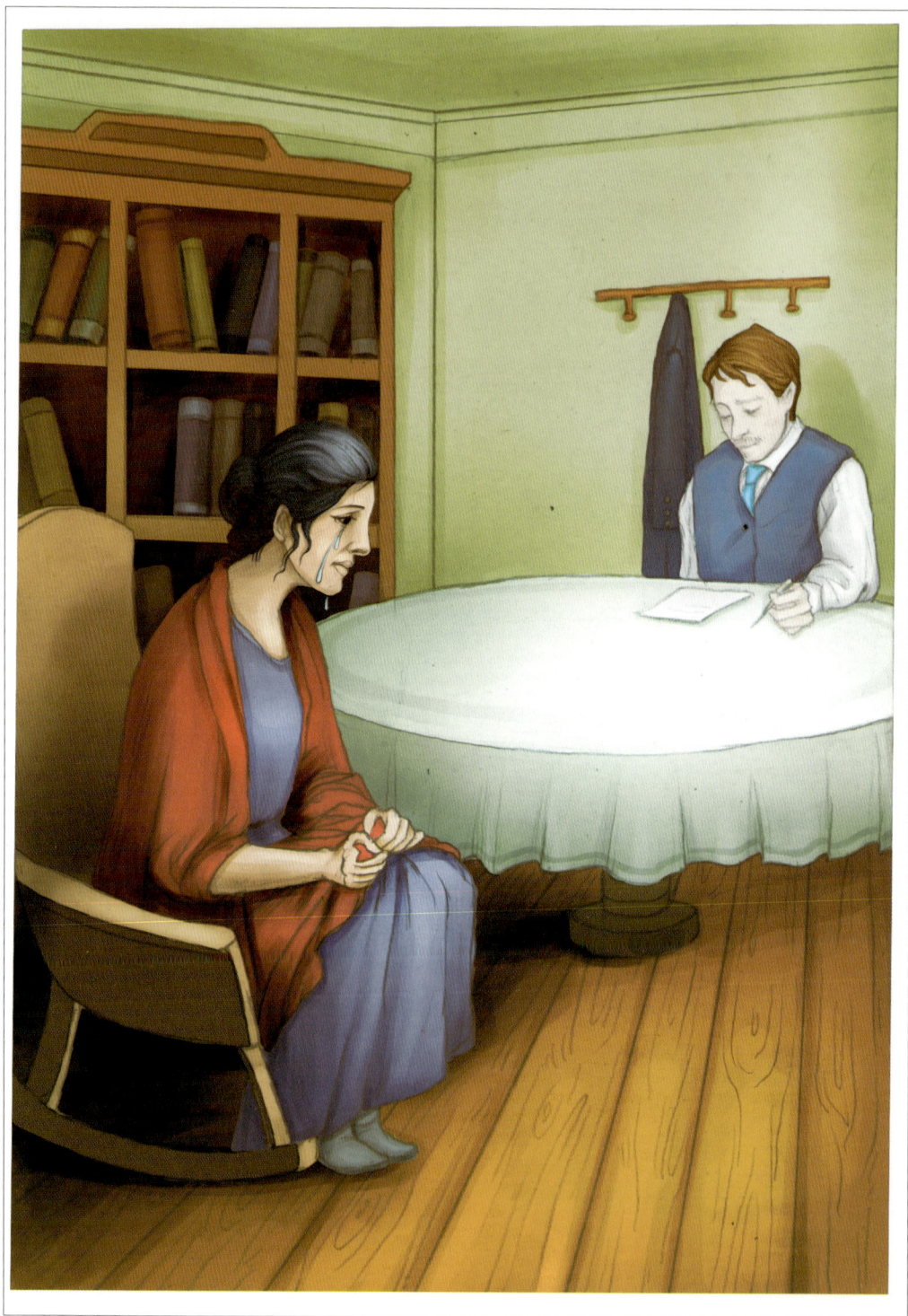

窝　囊

不知。什么东西多了，就不为人们所看重，所以俗语说："我们拥有的东西，我们就不懂得珍惜。"甚至有时一旦拥有了，反倒不再喜欢。小房子四周堪称人间天堂，树木葱郁，鸟儿们快乐地栖息其间，可是房子里面呢，唉！夏天又热又闷，到了冬天，就像在澡堂里一样烧得热气腾腾，到处散发着煤气味，既枯燥又乏味……

我第一次造访这座小房子，已经是很久以前的事了。受房主奇卡马索夫上校的委托，我去那儿探望他的妻子和女儿。对那一次的探访，我记得很清楚，想忘也忘不了。

请您想象一下当时的情景：当您从穿堂走进大厅的时候，一个矮小虚胖、40岁左右的女人用惶恐和惊奇的目光瞧着您。您是"陌生人"，客人，还很"年轻"，这就足以使得她惊愕和害怕了。尽管您手里既没有锤子，也没有斧子，更没有手枪；您甚至亲切友好地满脸堆笑，可是迎接您的却仍是惊恐。

"请问，我很荣幸，也很高兴见到您，但先生是哪一位？"上了年纪的女人用颤抖的声音问我，而我已认出她就是女主人奇卡马索娃。

我说出了自己的姓名，并讲明来意。惶恐和惊奇即刻便换成了喜出望外的一声尖叫，"啊"！她的眼珠同时也往上一翻。这"啊"的一声喊叫，像回声一样，从穿堂传到大厅，再从大厅传到客厅，再从客厅传到厨房……就这样一直传到地窖里。不久，整所房子都回荡着各种声调的、快活的"啊"。过了约莫五分钟，我坐在客厅里一张又软又暖和的大沙发上，听见这"啊"声已经在整条"莫斯科"街上回响。

房间里散发着驱虫粉和新羊皮鞋的气味，皮鞋就放在我身旁的椅子上，用小方巾包着。窗台上放着天竺葵花和几块薄纱布。纱布上有几只吃饱的苍蝇。墙上挂着某主教的油画像，镜框玻璃的一角已经破裂。主教像的旁边，依次挂着祖先们的肖像，他们都有着吉普赛人的脸型，柠檬

般的黄皮肤。桌上有一个顶针、一团毛线和一只没有织完的袜子。地板上放着一些裁剪用的纸样和一件带有针脚的黑色女上衣。隔壁房间里有两个惊慌失措的老太婆,正从地板上拾起裁衣用的纸样和粉笔……

"我们家,请您原谅,真是太乱了!"奇卡马索娃说。

奇卡马索娃一边跟我谈话,一边羞涩地斜视着房门,门后的老太婆们还在忙着收拾纸样。房门也像在发窘似的,时而微微启开,时而又关上了。

"喂,你有什么事?"奇卡马索娃对着房门说。

"Où est mon cravatte, lequel mon père m'avait en—voyè de kour-sk?"①房门里面有个女人的声音问。

"Ah,estce que, Marie, que②……唉,难道可以……Nous av ons donc chez nous unhomme trè peu connu par nous③……你问卢凯利娅吧……"

"瞧,我们的法国话说得多好!"我可以从奇卡马索娃的眼睛里读到这样的话,她得意地满脸通红。

不久房门开了,我看见了一个又高又瘦的姑娘,19岁左右,穿一件薄纱及地连衣裙,系着一条金黄色的腰带,我记得她的腰带上还挂着一把珍珠母扇子。她走进客厅后,行个屈膝礼,满脸涨得通红。首先变红的是她那生着几颗雀斑的长鼻子,然后从鼻子红到眼睛,再从眼睛红到鬓角那儿。

"这是我的女儿!"奇卡马索娃说。"这个年轻人,玛涅奇卡④,就是……"

我作了自我介绍,然后对这里有那么多的剪纸样表示了惊讶。母女

----

①法语:父亲从库尔斯克寄给我的那个领结在哪儿?
②法语:啊,难道,玛丽雅,难道……
③法语:现在我们这儿有一个我们不大熟识的人。
④玛丽雅的爱称。

俩都垂下了眼睛。

"在耶稣升天节①那天，我们这有个大大的集市，"母亲说，"在集市上，我们总是买许多布料，然后做整整一年的针线活，直到下个集市为止。我们从不交给外人去做衣服。我的彼得·谢梅内奇挣的钱不是特别多，所以我们不敢大手大脚。因此，针线活只得自己做了。"

"可是谁要穿这么多的衣服呢？你们可就两个人呀。"

"嗨……这个哪能穿呀？这不是用来穿的！这是嫁妆！"

"哎呀，maman②，您在说些什么呀？"女儿说着，脸上泛起红晕，"这位先生听了真的会这样想了。我绝不出嫁！绝不！"

她嘴上这么说，可是当说到"出嫁"这两个字时，她的眼睛也亮了。

她们给我端来了茶、面包干、果酱和黄油，然后又请我吃加鲜奶油的马林果。傍晚七点钟开晚饭，有六道菜之多。吃晚饭的时候，我听见很响的哈欠声，有人在隔壁房间里大声打呵欠。我惊讶地瞧了瞧房门：只有男人才会这样打哈欠呢。

"这是彼得·谢梅内奇的弟弟叶戈尔·谢梅内奇……"奇卡马索娃察觉我很惊讶，就解释说，"他从去年起就住在我们这儿。请您原谅，他不方便出来见您。他就是怕羞……见着生人就觉得难为情……他打算进修道院……他原来在机关供职时受了人家的气……到现在还为此伤心……"

晚饭后，奇卡马索娃把叶戈尔·谢梅内奇亲手刺绣、准备日后献给教会的一件长巾展示给我看。玛涅奇卡一时竟也忘了羞怯，把她为爸爸绣的一个烟荷包拿给我看。见我对她的手工大为赞叹，她就脸红了，凑着母亲的耳朵轻声说了些什么，母亲顿时容光焕发，建议我跟她一块儿去储藏室看看。在储藏室里，我看见五口大箱子和许多小箱子、小盒子。

①基督教节日，在复活节后第40日。
②法语：妈妈。

"这……就是嫁妆！"母亲小声对我说，"这些都是我们自己做的。"

我看了看那些阴沉沉的箱子，便向两位殷勤好客的女主人告辞。她们要我保证，日后有空时一定要再来她们家。

这个诺言一直到了七年之后才有机会履行。当时我在一个诉讼案中充当鉴定人，奉命来到了这个小城。当我再次走进那座熟悉的小房子时，又听见了"啊"的一声喊叫。她们居然认出了我……当然了！我的初次拜访可以说是她们生活里十足的大事，凡是很少发生大事的地方，大事就会被记得牢牢的。我走进了客厅，看见母亲正在地板上爬来爬去，裁一块蓝色布料，她长得越发胖了，头发也已花白。女儿坐在长沙发上绣着花。还是那些纸样，还是有驱虫粉的气味，那幅肖像镜框的一角还是裂开的。不过变化终究还是有的。主教像旁边挂上了彼得·谢梅内奇的遗像，女士们都穿着丧服。彼得·谢梅内奇是在被提拔为将军后一个星期去世的。

回忆起往事，将军夫人哭了起来。

"我们真是太不幸了！"她说，"彼得·谢梅内奇……您知道吗？他已经不在了。我们现在孤儿寡母的，只能自己照顾自己了。叶戈尔·谢梅内奇倒是活着，但说起他，还真没什么好话可说。修道院不肯要他，因为……因为他酗酒。受此打击，他现在喝得更厉害了。我打算到首席贵族那儿去一趟，想去告他。您想得到吗，他已经好几次私自打开箱子……拿走玛涅奇卡的嫁妆，去施舍给那些香客。两只箱子的东西都被他拿光了！要是再这样下去，我的玛涅奇卡就落得没有陪嫁了……"

"您在说什么呀，maman①！"玛涅奇卡不好意思地说，"天晓得，人家会怎么想啊……我是永远，永远都不会出嫁的！"

玛涅奇卡兴奋而又带着希望地瞧着天花板，看得出她并不相信自己

---

①法语：妈妈。

所说的话。

一个瘦小的秃顶男人从穿堂那边溜过,他身穿棕色上衣,脚蹬雨靴而非皮靴。经过时,像耗子般发出窸窸窣窣的声音。

"这人应该就是叶戈尔·谢梅内奇了。"我暗想。

我瞧着她们母女俩:两个人都苍老消瘦得厉害。母亲已是满头银发,女儿则面容憔悴,萎靡不振,看上去母亲最多只比女儿大五岁。

"我打算到首席贵族那儿去一趟,"老太婆对我说,却忘记这话她已经说过了。"我想告他!叶戈尔·谢梅内奇为了拯救自己的灵魂,不断地把我们缝制的东西拿出去施舍。害得我们玛涅奇卡嫁妆都没有了!"

玛涅奇卡的脸涨得通红,可是这次却一句话也没说。

"嫁妆只好重新准备,可是要知道,上帝作证,我们不是什么有钱人!我们可是孤儿寡母啊!"

"我们是孤儿寡母!"玛涅奇卡重复道。

去年,命运又驱使我来到那座熟悉的小房子。我走进客厅,看见了奇卡马索娃老太太。她一身黑衣,戴着丧带①,在沙发上做针线活。一个小老头坐在她身边,穿着棕色上衣,脚蹬雨靴而不是皮靴。小老头看见我,就跳起来,从客厅里一溜烟地跑出去了……

老太婆微笑着,用法语回答我的问候:"Je suis charmée de vousrevoir, monsieur。②"

"您在缝什么?"过一会儿我才问道。

"是件女衬衫。我做好就送去神甫那儿,让他替我藏起来,要不然,叶戈尔·谢梅内奇又会把它拿走了。我现在把所有的东西都藏到神甫那儿了。"她小声地说。

---

① 系在妇女黑色丧服的臂部或衣领上的白布。
② 法语:我现在又见到您,很高兴,先生。

　　这时,她看了一眼放在面前桌子上的女儿的照片,叹口气说:"要知道,我们可是孤儿寡母呀!"

　　可是她女儿呢?玛涅奇卡在哪呢?我没有打听,也不想向一个穿着重丧服的老太太打听这种事。我坐在小房子里这段时间,直到我起身告辞,玛涅奇卡都没有走出来见我,我也没听见她的说话声和她那轻微胆怯的脚步声。一切都明明白白,我的心头感到沉重极了。

带阁楼的房子

一

故事发生在六七年前,当时我在 T 省某县,借住于地主别洛库罗夫的庄园。别洛库罗夫是个年轻人,总爱穿一件紧腰长外衣。他每天起得很早,傍晚喜欢喝些啤酒。他常常向我抱怨,说自己无论在哪,都得不到别人的同情。他住在花园的小屋里,而我则住在他家老宅内有着许多圆柱的大厅中。里面除了一张供我睡觉的宽大长沙发,一张我可以摆摆纸牌算算卦的桌子,就没有别的家具了。即使在无风的日子,几个老式的阿莫索夫壁炉①也要发出嗡嗡的声音。遇上雷雨天,整座房子都会颤抖起来,让人担心它会坍塌,如果发生在夜里,十扇大窗会突然被闪电同时照亮,那一刹那尤其使人害怕。

我生性懒散,什么活都不干。我可以一连几个小时地望着窗外的天空、飞鸟和林荫道,阅读邮局给我送来的一切东西,或者干脆睡觉,赖在床

---

① H・A・阿莫索夫(1787——1868)设计的一种气动式炉子。

上不起。有时我走出家门，去某个地方闲逛，一直逛到夜晚才回家。

有一天，我在回家的路上，无意中闯进了一个陌生的庄园。当时太阳已经下山，傍晚的阴影在开了花的黑麦地里铺展开来。两行又高又密的老云杉矗立在那，像两堵结实的墙，形成一条幽暗而美丽的林荫道。我轻松地越过一道栅栏，沿着这条林荫道走去，路上铺满了一俄寸①厚的云杉叶，走在上面有点打滑。四周寂静而幽暗，只有在某处高高的树梢上，还时不时地闪烁着耀眼的金光，将一些蜘蛛网变幻出五彩斑斓的色彩，空气中散发着针叶的气味，浓得让人透不过气来。拐过一个弯，我走上一条长长的椴树林荫道。这里同样显得荒凉而古老。去年的落叶在脚下忧伤地沙沙作响，阴影在暮色中的树木间若隐若现。道路右侧的一个陈年果园里，一只黄莺用它那微弱的嗓音懒洋洋地歌唱着，想必它也老啦。椴树林荫道总算走到了头，我又走过了一幢带有露台和阁楼的白房子。这时，眼前出人意料地呈现出一座地主庄园的庭院和一个带洗澡棚的宽阔池塘。池塘四周绿柳成荫，池塘对岸有个村庄，村庄里伫立着又高又窄的钟楼，楼顶的十字架在夕阳的映照下金光闪闪。刹那间，一种亲切而又熟悉的感觉让我陶醉，眼前的景象似曾相识。

一道白色的石砌大门将庭院引向田野，这种老式的大门非常结实，上面还雕有石狮。门口站着两个姑娘。年龄大些的那个姑娘，身材苗条，肤色白皙，十分漂亮。她有着一头浓密蓬松的栗色头发和一张倔强的小嘴，表情严厉，几乎没有注意到我。另一个还很年轻，顶多十七八岁，同样苗条而白皙，嘴巴和眼睛都大大的。当我从一旁走过时，她吃惊地看了看我，用英语说了些什么，又害羞起来，我感觉这两张可爱的面孔似乎以前见过。我仿佛做了一场好梦似的，欣欣然回到住处。

---

①俄寸，俄国的度量单位，1俄寸等于4.4厘米。

此后不久的某天中午,我正和别洛库罗夫在房子周围散步,忽然听见草地发出沙沙的响声,一辆带弹簧座的四轮马车驶进院子,车上坐着那位年长的姑娘。她带着募捐单,前来为遭受火灾的乡民募捐。她极其认真而详尽地向我们讲述在西亚诺沃村有多少房子被烧毁,有多少男人、妇女和儿童无家可归,以及救灾委员会初步打算采取什么措施,而她现在是这个委员会的成员。她说这些话时都没有看我们,让我们认捐签了字,收起单子后就准备告辞。

"您彻底忘记我们了,彼得·彼得罗维奇,"她对别洛库罗夫说着,向他伸出了手,"您来玩吧,如果 monsieur N①(她说出我的姓)也愿意来看一看他这位天才画家的崇拜者是怎样生活的,那么妈妈和我会很高兴的。"

我鞠躬致谢。

她离开后,彼得·彼得罗维奇便打开了话匣。这个姑娘,用她的话说,出身于上等人家,名叫莉季娅·沃尔恰尼诺娃,她和母亲、妹妹居住的庄园,连同池塘对岸的村子,都叫舍尔科夫卡。她父亲当年在莫斯科身居要职,去世时已是三等文官。尽管家境殷实,沃尔恰尼诺夫一家人无论冬天,还是夏天,一直住在乡下,深居简出。莉季娅现在是舍尔科夫卡村地方自治会小学②的教师,每月领 25 卢布薪水。她自己就靠这笔钱生活,能自食其力让她感到十分骄傲。

"一个有趣的家庭,"别洛库罗夫说,"去吧,怎么着也得去一次,她们见到您会很高兴的。"

一个节日的午后,我们想起了沃尔恰尼诺夫一家人,便动身去舍尔科夫卡拜访她们,母亲和两个女儿都在家。母亲叶卡捷琳娜·帕夫洛夫娜

---

① 法文:N 先生。
② 俄乡村小学,学制 3 至 4 年,由地方自治会开办。

年轻时一定很漂亮,现在却因虚胖,还害着哮喘,未老先衰。她神情忧郁,显得心不在焉,尽量地与我聊些绘画方面的话题。当她从女儿口中得知,我可能会来舍尔科夫卡后,马上就想起在莫斯科的画展上见过我的两三幅风景画。乘此机会她便向我打听,我想在这些画里表达些什么。莉季娅,或者按家里人叫她,莉达,更多时间是在跟别洛库罗夫说话,很少与我交谈。她表情严肃,不带一丝笑容地问他为什么不去地方自治机关工作,为什么至今没有参加过一次地方自治会①的会议。

"这样可不好,彼得·彼得罗维奇,"她责备说,"不好,您应该感到惭愧。"

"说得对,莉达,说得对,"母亲同意道,"这样不好。"

"我们全县都被巴拉金掌控在手中,"莉达转身对我接着说,"他本人做了县地方自治局执行委员会主席,把县里的所有职位都分给了他的侄子和女婿们,想干什么就干什么,为所欲为。要和他斗争才行。所以我们年轻人应当组织起来,可您瞧,我们都有些怎样的年轻人啊。您应该惭愧才是,彼得·彼得罗维奇!"

妹妹叶尼娅在大家谈论地方自治局的时候,一直默不作声。她从来不参加话题严肃的聊天,家里人还没把她看成大人,当她小姑娘似的,叫她米休司②,这是因为她小时候称呼她的家庭女教师为米司。她一直好奇地望着我,当我看影集里的照片时,她向我做着说明:"这是叔叔……这是教父。"还用纤细的手指在照片上指指点点。这时她孩子气地将肩头靠着我,我便清楚地看到她那柔弱而未发育成熟的胸脯,瘦削的肩膀,发辫和被腰带紧束的苗条的身子。

---

①旧俄省、县地方自治机关,1864——1914 年间设置,负责地方教育、卫生、道路修建等事宜。经 3 种选民(县土地占有者、城市不动产所有者和村社代表)选举出的地方议员组成地方自治会,在贵族会议首脑的主持下每年召开会议。地方自治会每 3 年选举一次地方自治执行机关——地方自治局。

②"迷死"是英语 miss,小姐的音译。"米休司"为"米司"的昵称。近似小小姐。

我们大家玩槌球，打 lown－tennis①，在花园里散步，喝茶，然后花了不少时间一起吃晚餐。住惯了空荡荡的圆柱大厅，在这幢不大却很舒适的房子里，我感到了莫名的惬意。这里的墙上看不到粗制的石版画，仆人以"您"相称，因为莉达和米休司的存在，一切都显得年轻而纯洁，一直能感受到上流社会的氛围。晚餐时，莉达又跟别洛库罗夫谈起县地方自治局、布拉金和学校图书馆方面的话题。这是一位活跃、真诚、有信念的姑娘，听她说话很有意思，尽管她的话很多，声音也很响，也许这是她在学校讲课养成的习惯。相反，我的彼得· 彼得罗维奇，从大学时代起就养成爱将话题引向争论这个坏毛病，说话内容乏味、拖沓、冗长，却一心想炫耀自己是个有头脑的进步人士。他比画着手势，没留意袖子带翻了一碗调味汁，弄得桌布湿了一大块，可是除了我，好像谁也没有注意到。我们回去的时候，天色已黑，周围一片寂静。

"良好的教养并不在于你不会将调味汁弄脏桌布，而在于别人这么做了，你只当没有看见，"别洛库罗夫说完叹了一口气，"是啊，真是个出色的、有教养的家庭。可惜我已经远离这些优秀的群体了，离得太远了！整天忙啊忙啊！尽是工作！"

他又讲到，要想把农业经营好，就非得辛苦地劳作不可。而我却想：这小子明明又愚钝，又懒散！一让他谈什么正经事，他就紧张地拖长声调，"哎、哎、哎"的，干活也跟说话似的，慢慢吞吞，还拖拉，总是错过期限。我对他的办事能力已不抱任何希望，因为我曾托他去邮局发几封信，他却把信揣在自己的口袋里，一放好几个星期。

"最受不了的是，"他跟我并排走着，嘟哝道，"最受不了的就是，你辛辛苦苦地工作，却没人同情你。一丁点儿的同情都没有！"

①英语：打网球。

二

此后,我经常到沃尔恰尼诺夫家去。通常我会在露台最下面的一级台阶上坐下。我对自己非常不满,时常叹息时间毫无趣味地匆匆流逝,为此内心备受煎熬。我总是想,我的心变得如此沉重,要能把它从胸膛里挖出来该多好。这时候露台上便响起人的说话声,还可以听见衣裙沙沙作响和翻阅书籍的声音。不久我就习惯了莉达的作息:白天她给病人看病,分发书籍,或者头上什么也不戴,打着伞就跑去村子里;到了晚上,则大声谈论地方自治局和学校的事。这个身材苗条、五官端正、小嘴轮廓分明、表情永远严肃的姑娘,一谈到正事,就会冷冰冰地对我说:

"这对您来说一点意思都没有。"

她对我没有好感。她之所以不喜欢我,是因为我是风景画家,我没有在那些画里反映人民的困苦,而且依她看来,我对她所坚信的事物漠不关心。我不由得想起以前在贝加尔湖畔遇到的布里亚特族姑娘。她骑在马上,穿一身蓝布裤褂,我问她,可否将她的小烟斗卖给我。我们说话的时候,她一直轻蔑地瞧着我这张欧洲人的面孔和我的帽子,才一会儿就懒得和我说话,吆喝着马,疾驰而去。莉达也这样,当我是异族人似的蔑视我。虽然在外表上她怎么都不会流露出对我的不满,但我能察觉到,因此,我坐在露台最下面的一级台阶上,生着闷气,数落道:不是医生却给农民看病,这是在欺骗他们,再说,假如我也有两千俄亩①的土地,做个慈善家还不容易。

她的妹妹米休司,什么事都不操心,跟我一样,悠闲地打发日子。早上一起床,她就拿过一本书,坐到露台上深凹的圈椅里读起来,两条腿翘

---

① 1俄亩等于1.09公顷。

得几乎够不着地。有时她带着书消失在椴树林荫道里，或者干脆跑出大门，到旷野去。她整日整日如饥似渴地看着书，只是有时她的目光会显得疲乏而茫然，脸色会变得极度苍白，这个样子才会让人猜想到，她的阅读方式非常消耗大脑。每次我去她家，她见到我就微微涨红了脸，放下书，用两只大眼睛盯着我，兴致勃勃地向我讲述最近发生的事，比如说，仆人房里的煤烟起了火，或是雇工在池塘里捉到一条大鱼。平日里她爱穿浅色的上衣和藏青色的裙子。我们一起散步，摘些樱桃做果酱，还一起划船。每当她跳起来摘樱桃或划桨时，她那瘦弱的胳膊就从肥大的衣袖里露出来。有时我画画草图，她就站在旁边，用钦佩的眼神看着我作画。

七月末的一个星期天，早上九点左右我来到了沃尔恰尼诺夫家。我在离房子有点距离的花园一边散步，一边寻找白蘑菇，那年夏天这种白蘑菇多极了。我在找到的蘑菇边做上记号，准备以后同叶尼娅一道来采。暖风吹拂着，我看到叶尼娅和她的母亲身穿浅色的节日衣裙，正从教堂走回家来，叶尼娅用一只手压着头顶的帽子，生怕被风吹掉。后来我就听到她们在露台上喝茶的声音。

对于我这个无忧无虑、总想为自己的闲散生活找点借口的人来说，夏季时，庄园里的节日早晨总是格外诱人。这时，郁郁葱葱的花园会湿漉漉地，在晨曦的照耀下，熠熠生辉，显得喜气洋洋；房子附近会弥漫着木樨花和夹竹桃的香味，年轻人刚从教堂里归来，在花园里喝着茶；大家都会打扮得漂亮、迷人，个个兴高采烈；你清楚地知道，所有这些健康美丽、衣食无忧的人们，在这漫长的夏日里什么事都不用去做——你不由得渴望：但愿一辈子的生活就这么度过。此刻我就这么想着，在花园里散着步，准备照这样无所事事地、毫无目的地走它个一整天，甚至一整个夏季。

叶尼娅提着篮子过来了。看她脸上的表情，仿佛她早就知道或者预感到会在花园里找到我。我们一块儿采蘑菇，聊天。每次她想问我什么，

就走到前面去,这样好看见我的脸。

"昨天我们村发生了奇迹,"她说,"瘸腿的佩拉吉娅病了整整一年,什么样的医生和药都无济于事,可是昨天有个老太婆只在那嘀咕了一阵,她的病就好了。"

"这算不了什么,"我说,"不应当在病人和老太婆身上寻找奇迹。难道健康就不是奇迹? 生命本身不也是奇迹吗? 凡是不能理解的东西,就是奇迹。"

"可是,对那些不能理解的东西,您不觉得害怕吗?"

"不怕。对那些我不理解的现象,我总是勇敢地去面对,不向它们屈服,因为我比它们高级。人应当意识到,他比狮子、老虎、猩猩要高级,是自然界最高级的动物,甚至比那些不可理解、被奉为奇迹的东西还要高级,否则他就算不得是人,只能是见着什么都怕的老鼠。"

叶尼娅以为,既然我是画家,知道的东西一定很多,而且能够准确地猜出我不知道的东西。她一心想让我把她领进那个永恒而美妙的领域,领进那个最崇高的世界,照她看来,在那个世界里,我是她的知音,她可以跟我谈上帝,谈永恒的生命,谈奇迹。而我不承认,我和我的思想在我死后将永远消失,便告诉她说:"是的,人是不朽的。是的,永恒的生命在等着我们。"她听了,信以为真,并不要求拿出什么加以论证。

我们朝房子走去,她突然停下脚步,说道:

"我们莉达是个了不起的人,不是吗? 我热烈地爱着她,随时能为她牺牲我的生命。可是您说说看,"叶尼娅用手指碰了碰我的衣袖,"您说说,为什么总是跟她争论? 总是气鼓鼓的呢?"

"因为她不对。"

叶尼娅摇摇头表示否定,泪水涌上了她的眼眶。

"真是无法理解!"她说。

莉达这时刚好从什么地方回来,手里拿根马鞭站在台阶那儿,苗条、漂亮,浑身洒满了阳光,她正在对雇工吩咐些什么。接着她接待了两三个病人,匆忙而大声地与他们交谈。看完病,她摆出一副认真、操心的样子,从一个房间走到另一间,一会儿打开这个立柜,一会儿又打开另一个,最后上了阁楼。大家找了她很久,叫她吃午饭,直到我们喝完了汤,她才出现。所有这些细节不知为什么至今都历历在目,令我欢喜。那一整天虽然没有发生什么特别的事,回忆起来却栩栩如生。午饭后,叶尼娅又陷进深深的圈椅里看起书来,我也坐到了台阶的最下面一级,我们都不说话。天空乌云密布,淅淅沥沥地飘起了霏霏细雨。天气闷热,风早就停了,仿佛这一天永远没有尽头似的。叶卡捷琳娜·巴夫洛夫娜也来到了露台上,带着睡意,手里摇着扇子。

"噢,妈妈,"叶尼娅吻了吻她的手叫道,"白天睡觉对你没有好处。"

娘俩彼此关系密切。一人才去花园,另一人马上站在露台上,望着树林呼唤:"喂,叶尼娅!"或是"妈妈,你在哪儿呢?"她们信仰相同,总是一起祈祷,即使不说话,彼此也是心有灵犀。她俩对外人的态度也一样。叶卡捷琳娜·巴夫洛夫娜很快就跟我处熟了,对我也有好感,只要我两三天没去,她就会打发人来问我身体好不好。她也像米休司那样,用赞赏的目光看我的画稿,像米休司那样不厌其烦、老实坦白地告诉我发生的一些事,甚至常常向我透露她的家庭秘密。

她很崇拜自己的大女儿。莉达非常特立独行,从来不会撒娇,而且只说正经的事。对于母亲和妹妹来说,她就像水兵们眼里的海军上将,既神圣又略带点神秘。

"我们的莉达是个了不起的人,"母亲也常常这样说,"不是吗?"

细雨还在飘飞,我们谈起了莉达。

"她是个了不起的人,"母亲说,然后慌慌张张地环顾了一下四周,像

要搞什么阴谋似的,压低嗓音补充道,"这种人白天打着灯笼也找不到。不过,您知道吗,我开始有点为她担心了。学校啦,书本啦,药房啦,这些都很好,可是何必走极端呢? 她快 24 岁啦,总该认真考虑一下自己的事吧。老这样围着书本和药房转,不知不觉中青春就没了……她该出嫁了。"

叶尼娅由于专心看书而面色苍白,头发蓬乱,她抬起头,望着母亲,像是自言自语地说:

"妈妈,一切取决于上帝的旨意。"

说完,又埋下头去看书。

别洛库罗夫来了,穿着他的紧腰长外衣,里面则是件绣花衬衫。我们玩了会儿槌球,又打了会儿网球。等天黑了,一起去吃那漫长的晚餐,听莉达讲学校的事和那个把全县都控制在手心的拉巴金的事。这天晚上,当我离开沃尔恰尼诺夫家时,感觉正与一个漫长而悠闲的日子告别,不禁伤感地意识到:这世上的一切,不管它多么长久,总是会有尽头的。叶尼娅把我们送到大门口。也许是因为她从早到晚伴我度过了一整天,我突然觉得,离开了她自己就会寂寞,这可爱的一家人对我来说已十分亲切,于是这个夏天我第一次产生了绘画创作的冲动。

"请告诉我,您为什么生活得这么无聊,毫无色彩?"我和别洛库罗夫一道回家时,问他,"我的生活无聊,沉闷,单调,因为我是个画家,是个怪人。从少年时代,我就因为嫉妒别人,对自己不满,对事业缺乏信心而备受折磨,我向来贫穷,到处漂泊。可是您呢,您是健康正常的人,是地主,是老爷——您为什么生活得这么乏味,对生活没什么要求呢? 比如说吧,您至今都没爱上过莉达或者叶尼娅?"

"您忘了我爱着另一个女人。"别洛库罗夫回答。

他这是指他的女友,和他一起住在花园小屋里的柳博芙·伊万诺夫

娜。我每天都能见到这位女士穿着俄式衣裙,戴着项链,打着一把阳伞在花园里散步。她长得极其丰满,胖乎乎的,举止傲慢,活像一只肥胖的母鹅,仆人时不时地喊她回去吃饭或喝茶。三年前,她租了别洛库罗夫的一间小屋当别墅,就此留在他身边过起了日子,看样子是永远不走了。她比他大十岁,把他管束得很严,以至于他每次出门,都要征得她的许可才行。她经常扯着男人般的嗓子号啕大哭,遇到这种时候,我就差人去对她说,如果她再闹下去,我就立即从这所房子里搬出去,只有这样才能止住她的哭声。

我们回到家里,别洛库罗夫坐到沙发上,皱起眉陷入沉思,我则在大厅里来回踱步,像堕入情网似的,感受着温柔的情感。我有心谈谈沃尔恰尼诺夫一家人。

"莉达只会爱上像她一样热心医院和学校事务的地方自治会成员。"我说,"啊,为了这样的姑娘,不但可以去做地方自治会的成员,甚至可以像童话里说的那样踏破铁鞋呢。而米休司呢,她是多么可爱呀!"

别洛库罗夫则拖着长长的"唉",大谈起时代病——悲观主义。他说得振振有词,听那口气好像在跟我辩论似的。我非常的郁闷,希望他快点离开,我情愿身处方圆几百俄里那荒凉单调、被烧得光秃秃的草原,也不愿他坐在我面前,高谈阔论。

"问题不在于悲观主义还是乐观主义,"我恼怒地说,"问题在于100个人当中有99人没有脑子!"

别洛库罗夫认为这话指的是他,一气之下,走了。

三

"公爵在玛洛焦莫沃村作客,他向你问候,"莉达不知从哪儿回来,脱着手套,对母亲说,"他讲到许多有趣的事情……他答应在全省会议上重

提在玛洛焦莫沃村设立医疗所的议案。不过他又说希望不大。"然后她转身对我说:"对不起,我总是忘记,您对这类事不感兴趣。"

我感到很气愤。

"为什么不感兴趣?"我耸了耸肩膀,问道,"您不想知道我的看法,但我向您保证,我对这个提议很感兴趣。"

"是吗?"

"是的。依我看,玛洛焦莫沃村完全不需要医疗所。"

我的气愤传染给了她。她眯起眼睛瞧着我,问道:

"那么需要什么呢? 风景画吗?"

"风景画也不需要。那里什么都不需要。"

她脱完手套,打开一份邮差刚送来的报纸。过一会儿,她显然在按捺着怒火,小声说:"上星期安娜难产死了,如果附近有医疗所的话,她就会活下来。我想,风景画家先生们对此应该有什么说法吧。"

"我对此有非常明确的说法,向您保证,"我回答说,但她却用报纸挡住了脸,似乎不愿意听我的,"依我看来,医疗所、药房、学校、图书馆等等,根据现有条件,只能是为奴役服务。人民被一条巨大的锁链束缚着,您不去砸碎这条锁链,反而在增加许多新的环节——这就是我要说的。"

她抬头看了我一眼,嘲讽地笑了一下。我继续说下去,尽量抓住自己主要的思路:

"问题不在于安娜死于难产,而在于所有像安娜、玛夫拉和佩拉吉娅这样的人们起早贪黑地弯着腰操劳,积劳成疾,她们一辈子为挨饿和生病的孩子担心,一辈子害怕死亡和疾病,一辈子需要治疗,很早就未老先衰,面容憔悴,在污秽和恶臭中死去。她们的孩子长大后,又重复这一过程,几百年就这样过去了,千千万万的人过着猪狗不如的生活——仅仅为了一块面包,就要过着担惊受怕的日子。他们的悲剧在于没有工夫思考自

己的灵魂，没工夫顾及自己的形象和尊严。饥饿、寒冷、本能的恐惧、繁重的劳动，像雪崩一样压下来，把他们通往精神生活的道路全部堵死，而精神生活恰好是人与动物的区别所在，是唯一使人活下去的动力。您用建立医院和学校帮助他们，但这些东西并不能将他们从束缚中解救出来，恰恰相反，您加深了对他们的奴役。这是因为，在您将新的偏见灌输进他们生活的同时，也扩大了他们的需求范围，这可不是他们买了斑蝥膏药和书本，得为此付给地方自治局一些钱那么简单，这意味着他们的脊梁骨将被压得更弯。"

"我不想跟您争论，"莉达放下报纸说，"这种话我早就听过了。我只对您说一句话：不能袖手旁观。的确，我们无法拯救人类，而且在许多方面可能犯错，但是我们在做力所能及的事情，因此我们就是对的。一个文化人最崇高最神圣的使命就是为周围的人服务，我们在尽力为大家服务，只要我们做得到。您可以不喜欢这样，不过一个人做事本来就无法叫人人都满意的。"

"说得对。莉达，说得对。"母亲附和道。

有莉达在场，母亲总觉得有些胆怯，因此她一边说话，一边不安地瞧着她，生怕说了什么多余的或者不得当的话。她也从来不反驳女儿，总是附和着说："说得对，莉达，说得对。"

"帮农民扫盲也好，印一些可怜的说教和民间俗语的小册子也好，医疗所也好，都不能消除愚昧，也无法降低死亡率，这正如从你们家的窗户里透出的灯光无法照亮大花园一样。"我说道，"您什么都没有给他们，却干涉了这些人的生活，因为您只是创立了一些新的需求，一个需要付出更多劳动的理由。"

"够了，我的天啊，无论如何总得做些什么吧！"莉达恼火地说，从她的语气中我可以听出，她认为我的见解毫无价值，她鄙视它们。

"必须把人们从繁重的体力劳动中解放出来，"我说，"必须减轻他们的负担，使他们得以喘息，使他们不至于一辈子都守在炉灶和洗衣盆边，守在田野里。让他们也有时间思考一下灵魂和上帝，能够更全面地展示出他们精神层面的才能。每个人在精神活动中的使命是不断地探寻真理和生活的意义。您不妨让他们别再去干那些笨重的、牲口般的农活，让他们感到自己是自由的，那您就能看到，这些书本，这些药房都只是笑柄。人一旦意识到自己真正的使命，那么只有宗教、科学和艺术才会使他们快乐，而不是这些无聊的东西。"

"从劳动中解放出来！"莉达冷笑道，"这可能吗？"

"可能的。您可以分担他们部分的劳动啊。如果我们所有的城乡居民，无一例外地同意彼此分担那些满足人类基本物质需求的劳动，那么分给我们每个人的工作，一天可能不超过两三个小时。试想一下，我们大家，无论贫富，一天只工作三小时，那么其余的时间我们就空闲了。您再进一步想想，为了更少地依赖体力，减轻劳动，我们可以发明各种替代劳动的机器，可以尽量把我们的需求减少到最低限度。我们锻炼自己，锻炼我们的孩子，让他们不怕饥饿和寒冷，到那时，我们就不用像安娜、玛夫拉和佩拉吉娅那样，老为孩子们的健康担惊受怕了。您想想看，我们不看病，不开药房、烟厂和酒厂——最终我们会剩下多少自由的时间啊！我们大家可以把这闲暇的时间共同献给科学和艺术，就像有时农民们齐心协力一起修路那样。我们大家也可以一起，齐心协力地去探寻真理和生活的意义。因此，我坚信真理很快将被揭示，人们也将可以摆脱因为恐惧死亡而产生的痛苦和压抑，甚至可以摆脱死亡本身。"

"可您在自相矛盾，"莉达说，"您嘴上说'科学'，'科学'，却又否定扫盲教育。"

"扫盲吗？当一个人只需读读酒馆招牌上的几个字，偶尔才能见到几

本看不懂的书籍,认识几个字管用吗?从留里克①时代起就一直在进行识字教育,果戈理笔下的彼得鲁什卡早就会读书认字了,可在农村,留里克时代怎么样,现在还是怎么样。我们需要的不是简单的识字教育,而是能广泛发挥精神才能的自由。我们更需要的不是小学,而是大学。"

"您还否定医学呢。"

"是的。医学只有在把疾病当作自然现象加以研究的情况下才是必需的,而不是只为了治疗。如果要治疗,那也不是疾病本身,而是根治病因。您只要消除主要的病因——体力劳动,疾病就不复存在。我不承认有什么治病的科学,"我激动地接着说道,"当科学和艺术追求的不是暂时的、局部的目标,而是永恒的、整体的目标时,它们是真实的。它们应该寻求真理和生活的意义,探索上帝和灵魂。如果把它们绑架上当今的需求和怨恨,绑架上什么药房和图书馆,那么它们只能使生活变得更加复杂、更加沉重。我们有许多医生、药剂师、律师,识字的人也越来越多,却完全没有生物学家、数学家、哲学家和诗人。全部的智慧,所有的精神力量,都用去满足暂时的、转眼即逝的需要……我们的科学家、作家和艺术家们在埋头苦干,因为他们的努力,我们的生活才一天比一天舒适,物质需求倍增。与此同时,我们离真理却越来越远,人依旧是最贪婪、最龌龊的动物。事物发展的趋势将导致大多数人类的退化,并永远失去一切的生活能力。在这种情况下,艺术家的生活就失去了意义,他越是有天赋,他的作用就越令人奇怪、不可理解,因为到头来他的工作只是为贪婪、龌龊的禽兽们提供消遣,是在维护现行的制度。所以我不想工作,将来也不做打算……什么都不需要了,让这个世界下地狱吧!"

"米休司卡②,你出去。"莉达对妹妹说,显然认为我的言论对这样年

---

①编年史记载,留里克为公元九世纪的诺夫哥罗德大公,留里克王朝的奠基人。
②米休司的爱称。

轻的姑娘是有害的。叶尼娅不高兴地看看姐姐和母亲，走了出去。

"有些人想为自己的冷漠辩解时，就搬出类似的漂亮话。"莉达说，"否定医院和学校，可要比给人治病和教书容易得多。"

"说得对，莉达，说得对。"母亲附和道。

"您威胁说不再工作，"莉达接下去说，"显然您把自己的工作置于很高的位置。我们别争了，我们永远也谈不拢，因为在您嘴里一文不值的图书馆和药房，即使是最糟糕的，我也认为高于世界上所有的风景画。"说完，她就转向母亲，用完全不同的语气说："公爵自从来过我们这儿后，瘦了许多，模样大变。他们要把他送到维希①去。"

她对母亲谈起公爵，目的是不想跟我说话。她满脸通红，为了掩饰内心的激动，她将身子压低，凑到桌前，像眼睛近视似的，装出看报的样子。我再待下去只会难堪，于是告辞回家。

四

外面很静。池塘对岸的村子已经入睡，看不见一丝灯光，只有池塘的水面上依稀倒映着淡淡的星光。叶尼娅一动不动地站在雕刻着石狮的大门旁，她在等我，想送送我。

"村子里的人都睡了，"我对她说，竭力想在黑暗中看清她的脸，却发现一双悲伤的深色大眼睛正望着我，"连酒肆的掌柜和盗马贼都安然入睡了，我们这些体面人却在针锋相对，争吵不休。"

这是一个忧郁的八月之夜，之所以忧郁，是因为空气中透出了秋意。月亮披着紫色的薄云慢慢升起，朦胧地照着道路和道路两旁黑黝黝的冬麦地，流星间或坠落。叶尼娅和我并肩在路上走着，她尽量不看天空，以

①法国疗养城市。

兔见到流星,不知何种缘故,流星让她感到害怕。

"我觉得您是对的,"她说道,夜间的潮气让她直打冷战,"如果人们能够共同献身于精神活动,那么他们很快就会了解一切。"

"当然。我们是最高级的生物,如果我们真正认识到人类天赋的全部力量,而且只为崇高的目的而活着,那么我们最终会变得跟神一样。但是这种事永远也不会发生,因为人类将要退化,连天赋也会消失得无影无踪。"

大门已经看不见了,叶尼娅停住脚步,匆匆握了握我的手。

"晚安,"她颤抖着说,肩上只披了件短衬衫,冻得缩起了脖子,"明天您要来啊。"

想到就剩下我一个人,因为对自己,也对别人心怀不满而生着闷气,不禁惶恐起来。我也尽量不去看天上的流星。

"再和我待一会儿,"我说,"求求您了。"

我爱叶尼娅。我爱她大概是因为她总是来接我,送我,总是用温柔、赞赏的眼光望着我。她有着白皙的面孔,纤细的脖颈,修长的手臂,她的柔弱、闲散,她的书籍,一切都是那么美妙动人!那么,智慧呢?我怀疑她有非凡的智慧,但她开阔的眼界常使我着迷,这也许是因为她思考的方式跟严肃、漂亮却不喜欢我的莉达完全不同。叶尼娅喜欢我,因为我是画家,我以自己的天赋征服了她的心。我也一心只想为她作画,我把她幻想成娇小的皇后,她和我共同拥有这些树林、田野、薄雾和朝霞,拥有着大自然,它是那么神奇、那么迷人,尽管身处其中,我至今仍绝望地感到自己既孤独,又多余。

"再待一会儿吧,"我恳求道,"求您了。"

我脱下大衣,披到她冰凉的肩上。她担心穿着男人的大衣显得滑稽、不好看,便笑着甩掉大衣。趁这时,我把她搂进怀里,不住地吻她的脸、肩

膀和手。

"明天见!"她悄声说,然后小心地、生怕扰乱了夜晚的宁静似地拥抱了我,"我们家彼此之间没有秘密,我现在应当把一切都告诉妈妈和姐姐……这太可怕了! 妈妈倒没什么,妈妈也喜欢您,可是莉达……"

她向大门跑去。

"再见!"她喊了一声。

随后,我听到她一路跑了回去,跑了差不多两分钟。我还不想回家,再说回去也没什么事。我犹豫地站了片刻,然后慢慢地往回走,想再看一眼她住的房子,那幢可爱、简朴、古老的房子,它那阁楼上的两扇窗,像眼睛似地善解人意地望着我。我走过露台,在网球场边的一张长椅上坐下,长椅处在老榆树下,我就坐在那里望着房子。米休司住的阁楼里,窗户上先刺眼地亮了一会儿,随后变为柔和的绿光——这是因为给灯罩上了罩子。人影摇曳……我的内心充满了柔情与祥和,我很满足,因为我还会被人吸引,还会去爱别人。可是,当我想到在离我几步远的这幢房子里,在某个房间里,同时还住着那个并不爱我、可能还恨我的莉达,我顿时感到不自在起来。我坐在那里,一直等着,期待叶尼娅会走出来,我感觉到阁楼里似乎有人在说话。

大约过了一个小时,绿色的灯光熄灭了,人影也看不见了。月亮已经高高地挂在房子上空,照亮了睡梦中的花园和小径。屋前花坛里的大丽花和玫瑰清晰可辨,看起来都是一种颜色。天气变得很冷,我走出花园,在路上拣起我的大衣,不慌不忙地往家走去。

第二天下午,当我来到沃尔恰尼诺夫家时,看见通往花园的玻璃门敞开着。于是我在露台上坐了一会儿,等着叶尼娅随时从花坛后面走到网球场上来,或者出现在一条林荫道上,再或者从房间里传出她的声音。后来我走进客厅,饭厅,没见一个人影。我从饭厅里出来,穿过一条长长的

走廊,来到前厅,然后又返回来。走廊里有好几扇门,从其中的一扇门后传来莉达的声音。

"上帝在某个地方给了……乌鸦……"她拖长声音大声念道,估计是在给学生听写,"上帝将一小块奶酪……给了乌鸦……在某个地方……谁在那?"听到我的脚步声,她突然大喊了一声。

"是我。"

"哦! 对不起,我现在不能出来见您,我在给达莎上课。"

"叶卡捷琳娜·巴夫洛夫娜在花园里吗?"

"不在,她今早和我妹妹一起去片津省的姨妈家了。冬天她们可能还要去国外……"她沉默一会儿又补充道,"上帝在某个地方……给……给了乌鸦……一小块……奶酪……你写完了吗?"

我走进前厅,脑子里一片空白,从那眺望池塘,眺望村子,耳边又传来莉达的声音:

"一小块奶酪……上帝在某个地方送给乌鸦一小块奶酪……"

我沿着第一次来这里的路离开庄园,只是顺序相反:先从院子进入花园,经过一幢房子,然后是一条椴树林荫道……这时一个男孩追上我,交给我一张便条。"我把一切都告诉了姐姐,她要求我跟您分手,"我读着便条,"我无力违背她而让她伤心。愿上帝赐福于您,请您原谅我。但愿您能知道我和妈妈哭得有多伤心。"

然后是那条幽暗的云杉林荫道,倒塌的栅栏……田野上,当初黑麦扬着花,鹌鹑婉转啼唱,此刻只有母牛和腿上套着绊的马儿在游荡。山坡上的某些地方露出绿油油的冬麦地。我又恢复了往日的清醒,不禁为在沃尔恰尼诺夫家讲的那番话感到羞愧,我又要和从前一样过起枯燥乏味的生活。回到家,我收拾好行李,傍晚乘车去了彼得堡。

此后,我再也没有见到沃尔恰尼诺夫家的人。不久前的一天,我在去

克里米亚的火车上遇见了别洛库罗夫。他依旧穿着紧腰长外衣和绣花衬衫。当我问起他身体如何时，他说："托您的福了。"我们交谈起来。他卖掉了原先的庄园，买了一处小一点的田庄，写在了柳博夫·伊万诺夫娜的名下。关于沃尔恰尼诺夫一家人，他知道的信息也不多。据他说，莉达依旧住在舍尔科夫卡，在学校里教孩子们念书。她慢慢地在自己周围聚集了一群支持自己观点的人，组织起一个强有力的团队，在最近一次地方自治局的选举中"一举打败"了掌控全县多年的拉巴金。关于叶尼娅，别洛库罗夫只告诉我说，她没住在家里，去哪儿了也不清楚。

我已经开始忘记那幢带阁楼的房子，只是偶尔在作画和读书的时候，脑海里会忽然浮现出阁楼窗户里的绿色灯光，耳畔响起那天夜里我走在田野上的脚步声。当时我正坠入情网，在回家的路上冷得一个劲地搓着手。更少的是某些时候，当我忍受着孤独的折磨，心情抑郁时，我也会隐隐约约地想起这段往事。渐渐地，不知为什么，我觉得有人也在想念我，等待我，而且我们一定会再见面的……

米休司，你在哪儿？

瞌　睡

夜晚。十二三岁的小保姆瓦丽卡手里摇着躺有婴儿的摇篮,嘴里轻声地哼哼着:

> 睡吧,睡吧,快快睡吧,
>
> 我来给你唱一首歌!
>
> ……

　　一盏小小的绿色长明灯在圣像前闪烁。房间里,从一个屋角到另一个屋角拉着根绳子,上面晾着婴儿的尿布和一条很大的黑色裤子。天花板上,印着长明灯照出来的一大块绿色光斑。尿布和裤子在炉子、摇篮和瓦丽卡的身上投下了长长的阴影。绿色的光斑和这些阴影,随着灯光闪烁不停地跳跃,好像被风吹拂着。房间里其实很闷,还散发着汤和靴子的味道。婴儿一直在哭。虽然早已是声嘶力竭,但他仍没完没了地哭闹,真不知道何时才能消停。可是瓦丽卡却困极了,困得眼皮也粘上了。她耷

拉着脑袋,脖子酸痛。她的眼皮、嘴唇都已无力动弹,她觉得自己的脸变得干巴、僵硬,而她的脑袋也变得非常小,小得跟针尖一样。

"睡吧,睡吧,快快睡吧,"她哼哼道,"我来给你唱一首歌……"

有只蟋蟀在炉子里叫个不停,瓦丽卡的东家和帮工阿法纳西的呼噜声从门后另一间屋子里传过来……摇篮悲凉地吱吱哀叹,瓦丽卡本人嗯嗯啊啊地轻声哼唱,这一切声音混杂在一起,形成一首夜间催眠曲。如果你是躺在床上聆听,一定会觉得非常舒服,可是现在这首催眠曲只能让她苦恼,让她厌烦,因为它催人入眠,但她却不能去睡。万一瓦丽卡一不留神真的睡着了——求上帝保佑,这种事千万不要发生,要是那样的话,她的东家就会痛打她一顿。

长明灯不住地眨着眼睛,绿色的光斑和阴影也随之跳动。它们爬进瓦丽卡半睁半闭、呆然不动的双眼,在她半梦半醒的头脑里合成朦胧的幻影。她看到天空中一块块乌云互相追逐,并像孩子那样大声啼哭。后来风起云散,瓦丽卡看到了一条满是稀泥的宽阔大道。一长串的马车在这条大道上蜿蜒前行,行人背着背包缓缓移动,一些阴影在人前人后不停地摇摆。道路两旁,透过阴冷的浓雾,树林依稀可见。突然,那些背着背包的行人和阴影一起跌倒在路上的泥浆里。"怎么会这样?"瓦丽卡问。"要睡觉! 要睡觉!"人们回答说。他们很快地进入梦乡,睡得非常香甜。待在电线杆上的乌鸦和喜鹊,像婴儿那样不停地哭闹,极力地想把他们叫醒。

"睡吧,睡吧,快快睡吧,我来给你唱一首歌……"瓦丽卡嘟囔着。现在她看见自己在一个又黑又闷的农舍里。

她那已故的父亲叶斐姆·斯捷潘诺夫正躺在地上打滚儿。她看不见他,但是能够听到他在地上痛苦地翻来滚去,嘴里不停地发出呻吟声。按他自己的说法,那是他的"疝气发作了"。他痛得厉害,一句话也说不出

来,只顾着吸气,牙齿不住地打战,发出击鼓般的声音:

"嘭,嘭,嘭,嘭……"

母亲佩拉格娅跑去庄园禀告老爷们,叶斐姆快要死了。她离开很久,也该回来了。瓦丽卡躺在炉台上,听着她父亲发出的"嘭嘭"声,怎么也睡不着。后来她听到有人乘着马车向农舍驶来,原来老爷们打发了一位年轻的医生过来看病,这位医生恰巧从城里来他家做客。医生走进农舍,黑暗中瓦丽卡看不见他,但是能够听到他的咳嗽声和把门带上的声音。

"点上灯。"他说。

"嘭,嘭,嘭。"叶斐姆像在回答。

佩拉格娅冲到炉边寻找装有火柴的破罐子。静默了一分钟后,医生摸了摸自己的口袋,擦亮了一根火柴。

"我这就回来,老爷,这就回来。"佩拉格娅说着冲出农舍,很快她就拿着一根蜡烛头回来了。

叶斐姆脸色通红,两只眼睛闪闪发光,他的目光显得特别犀利,仿佛能把农舍和医生彻底看穿。

"哎,怎么了?你这是想干什么?"医生俯身向他问道,"哎,你这种样子持续多久了?"

"什么,老爷?我要死了,老爷,时候到了……我活不了了……"

"别瞎说……我们会把你治好的。"

"您看着办吧,老爷,我们感激不尽啊,只是我们都明白……假如死神来了,我们就得去死。"

医生给叶斐姆检查了有一刻钟的时间,然后站起身说:"我无能为力……你需要去医院治疗,到了那儿可以给你做手术。现在就得去……必须得去。再晚一点,医院里的人都会去睡觉,不过也没关系,我给你写一个条子……你听见没有?"

"老爷,可他怎么去医院呢?"佩拉格娅说,"我们连马都没有。"

"不用担心,我去和你家老爷说一声,他们会给你马的。"

医生离开了,蜡烛也灭了。"嘭,嘭,嘭"的声音再次响起……半个小时后,有人赶着马车来到农舍前。这辆马车是老爷派来拉叶斐姆去医院的。叶斐姆已做好了准备,坐车走了……

后来,一个晴朗明媚的早晨,佩拉格娅没有在家,她去医院探望了叶斐姆,看看他到底怎么样了。一个婴儿在那儿啼哭,瓦丽卡听到有人用她的声音在唱歌:

"睡吧,睡吧,快快睡吧,我来给你唱一首歌……"

佩拉格娅回来了。她在胸前画了一个十字,小声说道:

"他们连夜给他做了手术,可是到了早上,他还是把灵魂交给了上帝……愿他早入天堂,永久安息……他们说,我们送得太晚了……应该早点才行……"

瓦丽卡跑进树林,在那里痛哭。突然,有人重重地打了下她的后脑勺,她的额头撞到了一棵桦树上。她抬起眼睛,看到了鞋匠,东家站在她面前。

"你这是在干什么,贱丫头?"他说,"孩子在哭,你却睡着了。"

他使劲地拧她的耳朵,她甩了甩头,继续摇晃起摇篮,小声地哼唱起摇篮曲。绿色的光斑、裤子和尿布的影子摇摇晃晃,使她眼花缭乱,不久又占据了她的大脑。于是,满是泥浆的大道再次出现在她面前,背着背包的行人以及那些影子已经躺下睡熟了。瓦丽卡看着他们,感觉自己困极了,她真想舒舒服服地倒下去,可是妈妈佩拉格娅在她身边,催她快走。她们俩正赶着进城,到那里去寻找机会。

"看在基督的面子上,给几个钱吧!"只要遇到人,母亲就会央求,"好心的先生们,发发上帝那样的慈悲吧!"

"把孩子抱过来!"一个熟悉的声音回答说,"把孩子抱过来!"那个声音重复道,这次的声音非常严厉,显然说话的人生气了,"听见没有,贱丫头!"

瓦丽卡跳了起来,四下里一看,才醒悟过来。这里既没有大道,也没有佩拉格娅,更没有行人,只有老板娘站在房屋中间,她是来给孩子喂奶的。这个长着一副宽肩膀的胖女人一边喂孩子吃奶,一边哄孩子安静下来。瓦丽卡一直站在那里瞧着老板娘,等她喂完孩子。窗外的天空正泛出蓝色,室内的阴影和天花板上绿色的光斑越来越淡。黎明即将到来。

"接着孩子!"老板娘一边说,一边扣上胸前的纽扣,"他一直在哭,一定是有人用毒眼看了他。"

瓦丽卡接过孩子,放到摇篮里,又开始摇晃起来。绿色的光斑和阴影渐渐消失,再也没有谁会钻进她的脑袋,弄得她昏昏沉沉了。但是,她像先前那样渴望睡觉,渴望极了。为了把睡意赶走,瓦丽卡把脑袋搁在摇篮边上,用她的身体使劲地将摇篮摇动起来。然而她的眼皮依旧粘在一起,脑袋还是沉甸甸的。

"瓦丽卡,生炉子!"门外响起老板的声音。

这就是说,该起床干活了。瓦丽卡丢下摇篮,跑向板棚取柴火。她为此感到高兴,因为走路或者跑步的时候,瞌睡便不再那么强烈。她把柴火拿到屋子里,将炉子点燃。她觉得,自己僵硬的面孔慢慢在舒展,她的头脑也逐渐清醒了。

"瓦丽卡,烧茶炊!"老板娘叫道。

瓦丽卡劈碎一小块木柴,刚把它们点燃,塞进茶炊,又听到了新的命令:

"瓦丽卡,把老板的套鞋刷干净!"

瓦丽卡坐到地板上开始洗刷套鞋。她一边干活一边想,套鞋又深又

大,如果能够把脑袋伸进去睡上一小会,那该多好啊……突然,那双套鞋膨胀起来,整个房间都被它占据了。瓦丽卡的刷子掉到地上,她立刻把脑袋摇一摇,尽量地睁大了眼睛去看东西,以免它们长大,在她面前浮动。

"瓦丽卡,把外面的台阶拖一下,要是让顾客看到,就难为情了!"

瓦丽卡于是去拖了台阶,接着收拾房间,然后生起另一个火炉子,再跑去店铺买东西。活可真多,连一分钟的空闲也没有。

但是,最让她难以忍受的活是站在厨房桌子边削土豆。瓦丽卡的脑袋往桌子上耷拉下去,土豆在她眼里跳动,刀子从她手里脱落,那个胖胖的老板娘卷起袖子,气冲冲地在她身边走来走去,大声地嚷嚷,瓦丽卡的耳朵里开始嗡嗡作响。侍候吃饭,缝补浆洗的活,对于瓦丽卡来说也是苦不堪言。有时她真恨不得什么也不管,往地板上一躺,睡它一觉。

白天过去了。看见窗外暗了下来,瓦丽卡按了按她那变得僵硬的太阳穴,不明所以地笑了笑。暮霭轻抚她的睡眼,应允她一个即将迎来的甜美睡眠。但是黄昏时,老板家来了客人。

"瓦丽卡,快把茶炊准备好。"老板娘叫道。

老板家的茶炊很小,她前后得烧开五次水,才够客人们喝茶用。客人们喝完茶后,瓦丽卡在边上站了一个小时,瞧着客人,等候吩咐。

"瓦丽卡,快去买三瓶啤酒来!"

她拔腿就跑,尽量跑得快一点,好赶走睡意。

"瓦丽卡,赶紧去买伏特加!"……"瓦丽卡,开塞钻放哪儿去了?""瓦丽卡,去,把青鱼收拾出来!"

客人们终于走了。灯火熄灭,老板夫妇也上床去睡了。

"瓦丽卡,摇摇宝宝!"传来了最后一道命令。

蟋蟀在炉子里鸣唱。天花板上绿色的光斑,那些裤子和尿布的影子,再次爬进瓦丽卡惺忪的睡眼。它们不断向她眨着眼睛,把她搞得神志

预谋犯

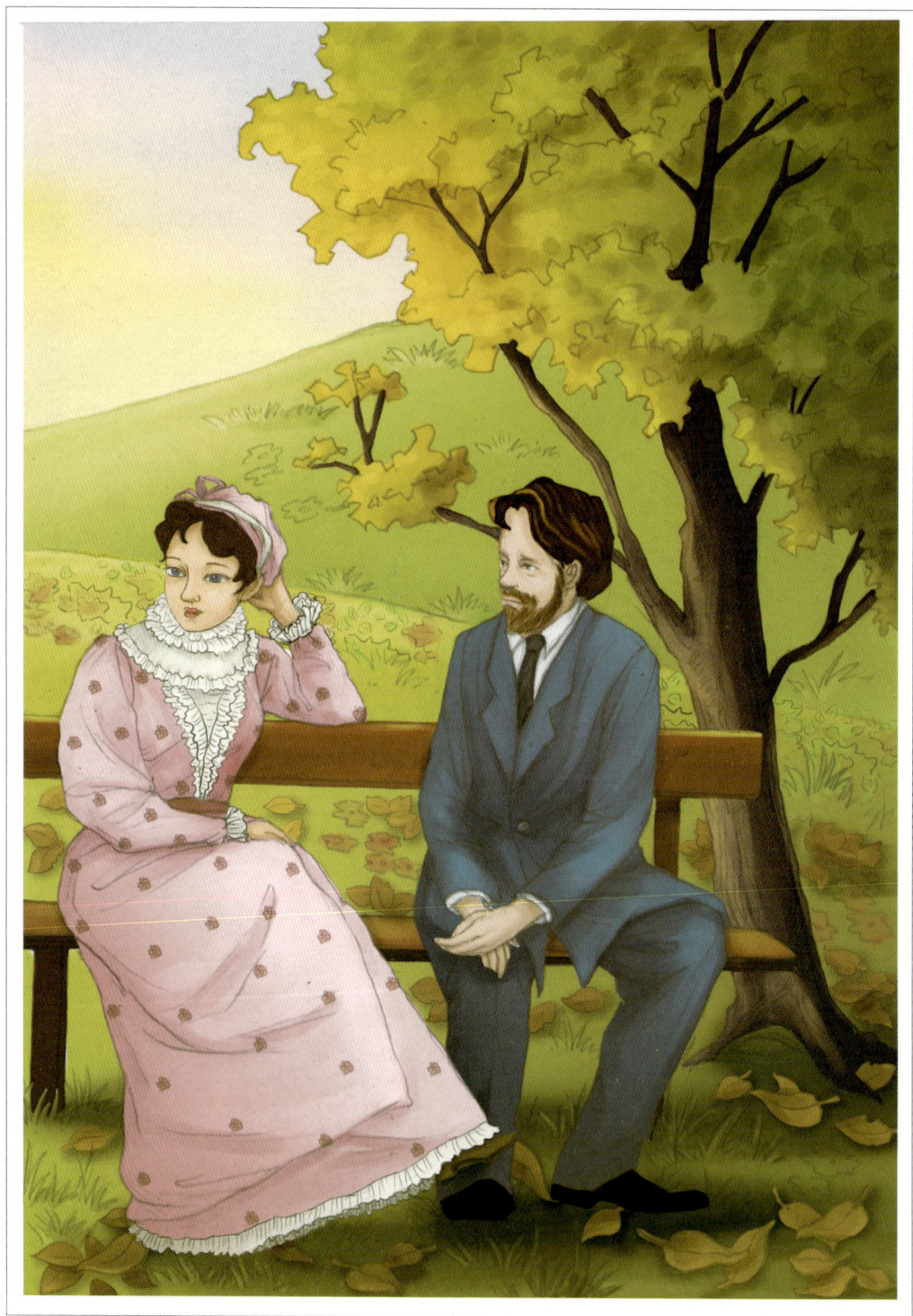

约内奇

不清。

"睡吧,睡吧,快快睡吧,"她哼唱着,"我来给你唱一首歌……"

可是,婴儿不停地哭,哭得声嘶力竭。瓦丽卡又看见了那条满是泥浆的大道,背着背包的行人,佩拉格娅和父亲叶斐姆。她什么都清楚,这些人她全都认识,但是在半梦半醒中,她弄不明白到底是一股什么样的力量把她的手脚束缚起来,压迫她、不容她活下去。她四下里寻找,想找出那股力量,然后摆脱它,可她并没能找到。最后,她被折磨得疲惫不堪,用尽了所有的力量把眼睛睁大,抬头看了看那摇曳的绿色光斑,这时婴儿的啼哭声又传进了她的耳朵,她终于找到了那个不容她活下去的敌人。

原来,这敌人——就是那个婴儿。

瓦丽卡笑了。她觉得奇怪:这件事非常简单,可自己过去怎么就一直没弄明白?绿色的光斑、阴影以及那只蟋蟀似乎也感到奇怪,在向她微笑。

这一虚假的念头占据了她的头脑。她从凳子上站起来,咧开嘴微笑着,眼睛一眨不眨地在屋子里来回走动。她想到马上就可以摆脱那个束缚她手脚的孩子,不由地感到畅快,心里痒痒的……弄死那个孩子,然后就去睡觉,睡觉,睡觉……

于是,瓦丽卡微笑着,挤了挤眼,向那块绿色的光斑威胁地晃了晃手指。她悄悄地走到摇篮前,向那个婴儿俯下身去。她把他掐死后,赶紧躺倒在地上,想到自己终于能够大睡一场,便开心地笑了起来。不到一分钟,她便酣然入睡,睡得像个死人……

第六病室

一

医院的院子里有一所小屋,四周长着密密麻麻的牛蒡、荨麻和野生的大麻。这所小屋的房顶锈迹斑斑,烟囱也半歪半斜,门廊的台阶已经腐烂,杂草丛生,墙上的灰泥只剩下些斑驳的痕迹。小屋的正面对着医院,背面则是一片田野,在小屋和田野之间隔着一堵安有钉子的灰色院墙。这些尖头朝上的钉子、围墙、小屋本身,都带着一种特别阴郁的、罪孽深重的景象,我们这只有医院和监狱的房屋才会这样。

如果您不怕被荨麻刺痛,就让我们沿着通往小屋的羊肠小道走过去,看看那里面都发生了些什么。推开第一道门,我们走进穿堂。这里的墙角和炉边,堆着大量的医院里的破烂东西:什么褥垫啦,破旧的长袍啦,裤子啦,细蓝条子衬衫啦,没有用处的破鞋啦,所有这些破烂混在一起,揉成一团一团地堆在那,因为已经开始霉烂,所以散发出一股难闻的气味。

看守人尼基塔嘴里总是叼着烟斗躺在这堆破烂上。他是个年老的退伍兵,衣服上的军章已经褪成棕色。他的面相严厉而枯瘦,眉毛下垂,一

副草原牧羊犬的神情。他鼻子通红,身材不高,看上去干瘦,筋脉嶙嶙,可仍是气派威严,拳头粗大。他是那种头脑简单、办事牢靠、肯卖力气、愚钝呆板的人,这种人在人世间最喜爱的莫过于秩序,而且他相信对于被看守者必须采取暴力。他打他们的脸,打他们的胸,打他们的背,碰到哪儿就打哪儿,相信要是不这么做,这地方的秩序也就没了。

随后您就走进一个大而宽敞的房间,如果不把穿堂计算在内,整所小屋就只有这么一个房间。这儿的墙壁涂了一层混浊的淡蓝色颜料,天花板被熏得黑黑的,就像没装烟囱的农舍一样。很显然,这里到了冬天,炉子经常烧着,房间里净是煤气味。窗子的里边钉着铁栏杆,十分难看。地板颜色灰白,满是木刺。酸白菜、灯芯的焦味、臭虫、氨气味,弄得房间里臭烘烘的,这种臭气一上来就使您觉着好像走进了动物园。

房间里放着几张床,床脚钉死在地板上。几个穿着医院蓝色长袍、戴着老派尖顶睡帽的男子在床上或坐或躺。这些人都是疯子。

他们共有五个人。其中只有一人出身贵族,其余的则是小市民。最靠近门边的是一个又高又瘦的小市民,留着亮光光的红褐色唇须,双眼湿漉漉地噙着泪水,他坐在那儿用手托着头,瞧着一个地方呆呆地出神。他白天黑夜地伤心、叹息、摇头、苦笑。人家讲话,他很少插嘴;对别人的提问,通常也不作回答。饭食端来了,他就机械地吃着、喝着。他面颊瘦削、泛着红晕,不时地发出痛苦剧烈的咳嗽声,怕是患上了肺结核病。

他旁边是一个活泼好动的小老头,留着一撮尖尖的胡子,长着一头非洲人似的圈曲的黑发。白天,他在病房里从这个窗口踱到那个窗口,或者像土耳其人那样盘起双腿坐在床上,一会儿学灰雀那样不住地打呼哨,一会儿轻声唱歌,一会儿傻笑。夜里起床祷告时,他表现得如孩子一般快乐活泼,不是用拳头捶打胸口,就是用手指抠抓房门。这就是犹太人莫伊谢伊卡,20年前,一把大火烧了他的帽子作坊,从此他便精神失常。

在第六病室的所有病人中,只有他一个人得到允许,可以走出屋子,甚至可以走出院子上街。这个特权他已享受很久,可能因为他是医院里的老病人,又是一个安分、没有危险的傻子。他已然是本城的小丑,在街上被小孩和狗围堵的情景,城里人早已见怪不怪。他穿着破旧的长袍,戴着可笑的尖顶睡帽,趿着拖鞋,有时光着脚,甚至没穿长裤,在街上晃来晃去,时不时地在某处民宅和小店的门口站住,讨点小钱。这里给他一点克瓦斯喝,那里给他一点面包吃,还有的给他一个戈比,因此他不仅能吃得饱饱的,而且还能满载而归。至于他带回的东西,则全部都被尼基塔从他身上搜去占为己有。这个老兵干起这种事来很是粗暴,一边怒气冲冲地把犹太人的口袋翻个底朝天,一边口口声声地请上帝作证,说他以后再也不让这个犹太人上街了。在他看来,这种不符合规矩的行为比世界上任何事情都可怕。

莫伊谢伊卡喜欢帮助别人。他给同伴们端水,在他们睡熟时,给他们盖好被子。他许诺一定从街上给他们每人带回一个小钱,给每人缝一顶新帽。他还用调羹喂他左边的室友吃东西,那人是一个瘫子。他这样做并非出于怜悯,也并非出于什么人道主义的考虑,而是出于对他右边室友格罗莫夫的模仿和不由自主地服从。

伊万·德米特里奇·格罗莫夫大约33岁,出生于贵族家庭,当过法警和十二等文官,患有被迫害妄想症。他整天不是蜷缩着身子躺在床上,就是像锻炼身体似的,从这个屋角走到那个屋角,安静坐着的时候很少。他老是怀有一种模糊的、不明确的担心,并总是为此焦躁、激动、紧张。只要穿堂传来一丁点儿沙沙声或者院子里有人叫一声,他就会抬起头来倾听:会不会有人来抓他?是不是有人在找他?每当这种时候,他脸上就表现出极为惊恐和憎恶的神情。

我喜欢他这张颧骨突出的宽脸,脸色总是显得苍白而愁苦,像镜子那

样映射出一个长期被恐惧折磨着的灵魂。他的愁眉苦脸显得奇特而又病态,可是单纯而深切的痛苦在他脸上刻下的细纹,却使它显出理性和智慧,他的双眼始终闪烁着热情而健康的光芒。我也喜欢他本人,彬彬有礼,乐于助人,除了尼基塔,对一切人都异常体贴。不管谁掉了一个扣子或者一把调羹,他都会从床上一跃而下,将它捡起。每天早晨他都要向病友们道早安,临睡前也会向他们道晚安。

除了经常性的紧张状态和愁眉苦脸,他的精神失常还有如下表现:有时,在傍晚,他裹紧身上的长袍,周身发抖,牙齿打战,很快地从这个墙角走到那个墙角,在床铺间穿来穿去。看上去,他仿佛在发高烧。从他忽然站住,瞧一眼同伴的样子看来,他分明想说什么很重要的话,可是大概想到他们不会听他说,也听不懂他的话,就烦躁地摇摇头,继续走来走去。然而不久,说话的欲望压倒一切,占了上风,他于是放任自己,滔滔不绝地说起来。他的话杂乱而急促,像是梦呓,前言不搭后语,常常使人听不懂。可是另一方面,无论是在言语里,还是声调中,都可以让人感受到一种非常优美的东西。他一说话,您就会发现,他集疯子和正常人于一身。他那些精神失常的话语难以通过文字来传达。他讲到人的卑鄙,讲到蹂躏真理的暴力,讲到未来人世间终将出现的美好生活,讲到每时每刻都使他想起施暴者的麻木和残忍的铁窗栅栏。结果他的疯话就变成由许多古老的、尚未过时的歌合成的一首凌乱无序的杂曲了。

二

大约12或15年前,一个姓格罗莫夫的文官住在本城大街上自己买下的房子里。他受人尊敬,家境富裕,有过两个儿子:谢尔盖和伊万。谢尔盖在念大学四年级时,得了急性肺结核,一命呜呼。他的死似乎只是开了个头,此后不幸接二连三、突如其来地降临到格罗莫夫家中。谢尔盖下

葬后一个星期，老父亲因为伪造文书和挪用公款而送审，不久得了伤寒，在监狱医院里去世。那所房子连同所有的动产悉数拍卖，伊万·德米特里奇和他母亲自此无以为生。

父亲去世前，伊万·德米特里奇住在彼得堡，在大学里念书，每月可以收到六七十卢布的生活费，他对贫穷没有一点概念。如今他却必须彻底改变自己的生活，不得不从早到晚去做收入菲薄的家教，做抄写工作，结果仍然挨饿，因为他把全部的收入都寄给了母亲。伊万·德米特里奇对此难以忍受，他灰心丧气，萎靡不振，最后抛弃学业，回到故乡。在这座小城里，他托人情谋到了一个在县立学校教书的职位，可是和同事们相处得不好，学生们也不喜欢他，不久他就辞了职。这期间他的母亲也去世了。他有半年时间没有找到工作，光靠面包和水生活，后来做了法院的法警。这个差使他一直做到因病被解职为止。

伊万·德米特里奇从来没有让人觉得他是个健康的人，甚至在年轻的大学生时期。他素来脸色苍白，身材瘦削，容易感冒。他吃得很少，睡得也差。他只要喝上一杯葡萄酒就头晕，就会发歇斯底里的毛病。他一向乐于与人交往，可是由于他那爱生气的脾气和多疑的性格，他跟任何人都不曾亲近，也没有交到朋友。提起城里人时，他总是一副鄙夷的神情，觉得他们那种粗鲁愚昧、如动物般浑浑噩噩的生活恶劣令人可憎。他只用男高音说话，嗓门很大而且情绪亢奋，因此会显得或是怒气冲冲，或是兴奋、讶异，但他永远都是真诚的。不管人家跟他谈论什么，他都把话题归结为：城里的生活沉闷而无聊，整个社会缺乏高尚的趣味，人们过着黯淡而毫无意义的生活，却让暴力、伪善、粗鄙的放荡成为生活的点缀；坏蛋们吃得饱，穿得好，正直的人却忍饥挨冻；这个社会需要创办学校、剧院、宣传正义的地方报纸，允许公开的演讲、知识群体应该团结；必须使这个社会认清自己，感到震惊才行。他评价人们的时候，总是加上浓重的色

调,而且只用黑白两色,任何其他的色调都不用。他把人分为正直的人和卑鄙的人,认为中间的人是没有的。关于女人和爱情,他总是谈得热烈而痴迷,可他却连一次恋爱经验都没有。

尽管伊万·德米特里奇尖刻地批评别人,容易冲动,可城里人还是喜爱他,背地里总是亲切地叫他万尼亚[①]。他天生待人和蔼、乐于助人、为人正派、道德纯洁。他那破旧的礼服,病弱的外貌以及家庭的不幸,总能在人们心中勾起美好、热烈而又忧郁的情感。再说,他受过良好的教育,博览群书,在城里人眼里,他无所不知,简直是这个城市的活字典。

他的确读书很多。他总是坐在俱乐部里,神经质地扯着稀疏的胡子,一页一页地翻看杂志和书籍。从他的面部表情上可以看出,他似乎不是在阅读,而是在吞食那些书页,甚至来不及嚼烂它们。阅读可以说是他病态的习惯之一,因为不管他碰到什么,哪怕是隔年的报纸和日历,都一概贪婪地抓过来,读下去。他在家时,整天就是躺着看书。

三

一个秋天的早晨,伊万·德米特里奇竖起大衣的领子,踩着泥泞,穿过小巷和后街,到一个小市民家里凭法院执行票去收钱。和每个清晨一样,他的心情是忧郁的。在一条小巷里,他遇见了两个带着镣铐的犯人,四个荷枪实弹的士兵押送着他们。以前伊万·德米特里奇也常常遇见犯人,每一次都会引发怜悯和不安的感觉,可是这天清晨的相遇,却在他心里留下特殊而且怪异的印象。没来由地,他忽然觉得自己也有可能戴上镣铐,像那样踩过泥泞的道路,被人押送去监狱。去过小市民那以后,他回自己的家,在邮政局附近,碰见了一个认识的警官,那人跟他打过招

---

①伊万的爱称。

呼，然后两人沿着大街一起走了几步。不知什么缘故，他觉得这件事很可疑。回到家后，他一整天都没法把那两个犯人和荷枪的士兵从脑子里赶出去，一种不可思议的内心恐慌搅得他看不进书，思想也无法集中。傍晚，他没有在屋里点上灯，夜里也睡不着觉，总在想着：自己可能被捕，戴上镣铐，被送进监牢。他知道自己从来没做过什么犯法的事，而且能够保证将来也绝不会杀人、不会放火、不会偷盗，然而无意间身不由己地犯下罪行，不是也很容易吗？受人诬陷，最终法庭还误判，不是也可能发生吗？无怪乎人类的历史经验教导我们：谁也不能保证一辈子不会讨饭、不用坐牢。① 就目前的审判程序来看，审判方面的错误不仅可能发生，而且不足为怪。凡是和别人的痛苦有职务或业务关联的人，例如法官、警官、医生等，久而久之，习惯的力量就会使他们变得麻木不仁，即使有心帮助，也不得不采取敷衍了事的态度对待他们的当事人；在这方面，他们同在后院屠宰牛羊却看不见血的农民没什么两样。既然对人采取敷衍了事、冷漠无情的态度，那么剥夺一个无辜的人的财产所有权，判他苦役，法官唯一需要的就是时间。因为只要有时间去完成一些法定手续，就算大功告成了。事后，你休想在这个离铁路线有 200 俄里远的、肮脏的小城里找到正义和保护！再者，既然一切强权被这个社会认为是合理且适当的必要手段，各种仁慈行为，例如无罪释放的判决，反而会激起沸沸扬扬的不满和报复情绪。那么，思考正义不是显得很可笑吗？

第二天早上，伊万·德米特里奇满心惶恐地从床上起来，额头上冒出冷汗，他已经完全相信自己随时会被逮捕。他想，既然前一天那些沉重的想法这么久都摆脱不了，可见其中必是有点道理。那些想法绝不会莫名其妙地钻进他的脑子里来。

---

①俄国谚语。

一个警察不紧不慢地走过他的窗前:这可不会没有来由。那儿,在房子附近,有两个人站住不动,也不言语:他们为什么沉默呢?伊万·德米特里奇心想着。

他在此后的日日夜夜里饱受着这种折磨,凡是路过窗口或者走进院子里来的人,他都觉得是间谍和暗探。中午,县警察局长照例坐着一辆双套马车经过大街,他这是从近郊的庄园到局里去办公,可是伊万·德米特里奇每回都觉得他的车子走得太快,而且他脸上有一种特别的神情:他分明急着要去宣布,说城里有一个重要的犯人。每一次听到门铃或敲门声,伊万·德米特里奇就吓得心惊胆战,在女房东屋里碰到生客,他就坐立不安。见到警察和宪兵时,他向他们微笑,打呼哨,以显得满不在乎。他通宵睡不着觉,等着被抓走,可又像熟睡的人那样大声打鼾,呼气,好让女房东以为他睡着了。因为要是他睡不着,那就意味着他在受良心的煎熬:这可是不得了的罪证!事实和常识使他相信所有这些恐惧都是无稽之谈,都是变态心理。如果把事情看开些,那么被捕也好、监禁也罢,其实都没有什么可怕的,只要他自己问心无愧。然而他越是理智地、合乎逻辑地去思考,他的内心就越发感到强烈的不安、痛苦。这情形类似一个关于隐士的故事:有个隐士想在密林里给自己开辟一小块空地,他越是用斧子砍得起劲,树林越是长得茂密。最后,伊万·德米特里奇看出一切都无济于事,干脆不再去想,完全听命于绝望和恐惧了。

他开始离群索居,避开人们。他以前就讨厌法警的工作,现在则已忍无可忍。他生怕被人蒙骗,上了什么圈套:假如人家趁他不备往他口袋里塞一点贿赂,然后再去揭发;或者自己一不小心在公文上出个错,类似于伪造文书;再不然就丢失了别人的钱。奇怪的是他的思想从来没有像现在这般活跃,瞬息万变,他每天能想出成千上万条理由来认真地担忧他的自由和荣誉。可是另一方面,他对外界的兴趣,特别是对书的兴趣在明显减弱,他

的记忆力也今非昔比。

当春天积雪化尽的时候，人们在墓园附近的一条山沟里发现了两具半腐烂的尸体——一个老太太和一个男孩，两具尸体明显带有暴力致死的痕迹。城里人沸沸扬扬地议论着这两具尸体和没有查明的凶手。伊万·德米特里奇为了不让大家认为是他杀的人，就在街上走来走去，脸上带着笑容。可每当遇见熟人，他的脸色就白一阵红一阵，并开始表态说：没有什么罪行比杀害弱小和无力自卫的人更卑鄙的了。不过他很快就厌倦了做假，经过一番深思熟虑后，他决定到女房东的地窖里躲一躲。于是，他就在地窖里坐了一天一夜，后来又坐了一个白天，实在冻得厉害，硬是撑到天黑才像做贼一样悄悄地溜回自己的屋里。天亮前，他一直呆立在房间中央，一动也不动地侧耳倾听。一大早，太阳还没出来，就有几个砌炉工来找女房东。伊万·德米特里奇明明知道这些人是来翻修厨房里的炉灶的，可恐惧却告诉他，这些人是假扮成工人的警察。他悄悄走出寓所，心里充满了恐惧，既忘了戴帽子也忘了穿上外套，出门后沿着大街飞跑起来。狗汪汪叫着，从他身后追来，有个男人也在后边某个地方不住地叫嚷，风在他耳朵边呼啸，伊万·德米特里奇觉得，全世界的暴力都在他背后聚集着，紧追不放。

有人把他拦住，送回了家，让女房东请了医生。安德烈·叶菲梅奇医生吩咐在他额头上敷上冰袋，给他喝桂樱叶水，然后悲哀地摇摇头，走了，临走前他对女房东说，他不会再来了，因为不应该打扰发了疯的人。由于伊万·德米特里奇在家里没法生活，也得不到治疗，不久就被送进医院，安置在花柳病人的病房里。他晚上睡不着觉，任性胡闹，惊扰病人，不久就由安德烈·叶菲梅奇下命令，转送到第六病室去了。

过了一年，城里人已经完全忘掉了伊万·德米特里奇，他的书被女房东堆在了遮阳篷下的一辆雪橇上，结果被小孩子们都偷走了。

四

伊万·德米特里奇左边的室友,我已经说过,是犹太人莫伊谢伊卡。他右边的室友是一个农民,满身肥肉,身材几乎滚圆,面部表情十分迟钝,近似痴呆,简直就是个贪吃、懒惰、不爱干净的动物,早已丧失了思考和感觉的能力,身上还散发着刺鼻的、令人窒息的恶臭。

尼基塔帮他打扫时,总狠命地揍他,铆足了力气,从不知道顾惜自己的拳头;但令人感到可怕的并不是他挨打,而是这个呆头呆脑的动物,挨了拳头也没有丝毫反应,既不吭声也不动弹,眼睛里看不出一丝表情,最多身子轻微晃动几下,好比一只沉甸甸的大圆桶。

第六病室里第五个,也就是最后一个病人,是位小市民,他曾是邮局的邮件分拣员。这是个矮小瘦弱的金发男子,相貌和善而略带几分调皮。他的双眼显得聪明而安详,看人时闪着明亮快乐的光芒,让人觉得他很有心计,心里藏着某个重大、美好的秘密。他在枕头和褥子底下藏着些东西,从来不拿给别人看,倒不是怕人家抢去或者偷走,而是因为不好意思拿出来。有时他会走到窗前,转过身背对着室友,把什么东西带在胸口,低下头去看。如果此时你走到他跟前,他就会忸怩不安地赶紧扯下胸口上的东西。不过要想猜破他的秘密,却也不难。

"您要恭喜我呀,"他常对伊万·德米特里奇说,"我已被提名呈请授予带星的斯坦尼斯拉夫二级勋章了。二级带星勋章只颁发给外国人,可是不知为什么他们会愿意为我破例,"他微笑着,还迷惑不解地耸耸肩。"您说呢,说实话,我可真没料到!"

"我对此可是一窍不通。"伊万·德米特里奇阴郁地声明道。

"可您知道,我迟早会得到什么勋章吗?"这位前信件分拣员调皮地眯细了眼睛接着说,"我一定会得到瑞典的'北极星'。那样的勋章,才值得

花些心思呢。白色的十字架，还有一根黑黑的丝带，漂亮极了。"

大概其他任何地方的生活都不及这所小屋里的单调。早晨，除了瘫子和胖农夫，病人们都到穿堂去，就着个大木桶舀水洗脸，再用长袍的底襟把脸擦干，之后他们用锡制杯子喝茶，这茶是尼基塔从医院主楼那拿过来的，每人只许喝一杯。中午他们喝酸白菜汤和稀粥，晚餐则是中午吃剩下的粥。空闲的时候，他们就躺着睡觉、看看窗外、从这个墙角走到那个墙角，每天如此。就连前信件分拣员每天也重复念叨着他的那些勋章。

第六病室里很难见到新的面孔。医生早已不再接收精神病患者了，而在这个世界上，喜欢访问疯人院的人也不多。每过两个月，理发师谢苗·拉扎里奇就到这个屋子里来一趟。至于他怎样给那些疯子理发，尼基塔又是如何帮助他做这件事，以及每当这个醉醺醺、笑嘻嘻的理发师光临，病人们怎样闹得无法无天，我们都不准备谈了。

除了理发师，谁也没到小屋里来看一看。病人们注定一天到晚只看得见尼基塔一个人。

不过近来，医院主楼里却在散布一个相当奇怪的流言。

风传大夫开始常到第六病室去了。

五

奇怪的流言！

从某方面来说，安德烈·叶菲梅奇·拉金医师是个与众不同的人。据说他年纪很轻的时候笃信宗教，还打算从事神职工作。1863 年中学毕业时，他有心进神学院，可他的父亲，一个有着博士学位的外科医生，不仅刻薄地挖苦他，还信誓旦旦地宣称，要是他去做教士，就不认他做儿子。这话是真是假，我不知道，不过安德烈·叶菲梅奇不止一回承认，他对医学，或者说专项科学素来不怎么喜欢。

不管怎么说，他从医学系毕业后，没去出家做教士。在他身上根本看不出对宗教的热情，不管是从医之初，还是现在，他都不像是与宗教界有牵连的人。

他的外貌笨重、粗俗，跟农民一样。他的面相、胡子、平顺的头发、壮实笨重的体格，都叫人联想到大街旁小饭铺里那种吃得挺胖、饮酒过量、脾气暴躁的老板。他眼睛小小的，鼻子红红的，表情严厉的脸上布满细小的青筋。他身材高大，肩膀很宽，手脚也大，仿佛一拳打出去准能致人以死命似的。可是他走起路来蹑手蹑脚、小心谨慎，声音很轻。要是他在一个狭窄过道里碰见了谁，他总是先站住让路，说一声"对不起"！而且出人意料的是，他的说话声并不粗重，而是尖细柔和的男高音。他的脖子上长着一个不大的瘤子，使他没法穿浆硬的衣领，因此他老是穿柔软的麻布或者棉布做的衬衫。总之，他的装束不像个医生。一套衣服，他一穿就是10年。新的衣服，他通常是到犹太人的铺子里去买[①]，穿上身后，总跟旧衣服似的又旧又皱。他看病也好，吃饭也罢，甚至出门会客，都穿着那套衣服，这并非因为他吝啬，而是他丝毫不把自己的仪表放在心上。

安德烈·叶菲梅奇当初来此上任时，这个"慈善机构"的情形糟糕极了。病房里、过道上、医院的院子里，臭得让人透不过气来。医院的杂役、助理护士和他们的孩子，跟病人一块儿睡在病房里。大家都抱怨这地方没法住，到处是蟑螂、臭虫和耗子。外科病房内，丹毒从没绝迹过。整个医院内只有两把手术刀，连一个温度计也没有，浴室里竟然存放着土豆。不管是总务处长、女管理员还是助理医师，一律向病人勒索钱财。据说安德烈·叶菲梅奇的前任，一个老大夫，似乎偷偷地把医院的酒精卖了出去，还罗致助理护士和女病人成立了一个后宫。这些乱七八糟的情况，城

①那里卖的衣服较为便宜。

里人很清楚,甚至还添油加醋,可是大家对待这种现象满不在乎。一些人还为此开脱,说躺在医院里的只有小市民和庄稼汉,他们不可能不满意,因为他们家里的条件比医院里要糟得多,总不至于供他们松鸡吃吧!还有些人辩解说:没有地方自治局的资助,单靠这个小城本身,是没有能力维持一家像样的医院的。谢天谢地,医院虽然差些,毕竟还有一个。新成立的地方自治局,无论在城里,还是在城郊,都没有开办诊疗所,理由就是城里已经有医院了。

安德烈·叶菲梅奇视察完医院后,断定这家机构道德败坏,对病人的健康极其不负责。依他看来,目前所能采取的最聪明的办法就是把病人放出去,让医院关门。可是他又考虑到,单凭他一个人的意志办不成这件事,况且这样办了也无济于事,就算把肉体和精神的污秽从一个地方撵出去,它们也会搬到另外一个地方去,还是等它自行消灭吧。再者,人们既然开办了这家医院,容许它存在下去,可见他们是需要它的。偏见以及日常生活中的种种坏事和丑事,都是必要的,因为日子一长,它们就会化为有益的东西,如同粪便化为黑土一样。人世间没有一种好东西在起源的时候会不沾一点肮脏。

安德烈·叶菲梅奇上任办事后,对那些乱七八糟的现象显得相当冷漠。他只要求医院的杂役和助理护士不要在病房里过夜,以及添置了两柜子的医疗器械。至于看门人、女管理员、助理医师、外科的丹毒等,仍旧维持原状。

安德烈·叶菲梅奇酷爱智慧和正直,可是要在自己的周围建立一个合理而公正的生活秩序,便缺乏坚毅的性格和维护自己这种权利的坚定信心。给人下命令、要求禁止、坚持原则,这些他根本办不到,仿佛他赌咒发过誓,永远不提高嗓门,永远不用命令语气说话似的。要他说一句"给我这个"或者"把那个拿来"是很困难的;他要吃东西的时候,总是迟疑地

咳嗽几声,对厨娘说:"我能来点茶该多好。"或者"我能吃午饭了吧。"至于要求总务处长别再偷东西,或者赶他走,再不然干脆取消这个不必要的、寄生的职位,他是根本没有力量办到的。安德烈·叶菲梅奇每逢遭到欺骗或者受到奉承,或者给他送来明显造假的账单请他签字的时候,他的脸就涨得跟虾一样红,虽觉得问心有愧,但还是签上名字。每逢病人向他抱怨他们在挨饿,或者责怪助理护士态度粗暴,他就发窘,惭愧地嘟哝道:

"好,好,我会调查的……多半这里有误会……"

起初安德烈·叶菲梅奇工作得很勤快。他每天从早晨到中午不停地给病人看病、动手术,甚至接生。女士们都说他工作细心,能够准确地诊断出病症,特别是儿科和妇科疾病。可是日子一长,这工作单调无味而且徒劳无益,他便明显厌烦起来。今天接诊 30 个病人,到明天一瞧,加到 35 个了,后天又加到 40 个,照这样一天天、一年年地干下去,城里的死亡率并没有降低,病人仍然不断地来。从早晨起到吃午饭,要对 40 个门诊病人真正有所帮助,体力上是办不到的,因此他不自觉地开始糊弄起了病人。一年接诊 12000 个门诊病人,简单地想一想,那就等于欺骗了 12000人。至于把重病号送进病房,按照科学的规定给他们治疗,同样也是办不到的。因为规定虽然有,科学却没有。要是他丢开处世哲学,像别的医生那样迂腐地依照规定办事,那么,最要紧的事情就是做好清洁和通风工作;不能到处都是垃圾;要用健康有益的食品,而不是发臭的酸菜来做汤;身边得有好的帮手,而不是一个窃贼。

话说回来,既然死亡是每个人正常的、注定的结局,那又何必拦着他们死呢?要是一个小商人或者文官多活了五年十载,又有什么好处呢?要是认为医疗的目的在于借助药品减轻痛苦,不禁想要问一下:何必要减轻痛苦呢?第一,据说痛苦可以使人达到精神完美的境界;第二,人类要是真学会了用药片和药水来减轻痛苦,就会彻底抛弃宗教和哲学。迄今

为止，人类在宗教和哲学中，不仅找到了逃避各种烦恼的保障，甚至还找到了幸福。普希金临死前经受了极大的痛苦，可怜的海涅因为瘫痪在床上躺了好几年，那么其余的人，像安德烈·叶菲梅奇或者马特廖娜·萨维什娜之流，为什么就不能生病呢？反正他们的生活也没什么内容，再要没了痛苦，就会完全空虚，像阿米巴虫①一样生活了。

安德烈·叶菲梅奇被这类想法压垮，心灰意懒，不再每天到医院里去了。

六

他的日子是这样打发的。他每天早上八点钟起床，穿好衣服，喝茶。然后他在自己的书房里坐下看书，或者到医院里去。而在医院这里，门诊病人坐在狭窄幽暗的小过道里等着看病。医院的杂役和助理护士在他们身边跑来跑去，皮靴在砖地上踩得咚咚作响；穿着长袍、面容憔悴的病人会从过道里走过；死尸和装满脏东西的器具也从这儿抬出去，小孩子啼哭着，穿堂风吹进来。安德烈·叶菲梅奇知道这种环境对发烧、害肺痨、体质敏感的病人是种折磨，可是那又有什么办法呢？在候诊室里，他遇见助理医师谢尔盖·谢尔盖伊奇，他是一个矮胖子，浮肿的脸蛋刮得精光，洗得干干净净。他举止温和，从容不迫，穿一身肥大的新衣服，看上去与其说像助理医师，倒不如说更像议员。他在城里私人行医，生意做得很大。他系着白领结，自以为比不从事私人行医的医师精通医术。在候诊室的墙角有一个神龛，里面供着一幅很大的圣像，圣像前点着一盏笨重的长明灯，旁边有一个读经台，上面蒙着白罩子。墙上挂有几幅主教的肖像、圣山修道院的风景照片、几个用干枯的矢车菊编的花环。谢尔盖·谢尔盖伊

①阿米巴虫是一种单细胞动物。

奇信教,喜欢庄严的仪式。圣像是由他出钱置办的。每到星期日,就有某个病人按照他的指令在这候诊室里大声念赞美诗。念完以后,谢尔盖·谢尔盖伊奇就会亲自拿着手提香炉走遍各个病房,摇炉散香。

病人很多,时间却很少,因此,医生的工作就只限于简短地问一问病情,发一点药品,例如氨搽剂或者蓖麻油等等。安德烈·叶菲梅奇坐在那儿,用拳头支着腮帮,沉思一会,机械地提几个问题。谢尔盖·谢尔盖伊奇也搓着双手坐着,偶尔插一句嘴。

"我们生病,受穷,"他说,"是因为我们没有好好地向仁慈的上帝祷告,对不对?"

安德烈·叶菲梅奇看门诊时不做任何手术,他早已不干这种事,现在一见到血他心里就不舒服。每逢他不得不扳开小孩的嘴,看一下喉咙,而小孩哭哭啼啼,极力用小手招架的时候,传到他耳边的哭闹声就会弄得他头晕,泪水也会涌上他的眼睛。他急忙开个药方,摆一摆手,让女人赶紧把孩子带走。

他问诊的时候,病人总是畏畏缩缩,说不清病情,身边又紧挨着一本正经坐着的谢尔盖·谢尔盖伊奇。墙上的肖像、20多年来他一成不变问的那些话,都使他感到厌烦。他看过五六个病人以后就走了。他走后,余下的病人则由助理医师接着看。

安德烈·叶菲梅奇回到家,愉快地想到:谢天谢地,自己已经很久没有私下行医,现在不会有什么人来打搅他了,于是就立刻在书桌旁坐下,开始看书。他书看得很多,总是看得津津有味。他的薪水有一半都用在买书上,他的住处共有六个房间,其中有三间堆满了书籍和旧杂志。他最爱看的是历史书和哲学书。医学方面,他却只定了一份《医师》杂志,而且他总是从后面看起。每回看书,他老是一连看好几个钟头,中间也不停顿,也不觉着累。他看书不像以前伊万·德米特里奇那样看得又急又快,

而是慢慢地看,集中心力,遇到他喜欢的或者不懂的段落常常停一停。书旁总是放着一小瓶伏特加,外加一根腌黄瓜或者一个盐渍苹果,它们不是盛在碟子里,而是干脆放在粗呢桌布上。每过半个小时,他就倒一小杯酒喝下去,眼睛始终不离开书本,随后,也不用眼睛去看,光是用手摸到那根黄瓜,咬下一小截来。

到了下午三点,他就小心地走到厨房门口,干咳几声说:"达里尤什卡,如果能吃午饭就好了……"

吃过一顿烧得很差、不干不净的午饭以后,安德烈·叶菲梅奇就把两条胳膊交叉在胸前,在房间里踱来踱去,思考问题。钟敲了四下,后来敲了五下,他还在踱着步,思考着。偶尔厨房的门吱吱嘎嘎地响起来,达里尤什卡睡眼惺忪地将她的红脸从门里探出来。

"安德烈·叶菲梅奇,您是不是该喝啤酒了?"她关切地问。

"不,还没到时候……"他回答,"我要等一会……再等一会……"

傍晚时,邮政局长米哈伊尔·阿韦里亚内奇通常会来拜访,他是全城中唯一一个令安德烈·叶菲梅奇不讨厌并且愿与之交往的人。米哈伊尔·阿韦里亚内奇从前是一个很有钱的地主,在骑兵队里当差,后来家道中落,为贫困所迫,晚年就到邮政部门里做事。他看上去精力旺盛,身体健康,蓄着浓密的灰白色络腮胡,举止文雅,声音洪亮而动听。他善良而敏感,但是个急脾气。遇到邮政局里有顾客提抗议,或者发表不同意见,也许只是议论一下,米哈伊尔·阿韦里亚内奇就会涨红脸,浑身发抖,用雷鸣般的嗓音喊道:"闭嘴!"因此这个邮局早就出了名,大家都知道,这是个令人害怕的机关。米哈伊尔·阿韦里亚内奇喜欢而且尊重安德烈·叶菲梅奇,认为他有学问且心灵高尚,可对待本城的其他居民,他就会居高临下,对待他们如同自己下属一般。

"我来了!"他走进安德烈·叶菲梅奇的房间说,"您好,亲爱的! 我恐

怕已经令您厌烦了吧,啊?"

"刚好相反,我很高兴,"医生回答说,"我见您总是很高兴。"

两个朋友在书房的一张沙发上坐下,默默地抽了一会烟。

"达里尤什卡,最好给我们拿点啤酒来!"安德烈·叶菲梅奇说。

第一瓶啤酒不声不响地喝完了,医生若有所思,米哈伊尔·阿韦里亚内奇则现出快乐、兴奋的神情,好像有什么极其有趣的事要讲述,但是话匣子总是由医生先打开。

"多么遗憾啊,"他摇了摇头,慢条斯理地轻声说,也不瞧一眼他朋友的脸,"真是遗憾极了,尊敬的米哈伊尔·阿韦里亚内奇,我们城里根本就没有一个人能与之进行机智而幽默的聊天,这太让我们伤脑筋了。甚至知识分子也不能免于庸俗,我跟您保证,他们的智力水平丝毫也不比下层人高。"

"完全正确,我同意。"

"您是知道的,"医生继续一字一句地轻声说,"在这个世界上,除了人类智慧的最崇高的精神表现,一切都是微不足道而没有趣味的。智慧是动物和人类之间一条明显的分界线,暗示了人类的神圣性,甚至在一定程度上由它代替了实际并不存在的人类的不朽。因此,智慧成了快乐的唯一源泉。可是在我们四周,我们却看不见、也听不见智慧,可见我们的快乐被剥夺了。不错,我们有书,可是这跟思想活跃的谈话和交往有根本的不同。要是您容许我打个不完全恰当的比喻的话,那我要说,书籍是音符,谈话是歌。"

"完全正确。"

又是一阵沉默。达里尤什卡从厨房里走出来,在门口站住,用拳头支住下巴,带着茫然的哀伤神情,也想听一听。

"唉!"米哈伊尔·阿韦里亚内奇叹了一口气,"还想指望现在的人有

智慧吗?"

于是他讲起过去的生活是多么健康、快乐、有趣,从前俄罗斯的知识分子多么聪明,他们对荣誉和友情有多么高尚的看法。"借钱出去从不要借据。朋友有难而自己不出手相助,被视为耻辱。而且从前都有过一些什么样的远征、冒险和交锋啊!那些忠贞的战友,优雅的女人们呐!再说高加索,那是一个多么神奇的地方!有一个营长的妻子,是个怪女人,常穿上军官的制服,傍晚骑马到山里去,单独一个人,向导也不带。据说她跟一个山村里的小公爵有点风流韵事。"

"圣母啊,母亲啊……"达里尤什卡叹道。

"那时候我们喝得多痛快!吃得多丰盛!一群多么极端的自由主义者啊!"

安德烈·叶菲梅奇听着,却没听进去。他一边喝啤酒,一边在想着什么。

"我经常会梦见聪明的人,并跟他们聊天,"他忽然打断米哈伊尔·阿韦里亚内奇的话,说,"我父亲让我受到很好的教育,可是他在六十年代思想的影响下,逼迫我做医生。我认为当时如果没有听从他的话,那我现在一定处于思想运动的正中心了。我多半会是大学某个系的教员。当然,智慧也不是永久的,而是变化无常的,可是您已经知道我为什么对它如此偏爱。生活是恼人的陷阱。当一个人成年了,思想意识成熟了,就会不由自主地感到自己坠入了一个无法脱逃的陷阱里。确实,他从无生命转为有生命,原是由不得自己做主,是由偶然的条件促成的……这是为什么呢?他想弄明白自己生活的意义和目的,人家却什么也不说,要不就说些荒唐话。他敲门,可门不开。随后死神来找他,这也是违背他的意愿的。因此,如同监狱里的人被共同的不幸联系着,聚在一块儿就觉得轻松些一样,在生活中喜欢分析和归纳的人只要凑在一起,通过交流彼此骄傲而自

由的思想来消磨时间,就不会觉得自己困在陷阱中。从这个意义上来说,智慧是无可替代的快乐。"

"完全正确。"

安德烈·叶菲梅奇没有瞧朋友的脸,继续轻声地、带有停顿地讲述。米哈伊尔·阿韦里亚内奇专心地听着,同意地说:"完全正确。"

"那您不相信灵魂不朽吗?"邮政局长忽然问。

"不,尊敬的米哈伊尔·阿韦里亚内奇,我不相信,而且也没有理由相信。"

"老实说,我也怀疑。不过我确实有一种感觉,好像我永远也不会死似的。呵呵,我心想,得了吧,老家伙,你也该死了! 可是我的灵魂里却有个小小的声音说,'别信这话,你不会死的'……"

九点刚过,米哈伊尔·阿韦里亚内奇就告辞了。他在前堂穿上皮大衣,叹口气说:

"可是命运把我们送到什么样的穷乡僻壤来了! 最讨厌的是我们不得不死在这儿,唉……"

七

安德烈·叶菲梅奇送走朋友以后,就在桌旁坐下,又开始看书。夜已深,四周一片寂静,没有一点响声来干扰,时间也仿佛停止,跟医生一起看书,好像除了书和带绿罩的灯什么也不存在似的。医生那粗俗的、农民样的脸渐渐开朗,在人类智慧的活动面前显露出欣慰而钦佩的笑容。啊,为什么人类不能长生不老呢? 他想。为什么人要有脑中枢和脑室,为什么要有视力、说话能力、自我感觉和天分呢? 这些不是都注定了要埋进泥土,到头来跟地壳一同冷却,然后毫无意义,没有目的地随着地球围绕太阳千百万年地旋转吗? 只是为了叫人变凉,然后去旋转,那就根本用不着

把人以及人的高尚、近似神圣的智慧从无生命中引出来,然后仿佛开玩笑似的再把他变成泥土吧。

这是新陈代谢! 可以此代替不朽来安慰自己,是多么懦弱啊! 自然界所发生的这种无意识的变换过程甚至比人类的愚蠢行为还要低劣,因为不管怎样,愚蠢行为中还得含有意识和意志,而在那个过程里却什么也没有。只有在死亡面前恐惧多于尊严的懦夫才会安慰自己说:他的尸首迟早会在青草、在岩石、在癞蛤蟆里得到生存……在新陈代谢中见到自己的不朽,这是奇怪的,就像一把珍贵的提琴被砸碎,毫无用处了,却又预言装提琴的盒子会有灿烂的前途一样。

每逢时钟敲响,安德烈·叶菲梅奇就把身子往圈椅的椅背上一靠,闭上眼睛,思索一会儿。受到书中美好思想的影响,他不由得审视起自己的过去和现在。过去是可憎的,最好还是不要去想它了。可是现在也与过去一样。他知道,如今正当他的思想随同地球围绕太阳旋转的时候,医生住宅边的大楼里,却有人在疾病和肉体方面的污秽中受着煎熬。也许有的人无法入睡,正在与臭虫作战;也许有的人正在受丹毒的传染,因为绷带扎得太紧而呻吟;也许病人在跟助理护士打牌、喝酒。每年有12000个人受到欺骗,医院全部的工作仍跟二十年前一样,建立在偷窃、口角、诽谤、徇私上面,建立在卑劣的庸医骗术上面。医院仍然是个不道德的机构,对病人的健康极为有害。他不仅知道尼基塔在那安着铁窗子的第六病室里殴打病人,也知道莫伊谢伊卡每天在城里转悠、乞讨。

另一方面,他也清楚地了解,最近25年内医学发生了神话般的变化。大学求学的时候,他曾感觉医学似乎不久就会遭到像炼金术和玄学一样的命运。可是如今,每逢他晚上看书,医学却使他怦然心动,令他兴奋,使他赞叹。真的,多么意想不到的辉煌,这是怎样的革命啊! 由于有了防腐

剂,伟大的皮罗戈夫①认为即使 in spe.②都不可能做的手术,现在都做成了。

任何普通的地方,自治局医生都敢于做截除膝关节的手术。在一百例剖腹手术中只会有一例死亡。结石病已被认为是小事,甚至再没人愿意为它写文章了。梅毒也能彻底治疗。另外还有遗传学说、催眠术、巴斯德③与科赫④的发现、以统计为基础的卫生学,还有我们俄罗斯地方自治局的医疗成果!精神病学以及现代的精神病分类法、诊断法、医疗法,跟过去相比,简直就是一座厄尔布鲁士山⑤。如今不再往精神病患者的头上浇冷水,也不再给他们穿紧身衣,而是用人道主义的态度来对待,甚至还像报上所写的那样为他们演戏,举办舞会。安德烈·叶菲梅奇知道,就现代的眼光和社会风尚来看,像第六病室这样恶劣的地方,也许只有在离铁路线 200 俄里远的小城中才会存在。在那样的小城里,市长和所有的市议员都是半文盲的小市民,把医生看成术士,即使医生要把烧熔的锡灌进他们的嘴里,也不会加以批评。如果换成其他地方,公众和媒体早就把这小小的巴士底狱砸个稀巴烂了。

"但是这能怎么样呢?"安德烈·叶菲梅奇睁开眼睛后问自己,"由此能得出什么结论来呢?有防腐剂也好,有科赫、巴斯德也罢,事情的实质却没有丝毫的改变。发病率和死亡率依然和从前一样。尽管为疯子开舞会、演戏,可是仍旧不允许疯子自由行动。可见这一切都是胡扯和瞎忙,最好的维也纳医院和我的医院实际上并没有什么差别。"

然而,一种哀伤和近似嫉妒的感觉使他对此难以无动于衷,也许是疲

---

①皮罗戈夫(1810—1881)是俄国外科学家和解剖学家,战地外科的创始人。
②原文为拉丁文:在将来。
③巴斯德(1822—1895)是法国细菌学家,传染病学和微生物学的奠基人。
④科赫(1843—1910)是德国细菌学家,细菌学的奠基人,结核杆菌的发现者。
⑤俄国高加索山峰之最高峰。

劳所致吧。他那沉甸甸的脑袋垂向了书本,他就用双手托住脸,使它舒服一点,暗自想到:

"我在做坏事。我从人们手里领了薪水,却欺骗他们,我是一个不诚实的人。不过,话要说回来,我自己也是无能为力,我只是不可避免的社会罪恶的一小部分。所有县里的官僚都不是好人,都在白拿薪水……可见我不正直,但责任不在我,要怪时代……我要是生在200年以后,就会是另外一个人。"

三点的钟声敲响了,他熄了灯走进卧室,却没有睡意。

八

大约两年以前,地方自治局为了表示慷慨,决定在地方自治局的医院开办之前,每年拨出三百卢布作为补助金,供市立医院扩充医务人员之用。县级医师叶夫根尼·费多雷奇·霍博托夫便应邀进城来协助安德烈·叶菲梅奇。他年纪还轻,是个高个子的黑发男子,有着一副宽宽的颧骨和一双小小的眼睛,他的祖先多半是外族人。他来到本城的时候,身上一个钱也没有,只有一只又小又破的手提箱,还带着一个难看的年轻女人,他管她叫厨娘。这个女人有个吃奶的孩子。叶夫根尼·费多雷奇头戴一顶鸭舌帽,脚穿一双高帮靴,冬天外加一件短皮袄。他跟助理医师谢尔盖·谢尔盖伊奇和会计主任交上了朋友,可是不知什么缘故,他把其他职员叫作贵族,而且对他们避而远之。他的整个寓所里只有一本书——《1881年维也纳医院最新处方》,去看病人时,他总要随身携带这本书。他喜欢每天晚上到俱乐部去打台球,但却不喜欢玩牌。在聊天时,他非常喜欢使用诸如"无聊透顶""废话连篇""故弄玄虚"等字眼。

他每周到医院两次,来查看病房、接待门诊。他对医院缺乏基本的灭菌措施和拔罐放血的做法十分愤慨,但是他也没有采用新的方法,因为担

心自己这么做会得罪安德烈·叶菲梅奇。他把他的同行安德烈·叶菲梅奇看作老滑头，疑心他有一大笔经费，因此私下里嫉妒他，恨不得占据了他的位子才好。

九

那是在春天，三月末的一个傍晚，地上已经没有了积雪，椋鸟在医院的花园里啼叫。医生送他的朋友邮政局长到大门口。正巧，犹太人莫伊谢伊卡带着战利品回来，走进院子里。他没戴帽子，光脚穿着低筒套鞋，手里拿着一小包人家施舍的东西。

"给我一个小钱吧!"他的身子冻得发抖，脸上却挂着微笑对大夫说。

安德烈·叶菲梅奇素来不会拒绝别人的要求，就给了他一个十戈比的硬币。

"这多不好，"他瞧着犹太人的光脚和又红又瘦的足踝，暗自想道，"脚可都湿了。"

他心里不禁生出一种又像是怜悯又像是厌恶的情绪。于是，他跟在犹太人的身后，时而看一看他的秃顶，时而瞧一瞧他的足踝，往小屋走去。医生一进门，尼基塔立即从那堆破烂上跳起来，挺直了身子。

"你好，尼基塔，"安德烈·叶菲梅奇声音柔和地说，"发一双靴子给那个犹太人怎么样，不然他要着凉的。"

"是，老爷。我去向总务主任报告。"

"去说吧。你用我的名义请求他好了，就说是我请他这么办的。"

穿堂通向病房的门敞开着。伊万·德米特里奇躺在床上，用胳膊肘支起身子，惊慌地听着陌生的声音，忽然认出了来的人是医生。他气得浑身发抖，从床上跳下来，涨红了脸，恶狠狠地瞪着双眼，冲到病房中央。

"大夫来了!"他喊道，随即哈哈大笑起来，"到底来了! 先生们，恭喜

啊,大夫大驾光临了!该死的坏蛋!"他尖声叫着,异常狂暴地跺了下脚。"打死这个坏蛋!不,打死都不解恨!把他淹死在粪坑里才好!"

安德烈·叶菲梅奇听见这话,从穿堂往病房里瞧了一眼,柔声地问:"这是为什么?"

"为什么?"伊万·德米特里奇嚷道,带着威胁的神情走到他面前,急忙把身上的长袍裹紧一点,"为什么?因为你是贼!"他努出嘴唇,仿佛要啐唾沫似的憎恶地说,"骗子!刽子手!"

"请您安静一下,"安德烈·叶菲梅奇歉疚地微笑着说,"我跟您保证,我从没偷过任何东西,至于别的,您大概说得太夸张了。看得出来,您在生我的气。我求您,消一消气,要是可能的话,请您冷静地告诉我,您为什么生气?"

"那么您为什么把我关在这儿?"

"因为您有病。"

"不错,我有病。可是要知道,有成百上千的疯子在自由地走来走去,您糊涂得分不清疯子跟健康的人。那么,为什么我跟这些不幸的人都得像替罪羊似的替大家关在这?您、助理医师、总务处长,所有你们这些医院里的混蛋,在道德方面不知比我们每个人要低下多少,那为什么关在这里的是我们而不是你们?这是什么逻辑啊?"

"在这里倒谈不上道德和逻辑,这里的一切取决于机缘。谁要是关在这儿,谁就只好待在这儿。谁要是没关起来,谁就逍遥自在,就是这么回事。至于我当医生,而您得了精神病,这其中既无道德问题,也不关乎逻辑,纯粹只是巧合罢了。"

"这种废话我不懂……"伊万·德米特里奇声音沉闷地说,在自己的床上坐下。

由于医生在场,尼基塔不便搜莫伊谢伊卡的身,所以莫伊谢伊卡就把

一块块面包、纸片、小骨头摊在自己的床上。他仍旧冻得发抖,嘴里用唱歌般的音调很快地说着犹太话。他多半幻想自己在开铺子了。

"放我出去,"伊万·德米特里奇说,他的嗓音发颤。

"我办不到。"

"可是为什么?为什么呢?"

"因为这不是我能决定的。请您想想看,就算我放您出去了,对于您又有什么好处呢?您出去试试看。市民或警察还是会抓住您,把您送回来的。"

"是的,不错,这倒是实话……"伊万·德米特里奇说着,搓了搓额头,"这真可怕!可是我又该怎么办?怎么办呢?"

安德烈·叶菲梅奇十分喜欢伊万·德米特里奇的嗓音,以及他那年轻聪明的外貌和那愁苦的面容。他有心对这年轻人温和些,想安慰他一下,于是就在床边挨着他坐下,想了一想,开口说:

"您问我该怎么办?处在您的位置,最好是从这儿逃出去。然而可惜,这样一点好处也没有。您会被人捉住。社会在防范罪犯、精神病人和一般异己分子的时候,从来不肯善罢甘休。所以,您能做的也就是心安理得地待在这里。"

"谁都不需要这么做。"

"既然监狱和疯人院都存在,那就应当有人被关在里面才成。不是您,就是我。不是我,就是另外一个人。等着吧,到遥远的未来,监狱和疯人院终将绝迹。到那时,窗上不会再有铁栅栏,也不会再有这种病人穿的长袍。当然,那个时代迟早是要来的。"

伊万·德米特里奇发出冷笑。

"您说笑话呢,"他眯细了眼睛说,"您和您的助手尼基达之流的老爷们跟未来毫不相干。不过您放心,先生,美好的时代总要到来!让我用通

俗的话来表达一下看法,您要笑就尽管笑;新生活的黎明会放出光芒,真理定会胜利,那时候我们要在大街上庆祝这一节日的来临! 我是等不到那一天就会死的,但别人的孙辈们会等到的。我将用我整个灵魂向他们欢呼,我高兴,为他们高兴! 前进啊! 求主保佑你们,我的朋友们!"

伊万·德米特里奇闪着亮晶晶的眼睛站起来,向窗子那边伸出手去,继续用激动的声调说:

"我在这铁窗子里祝福你们! 真理万岁! 我太高兴了!"

"我看不出有什么特殊的理由要高兴,"安德烈·叶菲梅奇说,他觉得伊万·德米特里奇的举动像是演戏,不过他也还是很喜欢,"将来,监狱和疯人院都不会有,真理会像您所说的那样最终取得胜利,不过要知道,事情的本质不会变化,自然界的规律也仍旧一样。人们还是会像现在这样害病、衰老、死掉。不管将来会有多么壮丽的黎明照亮您的生活,可您到头来还是会躺进棺材,被钉上钉子,扔到墓穴里去。"

"那么,长生不死呢?"

"唉,算了吧!"

"您不相信,可是我呢,我却相信。不知是在陀思妥耶夫斯基还是伏尔泰的一本书里,有一个人说:要是没有上帝,人就得臆造出一个来①。我深深地相信:要是没有长生不死,伟大的人类智慧早晚也会把它发明出来。"

"说得好,"安德烈·叶菲梅奇说,愉快地微笑着,"您有信心,这是好事。人有了这样的信心,哪怕被幽禁在四堵墙当中,也能生活得很快乐。您以前大概在哪念过书吧?"

---

① 法国哲学家伏尔泰曾经说过这样一句名言:"如果上帝不存在,就应当把它造出来。"俄国作家陀思妥耶夫斯基在其长篇小说《卡拉马佐夫兄弟》中引用了这句话,还对这句话加以补充:"而且确实,人类造出上帝来了。"——俄文本编者注。

"对了,我在大学里念过书,可是没有毕业。"

"您是个有想法、爱思考的人。随便在什么环境里,您都能保持内心的平静。您那极力要理解生活的、自由而深刻的思索,那对人间无谓纷扰的十足蔑视,简直就是两种幸福,比这更高的幸福人类还从来没有领略过。哪怕您生活在三道铁栅栏里,也仍然能够享受这种幸福。第奥根尼住在一个木桶里,可是他比世界上所有的皇帝都幸福。"

"您的第奥根尼是个傻瓜,"伊万·德米特里奇阴郁地说,"您干吗跟我提什么第奥根尼,说什么理解生活?"他忽然生气了,跳起来叫道,"我爱生活,强烈地热爱生活!我害上了被虐狂症,心里时常有一种痛苦的恐惧。不过有时候我充满对生活的渴望,一到那种时候我就害怕自己会发疯。我非常想生活,非常想!"

他激动得在病房里走来走去,然后压低了嗓音说:

"当我梦想的时候,我脑子里就会产生种种幻觉。有些人走到我跟前来了,我听见说话声和音乐声了,我觉得自己好像在一个树林里走着,或者沿着海边漫步,我那么热烈地渴望世间的纷扰,渴望为琐事奔忙……那么,请您告诉我,有什么新闻吗?"伊万·德米特里奇问,"外头怎么样了?"

"您想知道城里的情况呢,还是一般的情况?"

"哦,先跟我讲一下城里的情况,再讲一般的情况吧。"

"好吧。城里乏味极了……你找不着一个人来聊天,也找不着一个人可以听他说话。至于新人,那是没有的,不过最近倒是来了一个姓霍博托夫的年轻医生。"

"居然在我还活着的时候就有人来了。他是怎么样的一个人,粗俗吗?"

"对了,他不是一个有教养的人。您知道,说来奇怪……根据各种现象看来,我们的大城市里并没有智力停滞不前的情况,那儿的人思想还是

挺活跃的,可见那边一定有能人,可是不知什么缘故,每回他们派到我们这儿来的都是些看不上眼的人。这真是个不幸的城市!"

"是的,这的确是个不幸的城市!"伊万·德米特里奇叹道,他笑了起来,"那么一般的情况又怎么样? 人家在报纸和杂志上都写些什么?"

病房里的光线暗了下来。医生站起来,立在那儿,开始讲述国内外发表了些什么著名的文章,现在出现了什么样的思想潮流。伊万·德米特里奇专心听着,提出些问题,可是忽然间,他仿佛想起什么可怕的事,抱住头,躺倒在床,背对着医生。

"您怎么了?"安德烈·叶菲梅奇问。

"您休想再听见我说一个字!"伊万·德米特里奇粗鲁地说,"躲开我!"

"这是为什么?"

"跟您说了,离我远点! 干吗一个劲儿地追问?"

安德烈·叶菲梅奇耸一耸肩,叹口气出去了。他走过穿堂的时候说:"最好把这儿打扫一下,尼基塔……气味难闻得很!"

"是,老爷。"

"这个年轻人多么招人喜欢!"安德烈·叶菲梅奇一面走回自己的寓所,一面想,"自从我来到这里,他好像还是我所遇见的第一个能够与之交流的人。他善于思考,所关心的也正是应该关心的事。"

他后来看书也好,上床睡觉也好,总是想着伊万·德米特里奇。第二天早晨醒来,想起昨天他认识了一个聪明有趣的人,便决定一有机会就再去看他一次。

十

伊凡·德米特里奇还像昨天那样双手抱头,瞧不见脸,蜷缩着双腿躺

在床上。

"您好,我的朋友,"安德烈·叶菲梅奇说,"您没睡着吧?"

"首先,我不是您的朋友,"伊凡·德米特里奇对着枕头说,"其次,您这是白费心机,您别想从我的嘴里套出一句话来。"

"奇怪……"安德烈·叶菲梅奇尴尬地嘟哝道,"昨天我们本来聊得好好地,可是不知为什么您突然就生气了,一下子中断了谈话……也许我有什么话没有表达清楚,或者是说了些想法不符合您的信念……"

"哼,这样我就能相信您了吗?"伊凡·德米特里奇稍稍抬起身子,嘲讽而又惶恐地望着医生说,他的双眼红红的,"您可以到别的地方去打探消息,在我这您没什么事好做。我昨天就弄明白您干什么来了。"

"奇怪的想法!"医生淡淡一笑,"这么说,您认为我是密探了?"

"是的,就这样认为……密探也好,医生也罢,反正是派来试探我的,没什么区别。"

"唉,您这个人,说真的,对不起……是个怪人啊!"

医生坐到床边的凳子上,责备地摇了摇头。

"假设您是对的,"他说,"假设我阴险地从您的话中抓住把柄,告到警察局,您因此而被捕,后又受审。难道您上法庭、蹲监狱会比在这里更糟糕?即使判您终生流放甚至是服苦役,难道就比关在这间病房里更悲惨?我以为不至于……那么,您又怕什么呢?"

显然这番话对伊凡·德米特里奇起了作用,他安心地坐了起来。

已是下午四点多钟,往常这个时候,安德烈·叶菲梅奇总在寓所的各个房间里踱来踱去,达里尤什卡会来问他是不是该喝啤酒了。这会儿外面风和日丽。

"我吃了饭出来散步,顺便就过来了,您瞧,"医生说,"完全是春天了。"

"现在是几月？三月吗？"伊凡·德米特里奇问道。

"是的，三月底。"

"外面很泥泞吧？"

"不，还算好。花园里已有小路可走了。"

"现在若能坐上四轮马车去郊游该多好啊，"伊凡·德米特里奇一边说，一边揉着发红的眼睛，跟刚睡醒似的，"然后回到家里温暖舒适的书房……再有个像样的大夫给治治头疼……我已经很久没过正常人的生活了。这里真讨厌！讨厌得令人受不了！"

昨天的激情过后，此刻的他神情疲惫，无精打采，懒得说话。他的手指不住颤抖，从脸上的表情可以看出，他头疼得厉害。

"温暖舒适的书房和这个病房之间其实没有什么差别，"安德烈·叶菲梅奇说，"人的安宁和满足不在他的身外，而在他的内心。"

"此话怎讲？"

"普通人期望从外部，比如说从马车和书房得到好的或坏的东西，而一个善于思考的人，则从其自身来衡量。"

"您到希腊去宣讲这套哲学吧。那里气候温暖，空气中散发着橘子的芳香，可这里的气候对它不合适。我跟谁谈起过第奥根尼来着？难道是跟您吗？"

"是的，昨天您跟我谈起过他。"

"第奥根尼不需要待在书房和温暖的处所，那边在户外都嫌热。他只要在木桶里躺下，吃吃橘子和橄榄就足够了。让他来俄罗斯生活试试，别说是十二月了，五月里都会要求搬进房间里住。我担心，他会冷得缩成一团的。"

"不对。寒冷，以及所有一般意义上的疼痛，人都可以感觉不到。马

瞌　睡

第六病室

可·奥勒留①曾经说过：'疼痛是人们对病痛的一种生动想象，增强你的意志，改变这种想象，然后抛弃它，停止诉苦，疼痛就会消失。'这是对的。智者或者一般的有思想、爱思考的人，之所以独特，就在于他蔑视痛苦，他总感到满足，对什么都不大惊小怪。"

"这么说来我是白痴，因为我总感到痛苦、不满，对人的无耻行为感到吃惊。"

"您这就没必要了。如果您经常去深入思考，您就会明白，那些使我们烦躁不安的身外之物是多么的微不足道。人应该努力去感悟生活，因为在感悟中——能体会到真正的幸福。"

"去感悟吗……"伊凡·德米特里奇皱起眉头说，"身外的，内心的……对不起，这些我不懂。我只知道，"他站起来，气呼呼地看着医生说，"我只知道，是上帝用热血和神经创造了我，是这样的！而人的机体组织如果真有生命力，就应当对一切刺激有所反应。我就有这种反应。我觉得痛时，就要叫喊，要流泪；遇见无耻行为，我要愤怒；看到污秽的东西，我要厌恶。依我看来，实际上这才叫作生命。机体越是低级，它的敏感性就越差，对刺激的反应能力就越弱；机体越高级，它就越敏感，对现实的反应就越强烈。怎么连这个也不知道呢？作为医生，居然连这样简单的道理都不知道！为了能蔑视痛苦，始终保持心满意足，对任何事都不大惊小怪，人就得达到这般地步才行。"伊凡·德米特里奇指着一身肥肉的胖农夫说，"或者让痛苦麻木自己，直到对它丧失任何知觉。换句话说，就是变成活死人。对不起，我不是圣贤，也不是哲学家，"伊凡·德米特里奇继续激动地说，"那些道理我无法理解，我也不是在争辩。"

"恰好相反，您争辩得非常出色。"

①马可·奥勒留(121—180)为罗马皇帝，斯多葛学派最后一位大哲学家。斯多葛学派是公元前四世纪在奴隶制社会中兴起的一个哲学派别，鼓吹完全听从命运的宿命论。

"您拙劣效仿的斯多葛派①哲学家,是一些出色的人,但他们的学说早在 2000 年前就已经僵化了,没有丝毫进步,以后也不会发展。因为它既不切合实际,又脱离生活。它只是在少数人中间获得成功,这些人终生都在钻研和玩味各种学说,而多数人并不理解它。凡是鼓吹漠视富裕和舒适的生活、蔑视痛苦和死亡的学说,对绝大多数人来说,是根本无法理解的,因为大多数人生来就不知道什么是富裕,什么是舒适的生活;而蔑视痛苦对他们来说无异于蔑视生活本身,因为人的全部实质就是由寒冷、饥饿、屈辱、失去等感觉,以及在死亡面前的哈姆莱特式的恐惧构成的。全部生活不外乎这些感觉。人可以因生活而苦恼、仇视它,但不能蔑视它。是的,就是这样,我再重复一遍,斯多葛派的学说任何时候都不可能有前途,从世纪初直到今天,您也瞧见了,不断发展的是斗争,是对痛苦的敏感,对刺激的反应能力……"

伊凡·德米特里奇的思路突然中断,他停下来,懊丧地擦了擦额头。

"想说一些重要的东西,可是我的思路乱了,"他说,"我说到哪啦?哦,对了! 我想说的是,有个斯多葛派的人为了替近亲赎身,却将自己卖身为奴。您瞧,这就证明,斯多葛派的人对刺激也是有反应的,因为做出如此舍己为人的壮举,需要有一颗义愤填膺同时充满怜悯的心灵。在这个牢房里,我把学过的东西都忘光了,要不然我还会想起点什么的。那么拿基督来说,怎么样? 基督对现实的反应是微笑、忧伤、哭泣、愤怒,乃至思念。他并未含着微笑去迎接苦难,也没有蔑视死亡,而是在客西马尼花园里祈祷,请求这些苦难离开他②。"

伊凡·德米特里奇笑了起来,坐下了。

---

①斯多葛派是于公元前 300 年左右在雅典创立的学派,是当时一个影响力极大的思想派别。在社会生活中斯多葛派强调顺从天命,要安于自己在社会中所处的地位,要恬淡寡欲,只有这样才能得到幸福。

②见《马太福音》第 26 章第 36 节。

"不妨假定人的安宁和满足不在他身外,而在他的内心,"他说,"不妨假定人应当对苦难不屑一顾,对什么都不表示惊奇。可是您基于什么理由宣扬这种观点呢?您是圣贤?还是哲学家?"

"不,我不是哲学家。可是每个人都有责任宣扬这一点,因为它是合乎情理的。"

"不,我想知道的是,凭什么您认为自己在理解苦难、蔑视苦难等方面很在行?难道您以前受过苦?您知道痛苦意味着什么?请允许我问一句:您小时候挨过打吗?"

"不,我的父母厌恶体罚。"

"可是我父亲经常毒打我。他是个专横、害有痔疮的文官,鼻子很长,脖颈发黄。不过我们还是谈谈您吧。有生以来,还没人用指头碰过您,也没人吓唬过您,痛打过您,您健壮得像头牛。您在父亲的庇护下长大,他出钱供您上学,然后得到一个待遇优厚而清闲的差事。二十多年来您住在免费的公寓里,供暖、照明、仆役,一应俱全,还可以随心所欲地爱怎么工作就怎么工作,爱干几小时就干几小时,哪怕一点事不做也无关紧要。您生来就是个懒散的人,所以竭力地把生活安排得什么也不用担心,免得您劳顿伤神。您把工作交给助理医师和其他混蛋去做,自己却在温暖而安静的地方坐着,积攒钱财,阅读书籍,以思考各种高尚无聊的事情为乐,而且还,"伊凡·德米特里奇看了一眼医生的红鼻子,继续说,"喝点小酒。总而言之,您根本就没有见识过生活,完全不了解它,您对现实的认识仅仅停留在理论层面。至于您蔑视苦难、对什么都不大惊小怪,原因也很简单:心灵空虚。外界和内心啦、轻视生命、痛苦及死亡啦,理解生活的意义啦,真正的幸福啦,凡此种种是最适合俄罗斯懒汉的哲学。比如说,您看见一个农民在打他的妻子。何必多管闲事呢?由他去打吧,反正两人早晚都要死的。而且就这件事,打人的人侮辱的不是被打者,而是他自己。

酗酒是愚蠢的,也是不体面的,可是喝酒的会死,不喝酒的也会死。来了个村妇,她牙疼……那又怎样?疼只是人对病痛的一种想象,况且在这个世界上,人不生病是不可能的,大家都要死,所以滚吧,婆娘,去你的吧,别来打扰我思考和喝酒。年轻人来讨教该做些什么,该如何生活。如果换成另外一个人,回答前会考虑一下,而您这已有现成的答案:努力去理解,或者努力去追求真正的幸福。可是这神话般的'真正的幸福'究竟是什么呢?当然,答案是没有的。我们被关在这,身陷囹圄,浑身脓疮,受尽折磨,而这些却是美好而合情合理的事情,因为这间病房和温暖舒适的书房没有丝毫的差别。多适宜的哲学:既无事可做,又可保良心纯洁,还可以觉得自己是个圣贤……不,先生,这不是哲学,不是思索,不是视野开阔,而是懒惰,是欺骗,是昏了头了……是的!"伊凡·德米特里奇又生气了,"说什么蔑视痛苦。我敢打赌,如果您的手指被房门夹了一下,您立马就会扯开嗓门大叫起来!"

"也许我不会叫呢。"安德烈·叶菲梅奇温和地微笑着说。

"是吗?怎么可能?再假设一下,您突然中风,'咚'的一声摔倒在地,或者有个混蛋和蛮横之徒,利用他的地位和官衔当众侮辱您,您清楚他不会为此受到惩罚——怎么样,这下您总该明白,让别人去追寻理解、追寻真正的幸福是怎么回事了吧。"

"您的想法真是独特,"安德烈·叶菲梅奇满意地笑着、搓着双手说,"您善于总结的天赋太让我吃惊,让我高兴了。您刚才对我所做的性格评定,也是精彩至极。说实话,同您交谈对我来说简直是种享受。好吧,我已经听完了您的话,现在请您费心听我说……"

十一

这次谈话大约又持续了一个小时,显然给安德烈·叶菲梅奇留下了深

刻的印象。从此,他每天都要到这间屋子里去。他早晨必定会去,下午也去,傍晚的时候也能看到他跟伊凡·德米特里奇促膝长谈。起先伊凡·德米特里奇还想避开他,怀疑他居心不良,公开表示了自己对他的反感,后来对他习惯了,和他说话也不再尖酸刻薄,取而代之的是不屑和讽刺。

不久,医院里就有了传言,说医生安德烈·叶菲梅奇经常去第六病室。助理医师也好,尼基塔也好,还有助理护士们,谁都弄不明白为什么他常去那里,并且一坐就是几个小时,他都在谈些什么,连药方也不开。他的行为太古怪了,连米哈伊尔·阿韦里亚内奇去他家时也常常见不到他,这在以前是从来没有过的。达里尤什卡更是困惑,因为医生已不再按时喝啤酒了,有时吃午饭都迟到。

有一天,那已经是六月底了,医生霍博托夫有事找安德烈·叶菲梅奇,见他不在家就找到病室来,因为有人告诉他,说老医生去精神病人那儿了。霍博托夫走进小屋,在穿堂停下脚步,他听见了这样的谈话:

"我们永远谈不到一块儿,您也休想让我接受您的信仰,"伊凡·德米特里奇气愤地说,"您根本不了解现实生活,您向来没有受过苦,您仅仅是像条负泥虫,靠着别人的痛苦而生活。而我呢,从出生到现在,一直经受着苦难地折磨。因此,我要坦率地说:我认为我各方面都比您高明,比您能干,用不着您来教训我。"

"我完全无意要您认同我的信仰,"安德烈·叶菲梅奇轻声说,他很遗憾对方不想理解他,"问题不在这儿,我的朋友。问题不在于您受苦而我没有受过苦。痛苦和欢乐都是暂时的,不谈这些了,上帝与它们同在。问题在于您和我都爱思考,在于我们看得出彼此是善于思考和推理的人,不管我们的观点多么不同,但这一点把我们联系起来了。但愿您了解,我的朋友,我是多么厌恶这到处充斥着的狂妄、平庸和愚蠢的地方,而每次跟您交谈我又是多么的快乐!您是聪明人,和您在一起是种享受。"

霍博托夫把门推开一条缝,往病房里瞧。伊凡·德米特里奇戴着尖顶睡帽和医生安德烈·叶菲梅奇一起坐在床上。疯子满脸痛苦,浑身直打哆嗦,不时神经质地用睡袍裹紧身子。医生则一动不动地坐着,垂着头。他的脸通红,显得那么无助和忧伤。霍博托夫耸了耸肩,冷冷一笑,跟尼基塔交换了一下眼神,尼基塔也耸了耸肩。

第二天,霍博托夫跟助理医师一起来到小屋。两人站在穿堂里偷听。

"看来我们的老爷子头脑完全发昏了!"

"主啊,饶恕我们这些罪人吧!"神情严肃的谢尔盖·谢尔盖伊奇叹了一口气,小心地绕过泥塘,生怕弄脏擦得锃亮的皮靴,"老实说,尊敬的叶夫根尼·费多雷奇,我早料到会是这样的!"

十二

打这以后,安德烈·叶菲梅奇发觉,四周总有一种神秘的气氛。医院里的杂役、助理护士和病人遇见他时,总用疑惑的目光瞥他几眼,然后一阵窃窃私语。往日他喜欢在医院的花园里遇见总务处长的女儿,小姑娘玛莎,可现在,当他微笑着走到她跟前,想摸摸她的小脑袋时,不知怎么,她却跑开了。邮政局长米哈伊尔·阿韦里亚内奇听他讲话时,已不再说"完全正确",而是露出难以理解的尴尬表情,嘟哝道:"是的,是的,是的……"然后若有所思而又忧伤地看看他。出于某种原因,米哈伊尔·阿韦里亚内奇开始劝自己的朋友戒掉伏特加和啤酒,但他是一个含蓄的人,不便直说,总是旁敲侧击地暗示。他有时会讲到一个挺不错的营长,有时会提到兵团里年轻、漂亮的神甫,说他们爱喝酒,也常生病,但是戒酒后,就完全康复了。他的同事霍博托夫来过两三回,他也劝安德烈·叶菲梅奇

放弃酒精类饮料,而且平白无故地建议他服用溴化钾①药水。

八月间,安德烈·叶菲梅奇收到市长来信,约他商讨一件重要的事。他在指定的时间来到市政府,在那里,安德烈·叶菲梅奇遇到了军事长官,县立学校的在编学监、市参议员、霍博托夫,另外还有一位胖胖的金发先生,他是作为医生被介绍的。这位医生有个难念的波兰姓氏,住在离城三十俄里的养马场,正巧路过此地。

"这里有一份跟您工作部门相关的申请,"大家互致问候,围着桌子坐下后,市参议员对安德烈·叶菲梅奇说,"据叶夫根尼·费多雷奇反映,医院主楼里的药房太小,应当把它搬到一间厢房里去。要搬当然没问题,搬就是了,关键在于那间厢房该修缮了。"

"是的,不修恐怕不行,"安德烈·叶菲梅奇想了想说,"如果想要把拐角处的厢房改作药房,那么我相信minimum②需要五百卢布,而且这是一笔没有效益的开支。"

一阵沉默。

"十年前我有幸汇报过,"安德烈·叶菲梅奇低声继续道,"维持现状的这家医院,其实是这个城市不堪负担的奢侈品。医院建于四十年代,可是要知道,那时候的条件和现在的不一样。市里把太多的钱花费在不必要的建筑和多余的职位上。我想,采用别的办法,这笔钱完全可以维持两所模范医院的开支。"

"那就让我们采用别的办法吧!"市参议员赶忙说。

"我已有幸呈报:把医疗机构移交地方自治局管理。"

"是啊,您把钱交给地方自治局,它可就中饱私囊了。"金发医生笑了起来。

---

①一种镇静剂。
②原文为拉丁文:至少。

"历来如此。"市参议员表示同意,也笑了。

安德烈·叶菲梅奇垂头丧气地用阴沉的目光看着金发医生说:

"说话要公道。"

又是一阵沉默。茶端上来了。那个军事长官不知怎么很不好意思,他隔着桌子碰碰安德烈·叶菲梅奇的手,说:

"您完全把我们忘了,大夫。不过您是修士,既不玩牌,也不爱女人。跟我们在一起,您一定觉得无聊吧。"

大家于是谈起作为一个正派人,在这个城里生活是有多么的无聊。既没有戏看,又没有音乐听,在近期俱乐部的舞会上,女士来了20来位,而男士只有两位。小伙子们不会跳舞,只好挤在小吃部或干脆打牌。安德烈·叶菲梅奇谁都没瞧一眼,缓慢而轻声地开始讲道,他替城里人感到可惜,甚至是痛惜,他们宁可将精力、心思和智慧耗费在打牌和搬弄是非上,也不会把时间花在有趣地交谈和读书上,不愿意享受智慧赋予的乐趣。只有智慧才称得上是有意思的、妙不可言的,其余一切都不值一提,是低级趣味。霍博托夫一直用心地听着自己同事的发言,突然问道:

"安德烈·叶菲梅奇,今天是几号?"

听到回答后,他和金发医生以不太自信的考官语气开始向安德烈·叶菲梅奇发问:今天是星期几,一年有多少天,第六病室里是否住着一个了不起的预言家。

在回答最后一个问题时,安德烈·叶菲梅奇有些脸红,他说:

"是的,这是个病人,也是个有趣的年轻人。"

大家没再向他提任何问题。

当他在前厅里穿大衣的时候,军事长官伸手搭在他肩头,叹口气说:

"我们这些老头子都该休息啦!"

走出市政府,安德烈·叶菲梅奇才明白,那是个奉命来检测他思维能

力的委员会。回忆起他们提出的各种问题，不禁脸红起来，不知为什么，他生平第一次沉痛地为医学感到惋惜。

"我的天啊，"回忆起两名医生刚才如何考察他，他想道，"要知道他们就在不久前才听的精神病学的课程，参加了考试，怎么还表现得如此无知？连精神病学的基本常识都没有。"

他有生以来第一次感到自己受了侮辱，气愤极了。

当天晚上，邮政局长来看他。米哈伊尔·阿韦里亚内奇没向他问好就径直走到他跟前，握住他的双手，用激动的嗓音说：

"亲爱的，我的朋友，请向我证明您相信我真挚的情谊，并把我当作您的朋友……我的好友啊！"他不容安德烈·叶菲梅奇插嘴，继续激动地说，"我爱您是因为您有教养而且灵魂高尚。听我说，亲爱的。科学守则要求医生向您隐瞒真相，但我要像个军人那样只说实话：您病了！原谅我，亲爱的，但这是真的，您周围的人早就注意到了。刚才叶夫根尼·费多雷奇大夫对我说，为了您的健康，您必须休息一下，散散心。他说得完全正确！真是好极了！我这两天就去请假，出门换换新鲜空气。向我证明，您是我的朋友，让我们一起上路！一起去吧，像过去那样去玩个痛快。"

"我觉得自己很健康，"安德烈·叶菲梅奇想了想说，"我不能出门，请允许我用其他的方式向您证明我的友谊。"

出门去某个地方，目的也不明确，没有书，没有达里尤什卡，没有啤酒，完全打乱20年来养成的生活方式。一开始，他觉得这一想法十分荒唐，充满想象。然而，他想起了在市政府的谈话，想起了从市政府回家那一路上沉重的心情。暂时离开这个城市，离开这些蠢货的想法，让他怦然心动。

"那么您本人打算去哪儿呢？"

"去莫斯科，去彼得堡，去华沙……我在华沙度过了一生中最幸福的

五年。多么奇妙的城市啊！我们去吧，亲爱的！"

十三

过了一个星期,有人建议安德烈·叶菲梅奇休息,也就是要他提出辞呈,对此他反应相当冷淡。又过了一个星期,他和米哈伊尔·阿韦里亚内奇已经坐上了驿站的四轮马车,前往最近的火车站。那几天气候凉爽,天空清澈、蔚蓝,远处的景物清晰可辨。去车站二百俄里的路程,他们行驶了两天两夜,沿途留宿了两次。在驿站的时候,不是提供给他们喝茶的杯子很脏,就是套马的时间太久。遇到这种情况,米哈伊尔·阿韦里亚内奇的脸便气得通红,浑身打战,大声呵斥:"闭嘴！不准辩解！"坐在马车上,他的嘴一分钟也不闲着,从高加索之行说到波兰王国之旅,期间经历了多少次冒险,又发生了多少意想不到的巧遇！他说话的声音很响,同时还瞪大眼睛,故意做出一幅惊讶的神情,让人以为他是在吹牛。另外,他说话时总是冲着安德烈·叶菲梅奇的脸呵气,在他耳畔哈哈大笑,弄得医生很不自在,也妨碍了他思考和集中思想。

为了省钱,他们买了三等车厢的票,坐进了一节无烟车厢。半数乘客来自上流社会,米哈伊尔·阿韦里亚内奇很快就跟他们混熟了,从一张座椅挪到另一张座椅,大声说着些什么:真不该在这种不靠谱的铁路上旅行,简直是上当受骗！骑马赶路就大不相同啦,一天走上 100 俄里,走完后会觉得自己身体健康,神清气爽。讲到庄稼收成不好,他觉得那是因为平斯克沼泽地的水被排干了。总之,社会秩序过于混乱等等。他情绪激动,高声谈笑,别人根本无法插嘴。这种无休止地唠叨,伴之以富于表情的手势和时不时地哈哈大笑,使安德烈·叶菲梅奇感到了厌烦。

"我们两人到底谁是疯子?"他懊丧地想,"是我这个竭力不打搅乘客的人,还是这个自以为比谁都聪明有趣,因而不让人安静的自私分子呢?"

在莫斯科,米哈伊尔·阿韦里亚内奇穿上了没有肩章的军服和有着红色镶边的长裤。他戴着军帽,穿着军大衣在大街上走时,不断有士兵向他立正敬礼。安德烈·叶菲梅奇现在才感到,这个出身贵族的人,身上原有的贵族气质中好的一面已经丧失殆尽,只留下一些恶习。他喜欢别人伺候他,甚至在完全不必要的时候也是这样。例如他明明看见火柴摆在他面前的桌子上,但还是向仆人大声嚷嚷,要他拿火柴来;在女仆面前,他只穿一条内裤走来走去也不觉得难为情;对待仆人不加区分地,哪怕是老人,一律以"你"称呼,发起火来,就骂他们是蠢货和混蛋。照安德烈·叶菲梅奇看来,这些都是贵族老爷的派头,但令人讨厌。

首先,米哈伊尔·阿韦里亚内奇把他的朋友领到伊维尔教堂。他在那里双眼含着泪水,热烈地祈祷,虔诚地跪拜。做完祷告,他深深地叹了口气说:"即使你不信,可是祷告一下还是会感到安心些。吻一吻圣像吧,亲爱的。"

安德烈·叶菲梅奇有些尴尬地吻了吻圣像。米哈伊尔·阿韦里亚内奇则撅起嘴唇,晃着脑袋,轻声祷告,泪水再次涌上他的双眼。随后,两人去了克里姆林宫,在那里观看了炮王和钟王,并且用手去摸了摸,他们还欣赏了莫斯科河南岸的市区景色,参观了救世主大教堂和鲁缅采夫博物馆。

他们在捷斯托夫饭店里用餐。米哈伊尔·阿韦里亚内奇看了半天菜单,抚摸着络腮胡子,用美食家的口吻说:

"让我们瞧瞧,今天你们用什么来招待我们,天使!"

十四

医生走了不少路,参观了不少地方,吃得不错、喝得也好,但他心里却只有一种感觉:讨厌米哈伊尔·阿韦里亚内奇。他真想撇下他休息一下,

或干脆离开他,躲起来。可是他又认为自己有责任不让他离开半步,并为他尽可能多地提供娱乐消遣。当没什么可看的时候,他就用闲聊来给他解闷。安德烈·叶菲梅奇忍了两天,到了第三天他便向朋友宣称自己病了,想在家里待一天。朋友说,既然这样他也留下。的确该休息一下,否则两条腿吃不消。安德烈·叶菲梅奇在长沙发上躺下,脸对着沙发背,咬紧牙关听朋友唠叨。只听他热烈地断言:法国迟早会干掉德国,又说莫斯科骗子太多,还说光凭长相不能判断马的优劣等等。医生开始感到耳鸣心悸,但是出于礼貌,他下不了决心要朋友走开或者闭嘴。幸好米哈伊尔·阿韦里亚内奇觉得待在旅馆房间里很无聊,午饭后就独自出去溜达了。

剩下安德烈·叶菲梅奇一人,他终于感到可以休息了。躺在沙发上一动不动,同时意识到房间里只有自己,那是多么惬意啊!真正的幸福不能缺少孤独。堕落天使之所以背弃上帝,大概就是因为想感受一下天使们所不了解的孤独。安德烈·叶菲梅奇本想思考一下这几天来的所见所闻,可是米哈伊尔·阿韦里亚内奇却在他的脑子里挥之不去。

"要知道他是出于友谊、出于爱心,才请了假陪我出来旅行,"医生烦恼地想道,"可是,再也没有比这种友爱的保护更糟糕的事了。他看上去善良、大度、快活,其实却很无聊,无聊得叫人受不了。的确是有这样的人,只说聪明话和讨巧的话,可你还是会觉得他们愚蠢至极。"

随后几天,安德烈·叶菲梅奇一直推说自己病了,不肯离开旅馆半步。他脸朝里,躺在沙发上,朋友用聊天为他解闷时,他便苦恼不堪,朋友出门了,他才能休息养神。他恼恨自己的出行,恼恨朋友变得越来越唠叨、放肆。他想去思考一些严肃而高尚的内容,却怎么也办不到。

"正如伊凡·德米特里奇所说,这是现实生活在惩罚我了。"他心想,气恼自己的小家子气,"不过,这些都无关紧要……等我回到家,一切都会恢复原样……"

在彼得堡时,他也同样成天不出旅馆,躺在沙发上,只有喝啤酒时才站起来。

米哈伊尔·阿韦里亚内奇老是催他去华沙。

"亲爱的,我去那儿干什么?"安德烈·叶菲梅奇用央求的声音说,"您一个人去,就让我回家吧!求您了!"

"绝对不可以!"米哈伊尔·阿韦里亚内奇抗议道,"这是个令人惊艳的城市,我在那里度过了人生中最幸福的五年。"

安德烈·叶菲梅奇缺乏那种坚持己见的性格,不得已跟着去了华沙。到了那里,他照样不出客房,躺在沙发上,生自己的气,生朋友的气,还生那些仆人们的气,因为他们顽固地拒绝听懂俄语。米哈伊尔·阿韦里亚内奇却照样精力充沛,健康而快活,从早到晚地满城游荡,寻访故友,有几次甚至彻夜未归。有一天,不知他在哪儿过了一夜,大清早才回到旅馆,而且神情亢奋,满脸通红,头发蓬乱。他从这个墙角走到那个墙角,来来回回、踱来踱去,嘴里还喃喃自语,最后停住了脚步,说道:

"名誉第一啊!"

他又走了一会儿,双手抱住头,用悲惨的声音说:

"是啊,名誉第一!悔不该当初转了这个念头,非要到这个巴比伦①来啊!亲爱的,"他转向医生说,"您蔑视我吧!我输光了!给我 500 卢布吧!"

安德烈·叶菲梅奇数出五百卢布,默默地把钱交给他的朋友。那一位仍然因为羞愧、愤怒而满脸通红。他语无伦次地说了些无用的誓言,戴上帽子,出去了。大约过了两个小时,他回来了,倒在圈椅里,大声叹了一口气,说:"名誉算是保住了!我们走吧,我的朋友!我连一分钟都不愿意

---

①此处借巴比伦城比喻华沙,意指"乱糟糟的城"。典出《旧约·创世纪》。

在这个该死的城里待下去了。都是些骗子！奥地利奸细！"

当两位朋友回到故乡时，已经是 11 月了，大街上铺满了厚厚的积雪。安德烈·叶菲梅奇的职位已由霍博托夫医生接替，不过他还住在原来的房子里，等着安德烈·叶菲梅奇回来给他腾出医院的寓所。被他称之为"厨娘"的那个其貌不扬的女人，已经住到了一间厢房里。

城里又散布着有关医院的新的流言，据说那个其貌不扬的女人跟总务处长吵了一架，总务处长好像还跪着爬到她面前，请求宽恕。

安德烈·叶菲梅奇回来的第一天就不得不为自己寻找住处。

"我的朋友，"邮政局长胆怯地对他说，"原谅我提个俗气的问题，您有多少钱可以支配？"

安德烈·叶菲梅奇默默地数完钱，说："86 个卢布。"

"我问的不是这个，"米哈伊尔·阿韦里亚内奇没明白医生的话，发窘地说，"我问的是您总共有多少财产？"

"我不是对您说了，86 卢布……此外再没钱了。"

米哈伊尔·阿韦里亚内奇向来认为医生为人正直高尚，但他一直怀疑他手里少说也有两万卢布的家产。现在得知安德烈·叶菲梅奇已成了乞丐，无以为生，不知怎么他忽然大哭起来，抱住了自己的朋友。

十五

安德烈·叶菲梅奇后来住到女市民别洛娃家的一栋有三扇窗的小房子里。不算厨房，房子里只有三间屋子。其中两间窗子临街的房屋由医生占用，达里尤什卡、女房东和她的三个孩子都住在第三间房屋和厨房里。有时女房东的情夫会来过夜，每次来都弄得醉醺醺的，夜里大吵大闹，使得孩子们和达里尤什卡饱受惊吓。他一来就坐到厨房里，开始喝酒，大家都感到很局促。医生出于怜悯就把哭哭啼啼的孩子们带进自己

房里,让他们睡在地板上,这使他得到很大的乐趣。

他照例八点钟起床,喝完茶便坐下来阅读旧的书刊和杂志,他已经没钱买新书了。不知是书旧了,还是环境改变了,阅读已不再深深吸引他,而是使他疲倦了。为了不使自己虚度光阴,他给自己的藏书编出详细目录,在书脊上粘贴小小的标签,这一机械而琐碎的工作倒让他觉得比读书更有趣。单调而烦琐的工作使他懒得思考,什么也不去想,时间也飞快地流逝了。他甚至到厨房里坐下,帮达里尤什卡削土豆,或者捡荞麦粒中的杂质,这些都使他觉得有趣。每逢星期六和星期天,他总是去教堂。他靠墙站着,眯细眼睛,聆听圣歌,他会想起父亲,想起母亲,想起大学生活,想起各种宗教,他的内心感到平静而忧伤。事后他走出教堂,总是惋惜礼拜仪式结束得太快了。

他曾两次去医院看望伊凡·德米特里奇,想再跟他谈一谈。但那两次伊凡·德米特里奇都异常激动、恼怒。他求医生给他安宁,因为他早已厌倦了空谈。他说,为了自己所受尽的磨难,他只求该死的无耻小人们给自己一个奖赏——单独监禁。难道这件小事也要被拒绝吗?当安德烈·叶菲梅奇向他告别、祝他晚安时,他两次都厉声回答:

"见鬼去!"

现在安德烈·叶菲梅奇不知道他要不要去第三次。虽然他很想去。

以前,吃过午饭,安德烈·叶菲梅奇通常在房间里走来走去,思考问题,而现在从吃完午饭到喝下午茶这段时间里,他一直面对着墙躺在沙发上,沉浸在无法排遣的世俗的想法中。他感到委屈,自己工作了二十多年,既没有领到养老金,也没有领到一次性补助。的确,他工作得不算尽心,可是要知道,所有的工作人员,不论工作尽心与否,都是能领养老金的。现代的公道在于,官阶、勋章、养老金都不是根据道德品质和工作才有奖赏的,而是根据工作岗位发放的,而且不管工作得好坏。为什么唯独

他一个人要成为例外呢？他现在已身无分文,都不好意思走过小铺,不好意思看一眼女房东。他已经欠下32卢布的啤酒钱,也欠着女房东别洛娃的房租。达里尤什卡偷偷变卖旧衣服和旧书,还对女房东撒谎,说医生不久就会收到许多钱。

他生自己的气,因为外出旅行花掉了他1000卢布的积蓄。现在有这1000卢布的话怎么说都能派上用场啊! 他还气恼人们不让他平静地生活。霍博托夫认为他有责任偶尔来探访这位有病的同事,安德烈·叶菲梅奇却觉得他处处讨厌:他那胖胖的脸,愚蠢的故作宽容的口气,挂在嘴边的"同事"二字,还有他那双高筒靴子。最令他厌恶的是,他居然认为给安德烈·叶菲梅奇看病是他的责任,而且自以为真的在给他治病。他每一次到访都带来一小瓶溴化钾药水和一些大黄丸。

米哈伊尔·阿韦里亚内奇也认为有责任常来拜访他的朋友,为他解闷。每次他走进安德烈·叶菲梅奇的房间,总是故意装出无拘无束的样子,不自然地哈哈大笑,然后向他保证他今天气色很好,感谢上帝,事情正在好转,由此也可以断定,他认为自己朋友的病情已经毫无指望了。他至今没有偿还在华沙借的钱款,沉重的羞耻感令他郁闷,神情紧张,因而他极力放声大笑,说些诙谐的事。他的奇闻轶事似乎变得没完没了,但对安德烈·叶菲梅奇和他本人来说却成了煎熬。

他来时,安德烈·叶菲梅奇一般会面向墙壁躺在沙发上,咬紧牙关听他说话。他的内心本来就压着层层怨恨,朋友每次来访之后,他都觉得这怨恨又加深了一层,现在快堵到喉咙口了。

为了压制这种俗气的感情,他赶紧去想,不论他本人,还是霍博托夫,还是米哈伊尔·阿韦里亚内奇,早晚都要死,不会在自然界留下一丝痕迹。如果100年以后,有个精灵在宇宙中飞过地球,那么它只能看到黏土和裸露的岩石。其他的一切,文化也好、道德准则也好,都不复存在,连杂

草也长不出来。那么，对小铺老板的愧疚啦，不足挂齿的霍博托夫啦，和米哈伊尔·阿韦里亚内奇沉重的友谊啦，又算得了什么？这一切都是无稽之谈，无聊透顶。

然而，这样的想法也无济于事。他刚想象出100万年以后的地球，裸露的岩石后面不是闪现出穿着高筒靴的霍博托夫，就是故意哈哈大笑的米哈伊尔·阿韦里亚内奇，甚至都能听到他那羞愧的低语声："华沙的借款，亲爱的，我这两天就还……一定还。"

十六

一天午后，米哈伊尔·阿韦里亚内奇又来了，当时安德烈·叶菲梅奇正躺在沙发上。恰在此时，霍博托夫拿着一瓶溴化钾也来了。安德烈·叶菲梅奇吃力地爬起来，坐好，两只手撑住沙发。

"今天，亲爱的，"米哈伊尔·阿韦里亚内奇开口说，"您的脸色比昨天好多了。人也显得年轻了！真的，显得年轻了！"

"是时候了，也该康复了，同事，"霍博托夫打着哈欠说，"这件麻烦事恐怕把您自己也弄得烦透了吧。"

"会康复的！"米哈伊尔·阿韦里亚内奇快活地说，"我们还要再活100年呢！能行的！"

"100年说不上，再活20年应该可以的，"霍博托夫安慰说，"没关系，没关系，同事，您可别气馁……别再胡思乱想了。"

"我们还要向大家显摆呢！"米哈伊尔·阿韦里亚内奇放声大笑着拍了拍朋友的膝头，"我们要向大家显摆一下。明年夏天，求上帝保佑，我们要去高加索，我们骑着马儿'嗒嗒嗒'地走他个遍。等我们从高加索回来，瞧着吧，没准还有好事，要参加婚礼呢，"米哈伊尔·阿韦里亚内奇调皮地挤挤眼睛，"我们让您结婚，亲爱的朋友，让您结婚……"

安德烈·叶菲梅奇忽地感到,怨恨要涌到喉咙口了,他的心剧烈地跳动起来。

"真是庸俗!"他边说边快速起身走到窗前,"难道您不明白您的话太庸俗了吗?"

他本想继续说得轻柔些,礼貌些,然而却忍不住地突然握紧拳头,高高举过头顶。

"别烦我!"他用异样的声音吼道,脸色铁青,浑身发抖,"滚出去!两个人都滚出去!给我滚!"

米哈伊尔·阿韦里亚内奇和霍博托夫都站了起来,百思不解地望着他,随后感到了恐慌。

"都给我滚出去!"安德烈·叶菲梅奇继续喊道,"傻瓜!笨蛋!什么友谊,什么药品,我都不要,你这个蠢货!庸俗透顶!恶心至极!"

霍博托夫和米哈伊尔·阿韦里亚内奇不知所措地交换了一下眼神,退出房门,来到穿堂。安德烈·叶菲梅奇一把抓起那瓶溴化钾,朝他们背后扔去。玻璃瓶砸在门槛上,"砰"的一声碎了。

"见你们的鬼去!"他带着哭腔吼道,跑向穿堂,"见鬼去!"

客人离去后,安德烈·叶菲梅奇像打摆子似的不停哆嗦,他躺到沙发上,嘴里不停地重复着:

"蠢货!笨蛋!"

当他冷静下来,脑子里首先想到的就是可怜的米哈伊尔·阿韦里亚内奇,他现在应该是羞愧难当,心情也会很沉重,这一切太可怕了。类似的情况以前从来没有发生过。哪有什么头脑和机智啊?对事物的理解和哲学家般的冷静又跑哪儿去了?

医生因为羞愧彻夜未眠,不住地埋怨自己。第二天上午十点左右,他动身去邮政局向邮政局长赔礼道歉。

"过去的事我们就不要提了，"深受感动的米哈伊尔·阿韦里亚内奇紧紧握住他的手，叹口气说，"谁再提旧事，就让谁的眼睛瞎掉。柳巴夫金！"他忽然大叫一声，声音那么响，邮差和顾客都吓了一跳，"拿椅子来！你等一下，"他朝一个农妇嚷道，那农妇正把一封挂号信从铁栅栏口递给他，"难道你没看见我正忙着吗？我们不去想过去的事，"他又转身对安德烈·叶菲梅奇轻柔地说，"请坐呀，我恳求您了，亲爱的。"

他摩挲着自己的膝头，沉默了一会说：

"我想都没想过要怨恨您。疾病是无情的，这我知道。您昨天的表现，可把我和大夫吓坏了，过后我们一直都在讨论您的事。亲爱的，您为什么不想认真治一治您的病呢？难道可以这样吗？请原谅我友善的坦率，"米哈伊尔·阿韦里亚内奇小声说，"您居住的环境实在太差：既拥挤又肮脏，得不到照料，还没钱治病……我亲爱的朋友，我和大夫都诚心地恳求您听从我们的建议：就住到医院里去吧！那里有营养食品，有护理，有治疗。叶夫根尼·费多雷奇尽管是个低俗的人，我们就背地里说说这些，但他医术高明，完全可以指望。他向我保证，会给您治病。"

邮政局长真诚的关怀和突然在他面颊上闪烁的泪水，让安德烈·叶菲梅奇深受感动。

"尊敬的朋友，别信那些话！"他把手按到胸口，也小声道，"别相信他们的！都是骗人的！我的病只在于20年来我在这个城市里只找到一个有头脑的人，而他是个疯子。我根本就没病，我只是掉进了一个魔圈，再也出不来了。我已经无所谓了，怎么着都行。"

"去住院吧，亲爱的。"

"我无所谓，哪怕去住深坑。"

"您保证，亲爱的，什么都听叶夫根尼·费多雷奇的。"

"好吧，我保证就是。不过我要再说一遍，尊敬的朋友，我落入了魔

圈。现在所有的一切，包括朋友们真诚的关怀，都只会导致一个结果，那就是我的死亡。我正在死去，而且有勇气承认这一点。"

"亲爱的，您会好的。"

"您还说这个干吗？"安德烈·叶菲梅奇愤恨地说，"很少有人在生命即将结束的时候感受不了我此刻的心境。当人们对您说，您患了肾脏或心脏肥大之类的毛病，您因此开始治疗，或者人家说您是疯子，是罪犯，总之，一旦别人突然注意到您，您就该知道，您掉进了魔圈，再也出不去了。您竭力地想跑出来，却越发迷路。放弃吧，因为任何人的力量都救不了您。这就是我的感受。"

这期间，铁栅栏边已聚集了不少顾客。安德烈·叶菲梅奇不想妨碍公务，便起身告辞。米哈伊尔·阿韦里亚内奇再次要他做出保证，然后把他送到大门口。

这天临近傍晚，霍博托夫出人意料地又来看望安德烈·叶菲梅奇，他身穿短皮袄，脚蹬高筒靴，就像昨天什么事也没发生似的，用平静的语调说：

"我有事来找您，同事。我来邀请您，是否愿意和我一道去会诊啊？"

安德烈·叶菲梅奇以为，霍博托夫想让他出去走一走，散散心，或者真要给他一个挣钱的机会，就穿上衣服，跟他一道走出家门。他很高兴有机会弥补昨天的过错，两人能够和解，为此心里暗自感谢霍博托夫，而霍博托夫居然只字不提昨天的事，分明是原谅他了。很难料到这个没有教养的人竟会如此体贴。

"那么您的病人在哪儿？"安德烈·叶菲梅奇问道。

"在我的医院里。我早就想请您来看看……一个很有意思的病例。"

他们走进医院院子，绕过主楼，朝那座精神病人住的小屋走去。不知为什么，两人一路上都默不作声。他们走进穿堂，尼基塔像往常一样跳起来，挺直身子立正。

"这里有个病人因肺部问题引发了其他毛病,"霍博托夫低声说着,同安德烈·叶菲梅奇一起走进病房,"您在这儿等一下,我去去就回。我去拿听诊器。"

说完,他就走了出去。

十七

天色暗了下来,伊凡·德米特里奇躺在自己床上,把脸埋进枕头里。瘫在那里一动不动地坐着,双唇微微颤动,低声哭泣。胖农民和前邮件分拣员正在睡觉。屋子里一片寂静。

安德烈·叶菲梅奇坐在伊凡·德米特里奇的床上等待着。一个半小时过去了,走进病房的不是霍博托夫,而是怀里抱着长袍、某人的内衣裤和一双便鞋的尼基塔。

"请换上衣服,老爷,"他轻声说,"这是您的床,请过来,"他指着一张分明是刚搬来的空床补充道,"不要紧,上帝保佑,您会好的。"

安德烈·叶菲梅奇什么都明白了。他一句话没说,走到尼基塔指着的那张床前,坐了下来。看到尼基塔站在一旁等着,他便脱光了衣服,这让他感到难为情,就赶紧套上了医院的长袍,衬裤很短,衬衫有点长,袍子上有一股熏鱼的气味。

"您会好的,上帝保佑。"尼基塔重复道。

他抱起安德烈·叶菲梅奇换下来的衣服,走出去,随手关上了房门。

"无所谓……"安德烈·叶菲梅奇想道,羞涩地裹紧长袍,他觉得穿了这身衣服就像个囚犯,"没什么……礼服也好,制服也罢,还有这病人服,反正都一样……"

可手表怎么办?侧面口袋里的记事本呢?还有香烟呢?尼基塔把衣服拿哪儿去了?从现在起,也许直到死,他都不再需要穿上自己的裤子、

背心和靴子了。这一切发生得实在奇怪，这事刚开始的时候甚至无法让人理解。安德烈·叶菲梅奇直到现在还是相信，女市民别洛娃家的房子和这第六病室之间毫无差异，相信这个世界上的一切都是无聊而空虚的，然而他的手却在发抖，腿脚冰凉。一想到伊凡·德米特里奇很快会起床看到他穿着这身衣服，就不由地害怕起来。他站起身，在房间里走了一会，又坐下了。

半个小时，一个小时过去了，他一直这么坐着，厌恶的感觉让他陷入悲伤，难道可以在这里住上一天，一星期，甚至像这些人一样住上好几年吗？好吧，他于是坐一会，走一会，然后又坐下了。走过去看看窗外，然后再从这个屋角走到那个屋角。然后呢？像个雕像似的一直坐着思考问题吗？不，这几乎是不可能的。

安德烈·叶菲梅奇躺下身子，但即刻又坐了起来，用袖子擦了擦额头上的冷汗，他觉得，自己满脸都是熏鱼味。他再次在房间里踱开了。

"这一定是某种误会……"他困惑地摊开双手说道，"应当解释一下，这里有误会……"

伊凡·德米特里奇这时醒了。他坐起来，用两个拳头托着腮帮，唾了口唾沫，然后懒洋洋地瞧了医生一眼，显然，刹那间，他还没明白是怎么回事，但很快那张睡眼惺忪的脸上便满是恶毒和嘲讽人的神情。

"啊哈，把您也关到这里来啦，亲爱的!"他眯起一只眼，用嘶哑的、还未睡醒的声音说，"我太高兴了。您喝了别人的血，现在该别人喝您的血了。好极了!"

"这一定是某种误会……"安德烈·叶菲梅奇说。伊凡·德米特里奇的话把他吓坏了，他耸耸肩膀，重复道："有一些误会……"

伊凡·德米特里奇又唾了一口唾沫，躺下了。

"该死的生活!"他嘟囔着说，"不仅使人痛苦，而且让人委屈，这种生

活不是因苦难得到补偿而结束，也不像歌剧里那样以礼赞而告终，而是用死亡来做个了结。几个医院的杂役会来抓住死尸的手脚，把他拖到地下室里。呸！不过那也没什么，到了那个世界就有我们的好日子了……我要成为影子返回这里，吓唬这些恶棍，我要把他们吓得白了头。"

莫伊谢伊卡回来了，看见医生，他伸出了手。

"给个小钱吧!"他说。

十八

安德烈·叶菲梅奇走到窗前，望向田野。天色已黑，一轮冷冷的、暗红色的月亮在右侧的地平线上升起。离医院围栏不远，最多一百俄丈开外，有一幢用石墙围着的高大白房子。那是监狱。

"瞧，这就是现实生活!"安德烈·叶菲梅奇想着，心里害怕起来。

月亮、监狱、围栏上的铁钉、远处焚尸场上的火焰，这一切都让他不寒而栗。身后传来一声叹息。安德烈·叶菲梅奇回过头去，看见一个人，胸前戴着闪闪发光的星章和勋章。那人微笑着，调皮地挤着一只眼睛，看上去也显得可怕。

安德烈·叶菲梅奇要自己放心，月亮上和监狱里不会有什么特别的东西，神智健全的人也会佩戴勋章，而随着时间的流逝，一切都会腐烂，化作尘土。可突然间他又陷入了绝望，两手抓住铁栏杆拼命地摇起来。牢固的铁窗纹丝不动。

后来，为了减轻恐惧，他走到伊凡·德米特里奇床前，坐了下来。

"我快崩溃了，亲爱的，"他小声说，一边发抖，一边擦着冷汗，"精神崩溃了。"

"那您就谈谈哲学呀。"伊凡·德米特里奇讥笑着说。

"我的上帝，我的上帝呀……对了，对了，有一次您提到俄国没有哲

学,可所有的人,哪怕连小人物也大谈哲学。要知道,小人物的哲学对谁都不会有害,"安德烈·叶菲梅奇说话的语气仿佛是要哭出来以求得怜悯似的,"亲爱的,为什么您要这样幸灾乐祸地笑啊?如果小人物感到不满,怎么就不能谈谈哲学呢?一个聪明、受过教育、骄傲、热爱自由的人,像神一般高贵,竟落得如此下场,只能去一个肮脏愚昧的小城当医生,一辈子与拔火罐、水蛭、芥末膏打交道!到处是欺诈,狭隘,卑鄙行为!噢,我的上帝呀!"

"您净说些没用的。既然讨厌当医生,就去当大臣呀。"

"不行,去哪儿也不行。我们太软弱了,亲爱的……对世事我向来无动于衷,只做积极而清醒地思考,可是生活刚无礼地触碰我一下,我的精神就垮了……意志消沉了……我们太软弱,太无用……您也一样,我的朋友。您聪明、高尚,从母亲的乳汁里吸取了美好的激情,可才踏入社会,您就厌倦了,病了……只因为我们软弱,太软弱啊!"

除了恐惧和屈辱,难以名状的煎熬随着傍晚的降临,时时折磨着安德烈·叶菲梅奇。终于他意识到,这是想喝啤酒,想抽烟了。

"我要从这儿出去,亲爱的,"他说,"我去说,让他们弄盏灯来……我不能这样……受不了……"

安德烈·叶菲梅奇走到门口,刚开门,尼基塔便跳起来,挡住了他的去路。

"您去哪儿?不行,不行!"他说,"该睡觉啦!"

"可我只出去一会儿,就在院子里散散步。"安德烈·叶菲梅奇慌张地说。

"不行,不行,这是不允许的。您自己也知道。"

尼基塔砰的一声关上房门,用背顶住门板。

"可是即使我从这儿出去,又能碍着谁呢?"安德烈·叶菲梅奇耸了耸肩

问道，"真不明白！尼基塔，我需要出去！"他的声音颤抖着，"必须出去！"

"别那么没规矩，这样不好！"尼基塔告诫说。

"鬼才知道这是怎么回事！"伊凡·德米特里奇突然跳起来大声嚷道，"他有什么权利不放人出去？他们怎么敢把我们关在这里？法律上好像明明白白地写着，未经判决，任何人的自由不能被剥夺！这是暴力！专横！"

"当然是专横！"安德烈·叶菲梅奇受到了伊凡·德米特里奇叫声的鼓舞，继续说，"我必须出去，我要出去。他没有权利把我关在这！放我出去，跟你说话呢？"

"听见没有，你这愚蠢的混蛋？"伊凡·德米特里奇叫骂着，用拳头捶着门，"开门，要不我把门砸了！屠夫！"

"开门！"安德烈·叶菲梅奇浑身颤抖，大喊道，"我要你开门！"

"再说呀！"尼基塔在门后回答，"说呀！"

"你至少去把叶夫根尼·费多雷奇叫来。你就说我请他来一趟……就一会儿！"

"明天他自己会来的。"

"他们永远也不会放我们出去！"这期间伊凡·德米特里奇继续嚷道，"他们是想我们死在这！哦，上帝，难道另一个世界上真就没有地狱，这些恶棍真可以被宽恕吗？正义在哪呢？开门，你这恶棍，我透不过气了！"他声音嘶哑地继续喊叫，拼命地撞着门，"我撞破头给你看！你们这些刽子手！"

尼基塔迅速打开门，粗鲁地用双手和膝盖将安德烈·叶菲梅奇推开，然后抡起胳膊，一拳打在他脸上。安德烈·叶菲梅奇仿佛感到一股巨大的海浪劈头盖脸地将他吞没，推向床边，他的嘴里还有股咸味：可能是牙齿出血了。他像是要挣扎出水面，不停地挥舞双手，终于抓住了一张床，

就在此时,他感到尼基塔又往他背上打了两拳。

伊凡·德米特里奇突然大叫一声,想必他也挨打了。

随后一切归于平静。淡淡的月光穿过铁栅栏照进来,在地板上形成了网状的阴影。太可怕了。安德烈·叶菲梅奇躺下,屏住呼吸,惊恐地等待着再一次被打。就像有人拿一把镰刀扎入他体内,在胸腔和肠子里搅动了几下,疼得他使劲用牙咬住枕头。忽然,在他一团乱麻的脑海里,清晰地闪过一个可怕的难以忍受的念头:这些在月光下仿佛黑影般的几个人,这些年一定日复一日地经受着这样的疼痛。他怎么能20多年来毫不知情,而且从没想要过问一下?他过去没体会过痛,对痛也没什么概念,因此不能怪罪他,可是良心呢?良心的谴责却像尼基塔那样固执无情,弄得他从头到脚浑身冰冷。他一跃而起,想大喊一声,飞快地跑去杀了尼基塔,杀了霍博托夫、总务处长和助理医师,然后自杀。然而他的胸腔里发不出一丝声音,两条腿也不听使唤。他上气不接下气,一把抓住胸前的长袍和衬衫,猛地撕开。他倒在床上,失去了知觉。

十九

第二天早晨,他头疼耳鸣,浑身上下都不舒服。想起昨天自己的软弱,他也没有觉得丢人。昨天他是怯弱过,甚至怕见月亮,但他真诚地说出了以前不曾怀疑的情感和想法,例如小人物因为对现实不满而热衷于谈论哲学的观点。可现在,这些全都无所谓了。

他不吃不喝,躺着不动,话也不说。

"我无所谓,"别人向他提问,他想,"我不会回答……我都无所谓。"

午饭后,米哈伊尔·阿韦里亚内奇来了,还带来了四分之一俄磅的茶叶和一俄磅的水果软糖。达里尤什卡也来了,她在床边站了整整一个小时,脸上露出隐隐的哀伤。来探望他的还有医生霍博托夫,他又带来一瓶

溴化钾,并吩咐尼基塔烧点什么把病室熏一熏。

傍晚,安德烈·叶菲梅奇因脑中风去世。起初,他感到了剧烈的寒战和恶心,那股恶心劲似乎渗透了他的全身,从胃里涌到头部,灌进眼睛和耳朵,直至十个手指头,眼前的一切都变成了绿色。安德烈·叶菲梅奇明白,他的死期到了,他想起了伊凡·德米特里奇、米哈伊尔·阿韦里亚内奇以及千千万万的人都是相信永生的。万一它真的存在呢?可是他不愿意永生,这一念头只是一闪而过。昨天他在书上读到的一群异常美丽、优雅的鹿,此时正从他身前跑过,随后一个农妇向他伸出了拿着挂号信的手……米哈伊尔·阿韦里亚内奇说了一句什么,接着一切都消失了,安德烈·叶菲梅奇永远失去了知觉。

医院的杂役来了,他们抓起他的胳膊和腿,把他抬到小教堂里。他睁着眼躺在那里的桌子上,身上洒满了月光。早晨谢尔盖·谢尔盖伊奇来了,他对着十字架虔诚地祷告了一番,合上了自己前任上司的眼。

一天以后,安德烈·叶菲梅奇下葬了。参加葬礼的只有米哈伊尔·阿韦里亚内奇和达里尤什卡。

名言大观

"我们生活在空气浑浊、拥挤不堪的城市里,写着多余的用不着的公文,玩着螺丝游戏——难道这不是套子? 在懒汉中间,在恶棍中间,在愚蠢、空虚的女人们中间,我们消磨着自己的一生,讲述着、谛听着各种各样的胡说八道——这难道不是套子? ——《装在套子里的人》

他的悲伤刚刚开始,怎么会很快有结局? 他还没来得及跟老太婆过日子、向她交心、爱她、疼她,她就死去了。他与她生活了 40 年,但这 40 年像在雾中流逝。酗酒,打架,贫穷,没有感觉到是人过的日子。

——《悲伤》

他无限忠于他的神圣职责,他全心全意,毫无保留,通宵达旦地工作,他无私,清正廉洁⋯⋯那些损害公众利益企图收买他的人,那些以优厚的物质企图引诱他,让他背叛自己职责的人,统统遭到他的鄙视!

——《演说家》

春天清新的空气将复活节的钟声从通风窗口推进室内。只听得各处教堂大钟一起轰鸣,大街上来来往往的马车吱吱呀呀,在这片嘈杂声中,清晰可辨的是附近教堂那清脆、活泼的钟声,还有不知是谁发出的一阵刺耳的大笑声。

——《小人物》

"不想结婚的人绝不是疯子,恰恰相反,是绝顶聪明的人⋯⋯什么时候你想结婚了,再过来开证明⋯⋯只有到那时才能说明你是真疯了⋯⋯"

——《未婚夫和爸爸》

只有那些住别墅的人，上帝才赐予了理解大自然之美的能力，至于其他的人，则对此茫然不知。什么东西多了，就不为人们所看重，所以俗语说："我们拥有的，不懂得珍惜。"甚至有时一旦拥有了，反倒不再喜欢。

——《嫁妆》

当一个人成年了，思想意识成熟了，就会不由自主地感到自己坠入了一个无法脱逃的陷阱里。确实，他从无生命转为有生命，原是由不得自己做主，是由偶然的条件促成的……

——《第六病室》

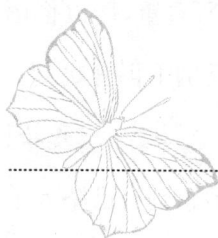

读后感

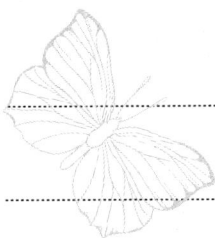

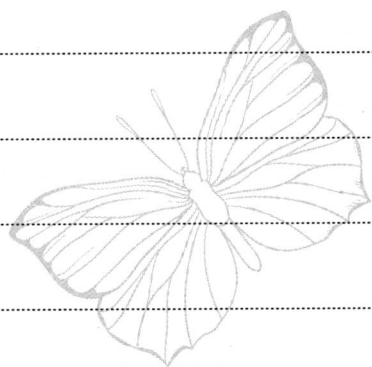

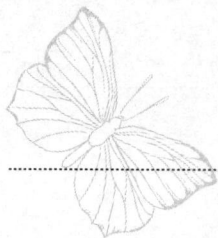

读后感